鲁迅文学奖获奖者小说丛书

私了

东西 著

江苏凤凰文艺出版社

图书在版编目（CIP）数据

私了 / 东西著. — 南京：江苏凤凰文艺出版社，2017.3
（鲁迅文学奖获奖者小说丛书）
ISBN 978-7-5399-9667-7

Ⅰ.①私… Ⅱ.①东… Ⅲ.①中篇小说－小说集－中国－当代②短篇小说－小说集－中国－当代 Ⅳ.①I247.7

中国版本图书馆CIP数据核字(2016)第231834号

书　　名	私了
著　　者	东　西
策　　划	黄孝阳
责任编辑	汪　旭　王宏波
出版发行	凤凰出版传媒股份有限公司
	江苏凤凰文艺出版社
出版社地址	南京市中央路165号，邮编：210009
出版社网址	http://www.jswenyi.com
经　　销	凤凰出版传媒股份有限公司
印　　刷	江苏凤凰通达印刷有限公司
开　　本	880×1230毫米 1/32
印　　张	8.625
字　　数	177千字
版　　次	2017年3月第1版　2017年3月第1次印刷
标准书号	ISBN 978-7-5399-9667-7
定　　价	38.00元

（江苏凤凰文艺版图书凡印刷、装订错误可随时向承印厂调换）

目录

没有语言的生活 …………………… 001
私了 …………………………………… 042
你不知道她有多美 ………………… 055
不要问我 ……………………………… 066
戏看 …………………………………… 141
我为什么没有小蜜 ………………… 156
一个不劳动的下午 ………………… 182
把嘴角挂在耳边 …………………… 192
痛苦比赛 ……………………………… 210
天上掉下友谊 ………………………… 258

没有语言的生活

王老炳和他的聋儿子王家宽在坡地上除草,玉米已高过人头,他们弯腰除草的时候谁也看不见谁。只有在王老炳停下来吸烟的瞬间,他才能听到王家宽刮草的声音。王家宽在玉米林里刮草的声音响亮而富于节奏,王老炳以此判断儿子很勤劳。

那些生机勃勃的杂草,被王老炳锋利的刮子斩首,老鼠和虫子窜出它们的巢四处流浪。王老炳看见一团黑色的东西向他扑来,当他意识到撞了蜂巢的时候,他的头部、脸蛋以及颈部全被马蜂包围。他在疼痛中倒下,叫喊,在玉米地里滚动。大约滚了二十多米,他看见蜂团仍然盘旋在他的头顶,像一朵阴云紧追不舍。王老炳开始呼喊王家宽的名字。但是王老炳的儿子王家宽是个聋子,"王家宽"这个名字对于王家宽形同虚设。

王老炳抓起地上的泥土与蜂群做最后的抵抗,当泥土撒向天空时,蜂群散开了,当泥土落下来的时候,马蜂也落下来。它们落在王老炳的眼睛、鼻子和嘴巴上。王老炳感到眼睛快要被蜇瞎了。王老炳喊家宽,快来救我。家宽妈,我快完蛋啦。

王老炳的叫喊像水上的波澜归于平静之后,王家宽刮草的声音显得愈来愈响亮。刮了好长一段时间,王家宽感到有点儿口渴,便丢下刮子朝他父亲王老炳那边走去。王家宽看见一大片肥壮的玉米被压断了,父亲王老炳仰天躺在被压断的玉米秆上,头部肿得像一个南瓜,瓜的表面光亮如镜照得见天上的太阳。

王家宽抱起王老炳的头,然后朝对面的山上喊:狗子、山羊、老黑……快来救命啊!喊声在两山之间盘旋,久久不肯离去。有人听到王家宽尖利的叫喊,以为他是在喊他身边的动物,所以并不理会。当王家宽的喊声和哭声一同响起来时,老黑感到事情不妙。老黑对着王家宽的玉米地喊道:家宽……出什么事了?老黑连连喊了三声,没有听到对方的回音,便继续他的劳动。老黑突然意识到家宽是个聋子,于是老黑静静地立在地里,听王家宽那边的动静。老黑听到王家宽的哭声掺和在风声里:我爹他快死了,我爹捅了马蜂窝快被蜇死了……

王家宽和老黑把王老炳背回家里,请中医刘顺昌为王老炳治疗。刘顺昌指使王家宽脱掉王老炳的衣裤。王老炳像一头褪了毛的肥猪躺在床上,许多人站在床边围观刘顺昌治疗。刘顺昌把药水涂在王老炳的头部、颈部、手臂、胸口、肚脐、大腿等处,人们的目光跟随刘顺昌的手游动。王家宽发现众人的目光落在他爹的大腿上,他们交头接耳像是说他爹的什么隐私。王家宽突然感到不适,觉得躺在床上的不是他爹而是他自己。王家宽从床头拉出一条毛巾,搭在他爹的大腿上。

刘顺昌被王家宽的这个动作蜇了一下,他把手停在病人的身上,对着围观的人们大笑。他说家宽是个聪明的孩子,他的耳朵虽然听不见,但他已猜到我们在说他爹,他从你们的眼睛里脸蛋上猜出了你们说话的内容。

刘顺昌递给王家宽一把钳子,暗示他把王老炳的嘴巴撬开。王家宽用一根布条,在钳口处缠了几圈,然后才把钳口小心翼翼地伸进他爹的嘴巴,撬开他爹紧闭的牙关。刘顺昌一边灌药一边说家宽是个细心人,我没想到在钳口上缠布条,他却想到了,他是怕他爹痛呢。如果他不是个聋人,我真愿意收他做我的徒弟。

药汤灌毕,王家宽从他爹嘴里抽出钳子,大声叫了刘顺昌一声"师傅"。刘顺昌被叫声惊住,片刻之后才回过神来。刘顺昌说家宽你的耳朵不聋了,刚才我说的你都听见了,你是真聋还是假聋?王家宽对刘顺昌的质问未作任何反应,依然一副聋子模样。尽管如此,围观者的身上还是起了一层鸡皮疙瘩,他们感到害怕,害怕刚才他们的嘲笑已被王家宽听到了。

十天之后,王老炳的身体才基本康复,但是他的眼睛什么也看不见了,他成了一个货真价实的瞎子。不知情的人问他,好端端的一双眼睛,怎么就瞎了?他总是不厌其烦地回答:是马蜂蜇瞎的。由于他不是天生的瞎子,他的听觉器官和嗅觉器官并不特别发达,他的行动受到了局限,没有儿子王家宽,他几乎寸步难行。

老黑养的鸡东一只西一只地死掉。起先老黑还有工夫把死掉的鸡捡回来拔毛,弄得鸡毛满天飞。但是一连吃了三天死鸡肉之后,老黑开始感到腻味。老黑把那些死鸡埋在地里,丢在坡地。王家宽看见老黑提着一只死鸡往草地走,知道鸡瘟从老黑家开始蔓延了。王家宽拦住老黑,说你真缺德,鸡瘟来了为什么不告诉大家?老黑嘴皮动了动,像是辩解。王家宽什么也没听到。

第二天,王家宽整理好担子,准备把家里的鸡挑到街上去卖。临行前王老炳拉住王家宽,说家宽,卖了鸡后给老子买一块肥皂回来。王家宽知道爹想买东西,但是不知道爹要买什么东西。王家宽说爹,你要买什么?王老炳用手在胸前画出一个方框。王家宽说那是要买香烟吗?王老炳摇头。王家宽说那是要买一把菜刀?王老炳仍然摇头。王老炳用手在头上、耳朵、脸上、衣服上搓来搓去,做进一步的提醒。王家宽愣了片刻,终于啊了一声。王家宽说爹,我知道了,你是要我给你买一条毛巾。王老炳拼命地摇头,大声说不是毛巾,是肥皂。

王家宽像是完全彻底地领会了他爹的意图,掉转身走了,空留下王老炳徒劳无益的叫喊。

王老炳摸出家门,坐在太阳光里,他嗅到太阳炙烤下衣服冒出的汗臭,青草和牛屎的气味弥漫在他的周围。他的身上出了一层细汗,皮肤似乎快被太阳烧熟了。他知道这是一个伸手就可以触摸到阳光的日子,这个日子特别漫长。赶街归来的喧闹声,从王老炳的耳边飘过,他想从那些声音里辨出王家宽的声音。但是他一次又一次地失望。他听到了一个孩童在大路上唱的一首歌谣,孩童边唱边跑,那声音很快就干干净净地消逝了。

热力渐渐从王老炳的身上减退,他知道这一天已接近尾声。他听到收音机里的声音向他走来,收音机的声音淹没了王家宽的脚步声。王老炳不知道王家宽已回到家门口。

王家宽把一条毛巾和一百元钱塞到王老炳手中。王家宽说爹,这是你要买的毛巾,这是剩下的一百元钱,你收好。王老炳说你还买了些什么?王家宽从脖子上取下收音机,凑到王老炳的耳边,说爹,我还买了一个小收音机给你解闷。王老炳说你又听不见,买收音机干什么?

收音机在王老炳手中咿咿呀呀地唱,王老炳感到一阵悲凉。他的手里捏着毛巾、钞票和收音机,唯独没有他想买的肥皂。他想肥皂不是非买不可,但是家宽怎么就把肥皂理解成毛巾了呢?家宽不领会我的意图,这日子怎么过下去。如果家宽妈还活着,事情就好办了。

几天之后,王家宽把收音机据为己有。他把收音机吊在脖子上,音量调到最大,然后走家串户。王家宽走到哪里,哪里的狗就对着他狂叫不息。即便是很深很深的夜晚,有人从梦中醒来,也能听到收音机里不知疲劳的声音。伴随着收音机嘻嘻哈哈的,是王老炳的责骂。王老炳说你这个聋子,连半个字都听不清楚,为什么把收音机开得那么响,你这不是白费电池白费你老子的钱吗?

吃罢晚饭,王家宽最爱去谢西烛家看他们打麻将。谢西烛看见王家宽把收音机紧紧抱在胸前,像抱着一个宝贝,双手不停地在收音机的壳套上摩挲。谢西烛指了指收音机,对王家宽说,你听得到里面的声音吗?王家宽说我听不到但我摸得到声音。谢西烛说这就奇怪了,你听不到里面的声音,为什么又能听到刚才我的声音？王家宽没有回答，只是嘿嘿地笑，笑过数声后，他说他们总是问我，听不听得到收音机里在说什么？嘿嘿。

慢慢地王家宽成了一些人的中心，他们跨进谢西烛家的大门，围坐在王家宽的周围。一次收音机里正在说相声，王家宽看见人们前仰后合地咧嘴大笑，也跟着笑。谢西烛说你笑什么？王家宽摇头。谢西烛把嘴巴靠近王家宽的耳朵，炸雷似的喊：你笑什么？王家宽像被什么击昏了头，木然地望着谢西烛。好久了王家宽才说，你们笑，我也笑。谢西烛说我要是你，才不在这里呆坐，在这里呆坐不如去这个。谢西烛用右手的食指和左手的拇指与食指，做了一个淫秽的动作。

谢西烛看见王家宽脸上红了一下，谢西烛想他也知道羞耻。王家宽悻悻地站起来，朝大门外的黑夜走去，从此他再也不踏进谢家的大门。

王家宽从谢家走出来时，心头像爬着个虫子不是滋味。他闷头闷脑在路上走了十几步，突然碰到了一个人。那个人身上带着浓香，只轻轻一碰就像一捆稻草倒在了地上。王家宽伸手去拉，拉起来的竟然是朱大爷的女儿朱灵。王家宽想绕过朱灵往前走，但是路被朱灵挡住了。

王家宽把手搭在朱灵的膀子上，朱灵没有反感。王家宽的手慢慢上移，终于触摸到了朱灵温暖细嫩的脖子。王家宽说朱灵，你的脖子像一块绸布。说完，王家宽在朱灵的脖子上啃了一口。朱灵听到王家宽的嘴巴啧啧响个不停，像是吃上了什么可口的食物，余香还残留在嘴里。朱灵想我从来没有听到过这么贪婪动听的唾嘴声。她被这种声音迷惑,整个身躯似乎已飘离地面,她快要倒下去了。王家宽把她搂住,王家宽的脸碰到了她嘴里呼出的热气。

他们像两个落水的人,现在攀肩搭背朝夜的深处走去。黑夜显得公正平等,声音成为多余。朱灵伸手去关收音机,王家宽又把它打开。朱灵觉得收音机对于王家宽,仅仅是一个四四方方的匣子,吊在他的脖子上,他能感受到重量并不能感受到声音。朱灵再次把收音机夺过来,贴到耳边,然后把声音慢慢地推远,整个世界突然变得沉静安宁。王家宽显得很高兴,他用手不停地扭动朱灵胸前的扣子,说你开我的收音机,我开你的收音机。

村里的灯一盏一盏地熄灭,王家宽和朱灵在草堆里迷迷糊糊地睡去。朱灵像做了一场梦,在这个夜晚之前,她一直被父母严加看管。母亲安排她做那些做也做不完的针线活。母亲还努力营造一种温暖的气氛,比如说炒一盘热气腾腾的瓜子,放在灯下慢慢地剥,然后把瓜子丢进朱灵的嘴里。母亲还马不停蹄地说男人怎么怎么的坏,大了的姑娘到外面去野如何如何的不好。

朱灵在朱大爷的呼唤声中醒来。朱灵醒来时发觉有一双男人的手按在自己的胸前,便朝男人的脸上狠狠地扇了一巴掌。王家宽松开双手,感到脸上一阵阵麻辣。王家宽看见朱灵独自走了,屁股一扭一扭。王家宽说你这个没良心的。朱灵从骂声里觉出一丝痛快,她想今天我造反了,我不仅造了父母的反,也造了王家宽的反,我这巴掌算是把王家宽占的便宜赚回来了。

次日清晨,王家宽还没起床便被朱大爷从床上拉了起来。王家宽看见朱大爷唾沫横飞捞袖握拳,似乎是要大打出手才解心中之恨。在看到这一切的同时,王家宽还看到了朱灵。朱灵双手垂落胸前,肩膀一抽一抽地哭。她的头发像一团凌乱的鸡窝,上面还沾着一丝茅草。

朱大爷说家宽,昨夜朱灵是不是和你在一起。如果是的,我就把她嫁给你做老婆算了。她既然喜欢你,喜欢一个聋子,我就不为她瞎操心了。朱灵抬起头,用一双哭红的眼睛望着王家宽,朱灵说你说,你要说实话。

王家宽以为朱大爷问他昨夜是不是睡了朱灵?他被这个问题吓怕了,两条腿像站在雪地里微微地颤抖起来。王家宽拼命地摇头,说没有没有……

朱灵垂立的右手像一根树干突然举过头顶,然后重重地落在王家宽的左脸上。朱灵听到鞭炮炸响的声音,她的手掌被震麻了。她看见王家宽身子一歪,几乎跌倒下去。王家宽捂住火辣的左脸,感到朱灵的这一掌比昨夜的那一掌重了十倍,看来我真的把朱灵得罪了,大祸就要临头了。但是我在哪里得罪了朱灵?我为什么平白无故地遭打?

朱灵捂着脸返身跑开,她的头发从头顶散落下来。王家宽进屋找他爹王老炳。他说她为什么打我?王家宽话音未落,又被王老炳扇了一记耳光。王老炳说谁叫你是聋子?谁叫你不会回答?好端端一个媳妇,你却没有福分享受。

王家宽开始哭,哭过一阵之后,他找出一把尖刀,跑出家门。他想杀人,但他跑过的地方没有任何人阻拦他。他就这样朝着村外跑去,鸡狗从他脚边逃命,树枝被他砍断。他想干脆自己把自己干掉算了,免得硌痛别人的手。想想家里还有个瞎子爹,他的脚步放慢下来。

凡是夜晚,王家宽闭门不出。他按王老炳的旨意,在灯下破篾,准备为他爹编一床席子。王老炳认为男人编篾货就像女人织毛线或者纳鞋底,只要他们手上有活,就不会出去惹是生非。

破了三晚的篾条,又编了三天,王家宽手下的席子开始有了席子的模样。王老炳在席子上摸了一把,很失望地摇头。王家宽看见爹不停地摇手,爹好像是不要我编席子,而是要我编一个背篓,并且要我马上把席子拆掉。王家宽说我马上拆。爹的手立即安静下来,王家宽想我猜对爹的意思了。

就在王家宽专心拆席子的这个晚上,王老炳听到楼上有人走动。王老炳想是不是家宽在楼上翻东西。王老炳叫了一声家宽,是你在楼上吗?王老炳没有听到回音。楼上的翻动声愈来愈响,王老炳想这不像是家宽弄出来的声音,何况堂屋里还有人在抽动篾条,家宽只顾拆席子,他还不知道楼上有人。

王老炳从床上爬起来,估摸着朝堂屋走去。他先是被尿桶绊倒,那些陈年老尿洒满一地,他的裤子湿了,衣服湿了,屋子里飘荡腐臭的气味。他试图重新站起来,但是他的头撞到了木板,他想我已经爬到了床下。他试探着朝四个不同的方向爬去,四面似乎都有了木板,他的额头上撞起五个小包。

王家宽闻到一股浓烈的尿臭,以为是他爹起床小解。尿臭持续了好长一段时间,并且愈来愈浓重,他于是提灯来看他爹。他看见他爹湿淋淋地趴在床底,嘴张着,手不停地往楼上指。

王家宽提灯上楼,看见楼门被人撬开,十多块腊肉不见了,剩下那根吊腊肉的竹竿在风中晃来晃去,像空荡荡的秋千架。王家宽对着楼下喊:腊肉被人偷走啦。

第五天傍晚,刘挺梁被他父亲刘顺昌绑住双手,押进王老炳家大门。刘挺梁的脖子上挂着两块被火烟熏黑的腊肉,那是他偷去的腊肉中剩下的最后两块。刘顺昌朝刘挺梁的小腿踹了一脚,刘挺梁双膝落地,跪在王老炳的面前。

刘顺昌说老炳,我医好过无数人的病,就是医不好我这个崽的手。一连几天我发现他都不回家吃饭,觉得有些奇怪,就跟踪他。原来他们在后山的林子里煮你的腊肉吃,他们一共四人,还配备了锅头和油盐酱醋。别的我管不着,刘挺梁我绑来了,任由你处置。

王老炳说挺梁,除了你还有哪些人?刘挺梁说狗子、光旺、陈平金。

王老炳的双手顺着刘挺梁的头发往下摸,他摸到了腊肉,然后摸到了刘挺梁反剪的双手。他把绳子松开,说今后你们别再偷我的了,你走吧。刘挺梁起身走了。刘顺昌说你怎么就这样轻轻松松地打发他?王老炳说顺昌,我是瞎子,家宽耳朵又聋,他们要偷我的东西就像拿自家的东西,易如反掌,我得罪不起他们。

刘顺昌长长地吁了一口气,说你的这种状况非改变不可,你给家宽娶个老婆吧。也许,那样会好一点儿。王老炳说谁愿意嫁他呀。

刘顺昌在为人治病的同时,也在暗暗为王家宽物色对象。第一次,他为王家宽带来一个寡妇。寡妇手里牵着一个大约五岁的女孩,怀中还抱着一个不满周岁的婴儿。寡妇面带愁容,她的丈夫刚刚病死不久,她急需一个男劳力为她耙田犁地。

寡妇的女孩十分乖巧,她一看见王家宽便双膝落地,给王家宽磕头。她甚至还朝王家宽连连叫了三声"爹"。刘顺昌想可惜王家宽听不到女孩的叫声,否则这桩婚姻十拿九稳了。

王家宽摸摸女孩的头,把她从地上拉起来,为她拍净膝盖上的尘土。拍完尘土之后,王家宽的手无处可放。他犹豫了片刻,终于想起去抱寡妇怀中的婴儿。婴儿张嘴啼哭,王家宽伸手去掰婴儿的大腿,他看见婴儿腿间鼓胀的鸟仔。他一边用右中指在上面抖动,一边笑嘻嘻地望着寡妇。一线尿从婴儿的腿中间射出来,婴儿止住哭声,王家宽的手上沾满了热尿。

趁着寡妇和小女孩吃饭的空隙,王家宽用他破篾时剩余的细竹筒,做了一支简简单单的箫。王家宽把箫凑到嘴上狠劲儿地吹了几口,估计是有声音了,他才把它递给小女孩。他对小女孩说等吃完饭了,你就吹着这个回家,你们不用再来找我啦。

刘顺昌看着那个小女孩一路吹着箫,一路跳着朝他们的来路走去。箫声粗糙断断续续,虽然不成曲调,但听起来有一丝凄凉。刘顺昌摇着头,说王家宽真是没有福分。

后来刘顺昌又为王家宽介绍了几个单身女人。王家宽不是嫌她们老就是嫌她们丑。没有哪个女人能打动他的心,他似乎天生地仇恨那些试图与他一起生活的女人。刘顺昌找到王老炳,说老炳呀，他一个聋人挑来挑去的，什么时候才有个结果，干脆你做主算啦。王老炳说你再想想办法。

刘顺昌把第五个女人带进王家时，太阳已经西落。这个来自异乡的女人，名叫张桂兰。为了把她带进王家，刘顺昌整整走了一天的路程。刘顺昌在灯下不停地拍打他身上的尘土，也不停地痛饮王家宽端给他的米酒。随着一杯又一杯米酒的灌入，刘顺昌的脸变红脖子变粗。刘顺昌说老炳，这个女人什么都好，就是左手不太中用，其实也没什么，就是伸不直。今夜，她就住在你家啦。

自从那次腊肉被盗之后，王家宽和王老炳就开始合床而睡，这样做的目的，是为了防止再有小偷进入时，他们好联合行动。张桂兰到达的这个夜晚，王家宽仍然睡在王老炳的床上。王老炳用手不断地掐王家宽的大腿、手臂，示意他过去跟张桂兰。但是王家宽赖在床上死活不从。渐渐地王家宽抵挡不住他爹的攻击，从床上爬了起来。

从床上爬起来的王家宽没有去找张桂兰，他在门外的晒楼上独坐，多日不用的收音机又挂到他脖子上。大约到了下半夜，王家宽在晒楼上睡去，收音机彻夜不眠。如此三个晚上，张桂兰逃出了王家。

小学老师张复宝、姚育萍夫妇，还未起床便听到有人敲门。张复宝拉开门，看见王家宽挑着一担水站在门外。张复宝揉揉眼睛伸伸懒腰，说你敲门，有什么事？王家宽不管允不允许，径直把水挑进大门，倒入张复宝家的水缸。王家宽说今后，你们家的水我包了。

每天早晨,王家宽准时把水挑进张复宝家的大门。张复宝和姚育萍都猜不透王家宽的用意。挑完水后的王家宽站在教室的窗口,看学生们早读,有时他一直看到张复宝或者姚育萍上第一节课。张复宝想他是想跟我学识字吗?他的耳朵有问题,我怎么教他?

张复宝试图阻止王家宽的这种行动,但王家宽不听。挑了大约半个月,王家宽悄悄对姚育萍说,姚老师,我求你帮我写一封信给朱灵,你说我爱她。姚育萍当即用手比画起来。王家宽猜测姚老师的手势。姚老师的大意是说信不用写,由她去找朱灵当面说说就可以了。王家宽说我给你挑了差不多五十挑水,你就给我写五十个字吧,要以我的口气写,不要给朱灵知道是谁写的,求你姚老师帮个忙。

姚育萍取出纸笔,帮王家宽写了满满一页纸的字。王家宽揣着那页纸,像揣一件宝贝,等待时机交给朱灵。

王家宽把纸条揣在怀里三天,仍然没有机会交给朱灵。独自一人的时候,王家宽偷偷掏出纸条来左看右看,似乎是能看得懂上面的内容。

第四天晚上,王家宽趁朱灵的父母外出串门的时机,把纸条从窗口递给朱灵。朱灵看过纸条后,在窗口朝王家宽笑,她还把手伸出窗外摇动。

朱灵刚要出门,被串门回来的母亲堵在门内。王家宽痴痴地站在窗外等候,他等到了朱大爷的两只破鞋子。那两只鞋子从窗口飞出来，正好砸在王家宽的头上。

姚育萍发觉自己写的情书未起作用，便把这件差事推给张复宝。王家宽把张复宝写的信交给朱灵后，不仅看不到朱灵的笑脸，连那只在窗口挥动的手也看不到了。

一开始朱灵就知道王家宽的信是别人代写的，她猜遍了村上能写字的人，仍然没有猜出那信的出处。当姚育萍的字换成张复宝的字之后，朱灵的心情变得复杂起来。她看见信后的落款，由王家宽变成了张复宝，不知道这是有意的错误或是无意的？如果是有意的，王家宽被这封求爱信改变了身份，他由求爱者变成了邮递员。

在朱灵家窗外徘徊的人不只是王家宽一个，他们包括狗子、刘挺梁、老黑以及杨光，当然还包括一些不便公开姓名的人（有的是已经结婚的有的是国家干部）。狗子们和朱灵一起长大一起上小学读初中，他们百分之百地有意或无意地抚摸过朱灵那根粗黑的辫子。狗子说他抚摸那根辫子就像抚摸新学期的课本，就像抚摸他家那只小鸡的绒毛。现在朱灵已剪掉了那根辫子，狗子们面对的是一个待嫁的美丽的姑娘。狗子说我想摸她的脸蛋。

但是在王家宽向朱灵求爱的这年夏天，狗子们意识到他们的失败。他们开始朝朱家的窗口扔石子、泥巴，在朱家的大门上写淫秽的句词，画凌乱的人体的某些器官。王家宽同样是一个失败者，只不过他没有意识到。

狗子看见王家宽站在朱家高高的屋顶上，顶着烈日为朱大爷盖瓦。狗子想朱大爷又在剥削那个聋子的劳动力。狗子用手把王家宽从屋顶上招下来,拉着他往老黑家走。王家宽惦记没有盖好的屋顶,一边走一边回头求狗子不要添乱。王家宽拼命挣扎,最终还是被狗子推进了老黑家的大门。

狗子问老黑准备好了没有?老黑说准备好了。狗子于是勒住王家宽的双手,杨光按下王家宽的头。王家宽的头被浸泡进一盆热水里,就像一只即将被扒毛的鸡浸入热水里。王家宽说你们要干什么?

王家宽顶着湿漉漉的头发,被狗子和杨光强行按坐在一张木椅上。老黑拿着一把锋利的剃刀走向木椅。老黑说我们给你剃头,剃一个光亮光亮的头,像100瓦的电灯泡,可以把朱家的堂屋和朱灵的房间照得锃亮锃亮。王家宽看见狗子和杨光哈哈大笑,他的头发一团一团地落下来。

老黑把王家宽的头剃了一半,示意狗子和杨光松手。王家宽伸手往头上一摸,摸到半边头发,就说老黑,求你帮我剃完。老黑摇头。王家宽说狗子,你帮我剃。狗子拿着剃刀在王家宽的头上刮,刮出一声惊叫。王家宽说痛死我了。狗子把剃刀递给杨光,说你帮他剃。王家宽见杨光嬉皮笑脸地走过来,接过剃刀准备给他剃头。王家宽害怕他像狗子那样剃,便从椅子上闪开,夺过杨光手里的剃刀,冲出老黑家大门,回家找出一面镜子。王家宽照着镜子,自己给自己剃完半个脑袋上的头发。

做完这一切,太阳已经下山了。王家宽顶着锃亮的脑袋,再次爬上朱家的屋顶盖瓦。狗子和杨光从朱家门前经过,对着屋顶上的王家宽大声喊:电灯泡……天都快黑啦,还不收工。王家宽没有听到下面的叫喊,但是朱大爷听得一清二楚。朱大爷从屋顶丢下一块断瓦,断瓦擦着狗子的头发飞过,狗子仓皇而逃。

朱大爷在后半夜被雨淋醒,雨水从没有盖好的屋顶漏下来,像黑夜中的潜行者,钻入朱家那些阴暗的角落。朱大爷担心的事情终于发生了,他抬头望天,天上黑得像锅底。雨水如天上扑下来的蝗虫,在他抬头的一瞬间爬满他的脸。他听到屋顶传来一个声音:塑料布。声音在雨水中含混不清,仿佛来自天国。

朱大爷指使全家搜集能够遮雨挡风的塑料布,递给屋顶上那个说话的人,所有的手电光聚集在那个人身上。闻风而动的人们,送来各色塑料布,塑料布像衣服上的补丁,被那个人打在屋顶。

雨水被那个人堵住,那个被雨水淋透的人是聋人王家宽。他顺着楼梯退下来,被朱大爷拉到火堆边。很快他的全身冒出热气,热气如烟,仿佛从他的毛孔里钻出来。

王家宽在送塑料布的人群中,发现了张复宝。老黑在王家宽头上很随便地摸一把,然后用手比画说张复宝跟朱灵好。王家宽摇摇头,说我不信。

人群从朱家一一退出,只有王家宽还坐在火堆边,他想借那堆大火烤干他的衣裤。他看见朱灵的右眼发红,仿佛刚刚哭过。她的眼皮不停地眨,像是给人某种暗示。

朱灵眨了一会儿眼皮,起身走出家门。王家宽紧跟其后。他听不到朱灵在说什么,他以为朱灵在暗示他。朱灵说妈,我刚才递塑料布时,眼睛里落进了灰尘,我去找圆圆看看。我的床铺被雨水淋湿了,我今夜就跟圆圆睡。

王家宽看见有一个人站在屋角等朱灵,随着手电光的一闪,他看清那个人是张复宝。他们在雨水中走了一程,然后躲到牛棚里。张复宝一只手拿电筒,一只手翻开朱灵的右眼皮,并鼓着腮帮子往朱灵的眼皮上吹。王家宽看见张复宝的嘴唇几乎贴到了朱灵的眼睛上,只一瞬间那嘴唇真的贴到眼睛上。手电像一个老人突然断气,王家宽眼前一团黑。王家宽想朱灵眨眼皮叫我出来,她是存心让我看她的好戏。

雨过天晴,王家宽的光头像一只倒扣的瓢瓜,在暴烈的太阳下晃动。他开始憎恨自己,特别憎恨自己的耳朵。别人的耳朵是耳朵,我的耳朵不是耳朵,王家宽这么想着的时候,一把锋利的剃头刀已被他的左手高举,手起刀落,他割下了他的右耳。他想我的耳朵是一种摆设,现在我把它割下来喂狗。

到了秋天,那些巴掌大的树叶从树上飘落,它们像人的手掌拍向大地,乡村到处是噼噼啪啪的拍打声。无数的手掌贴在地面,它们再也回不到原来的地方,要等到第二年春天,树枝上才长出新的手掌。王家宽想树叶落了明年还会长,我的耳朵割了却不会再长出来。

王家宽开始迷恋那些树叶,一大早他就蹲到村头的那棵枫树下。淡红色的落叶散布在他的周围,他的手像鸡的爪子,在树叶间扒来扒去,目光跟着双手游动。他在找什么呢?张复宝想。

从村外过来一个人,近了张复宝才看清楚是邻村的王桂林。王桂林走到枫树下,问王家宽在找什么?王家宽说耳朵。王桂林笑了一声,说你怎么在这里找你的耳朵,你的耳朵早被狗吃了,找不到了。

王桂林朝村里走来,张复宝躲进路边的树丛,避过他的目光。张复宝想干脆在这树林里方便方便,等方便完了王家宽也许会走开了。张复宝提着裤带从树林里走出来,王家宽仍然勾着头在寻找着什么,丝毫没有离去的意思。张复宝轻轻地骂道:一只可恶的母鸡。

张复宝回望村庄,他看到朱灵远去的背影。他想事情办糟了,一定是在我方便的时候,朱灵来过枫树边,她看见枫树下的那个人是王家宽而不是我,就转身回去了。如果朱灵再耽误半个小时,便赶不上去县城的班车了。

大约过去五分钟,张复宝看见他的学生刘国芳从大路上狂奔而来。刘国芳在枫树下站了片刻,捡起三片枫叶后,又跑回村庄。刘国芳咚咚的跑步声,敲打在张复宝的心尖上,他紧张得有些支持不住了。

朱灵听刘国芳说树下只有王家宽时,她当即改变了主意。她跟张复宝约好早晨九点在枫树下见面,然后一同上县城的医院。但她刚刚出村,就看见王桂林从路上走过来。她想王桂林一定在树下看见了张复宝,我和张复宝的事已经被人传得够热闹了,我还是避他一避,否则他看见张复宝又看见我出村会怎么想。朱灵这么想着,又走回家中。

为了郑重其事,朱灵把路经家门口的刘国芳拉过来。她叫刘国芳跑出村去为她捡三张枫叶。刘国芳捡回三片淡红的枫叶,说我看见聋子王家宽在树下找什么。朱灵说你还看见别人了吗?刘国芳摇摇头,说没有。

去不了县城,朱灵变得狂躁不安。细心的母亲杨凤池突然记起好久没有看见朱灵洗月经带了。杨凤池把手伸向女儿朱灵的腹部。她的手被一个声音刺得跳起来。朱灵怀孕的秘密,被她母亲的手最先摸到。

每一天人们都看见王家宽出村去寻找他的耳朵,但是每一天人们都看见他空手而归。如此半月,人们看见王家宽领着一个漂亮的姑娘走向村庄。

姑娘的右肩吊着一个黑色的皮包,皮包里装满大大小小的毛笔。快要进村时,王家宽把皮包从姑娘的肩上夺过来,挎在自己的肩上。姑娘会心一笑,双手不停地比画。王家宽猜想她是说感谢他。

村头站满参差不齐的人,他们像土里突然冒出的竹笋,一根一根又一根。有那么多人看着,王家宽多少有了一点儿得意。然而王家宽最得意的,是姑娘的表达方式。她怎么知道我是一个聋子?我给她背皮包时,她一边说话一边用手比画,不停地感谢。她刚刚碰到我就知道我是聋子,她是怎么知道的?

王老炳从外面的喧闹声中,判断有一个哑巴姑娘正跟着王家宽朝自家走来。他听到大门被推开的响声,在大门破烂的响声里还有王家宽的声音。王家宽说爹,我带来一个卖毛笔的姑娘,她长得很漂亮,比朱灵漂亮。王老炳双手摸索着想站起来,但他被王家宽按回到板凳上。王老炳说姑娘你从哪里来?王老炳没有听到回答。

姑娘从包里取出一张纸,抖开。王家宽看见那张纸的边角已经磨破,上面布满大小不一的黑字。王家宽说爹,你看,她打开了一张纸,上面写满了字,你快看看写的是什么?王家宽一抬头,看见他爹没有动静,才想起他爹的眼睛已经瞎了。王家宽说可惜你看不见,那些字像春天的树长满了树叶,很好看。

王家宽朝门外招手,竹笋一样立着的围观者,全都东倒西歪挤进大门。王老炳听到杂乱无章的声音,声音有高有低,有大人的也有小孩。王老炳听他们念道:

我叫蔡玉珍,专门推销毛笔,大支的五元,小支的二元五角,中号三元五角。现在城市里的人都不用毛笔写字,他们用电脑、钢笔写,所以我到农村来推销毛笔。我是哑巴,伯伯叔叔们行行好,买一两支给你的儿子练字,也算是帮我的忙。

有人问这字是你写的吗?姑娘摇头。姑娘把毛笔递给那些围着她的人。围观者面对毛笔仿佛面对凶器,他们慢慢地后退。姑娘一步一步地紧逼。王老炳听到人群稀里哗啦地散开。王老炳想他们像被拍打的苍蝇,哄的一声散了。

蔡玉珍以王家为据点,开始在附近的村庄推销她的毛笔,所到之处,人们望风而逃。只有色胆包天的男人和一些半大不小的孩童,对她和她的毛笔感兴趣。男人们一手捏毛笔,一手去摸蔡玉珍红扑扑的脸蛋,他们根本不把站在蔡玉珍旁边的王家宽放在眼里。他们一边摸一边说他算什么,他是一个聋子是跟随蔡玉珍的一条狗。他们摸了蔡玉珍的脸蛋之后,就像吃饱喝足一样,从蔡玉珍的身边走开。他们不买毛笔。王家宽想如果我不跟着这个姑娘,他们不仅摸她的脸蛋,还会摸她的胸口,强行跟她睡觉。

王家宽陪着蔡玉珍走了七天,他们一共卖去十支毛笔。那些油腻的零碎的票子现在就揣在蔡玉珍的怀里。

秋天的太阳微微斜了。王家宽让蔡玉珍走在他的前面。他闻到女人身上散发出的汗香。阳光追着他们的屁股,他的影子叠到了她的影子上。他看见她的裤子上沾了几粒黄泥,黄泥随着身体摆动。那些摆动的地方迷乱了王家宽的眼睛,他发誓一定要在那上面捏一把,别人捏得为什么我不能捏?这样漫无边际地想着的时刻,王家宽突然听到几声紧锣密鼓的声响。他朝四周张望,原野上不见人影。他听到声音愈响愈急,快要撞破他的胸口。他终于明白那声响来自他的胸部,是他心跳的声音。

王家宽勇敢地伸出右手,姑娘跳起来,身体朝前冲去。王家宽说你像一条鱼滑掉了。姑娘的脚步就迈得更密更快。他们在路上小心地跑着,嘴里发出零零星星的笑声。

路边两只做爱的狗打断了他们的笑容。他们放慢脚步生怕惊动那一对牲畜。蔡玉珍突然感到累,她的腿怎么也迈不动了。她坐在地上津津有味地看着狗。牲畜像他们的导师,从容不迫地教导他们。太阳的余光洒落在两只黄狗的皮毛上,草坡无边无际的安静。狗们睁着警觉的双眼,八只脚配合慢慢移动,树叶在狗的脚下发出轻微的沙沙声。蔡玉珍听到狗们呜呜地唱,她被这种特别的唱词感动。她在呜咽声中被王家宽抱进了树林。

枯枝败叶被蔡玉珍的身体压断,树叶腐烂的气味从她身下飘起来,王家宽觉得那气息如酒,可以醉人。王家宽看见蔡玉珍张开嘴,像是不断地说什么。蔡玉珍说你杀死我吧。蔡玉珍被她自己说出来的话吓了一跳。她想我会说话了,我怎么会说话了呢?也许话根本就没有说出来,只是自己的想象。

那两只黄狗已经完事,此刻正蹒跚着步子朝王家宽和蔡玉珍走来。蔡玉珍看见两只狗用舌头舔着它们的嘴皮,目光冷漠。它们站在不远的地方,朝着他们张望。王家宽似乎是被狗的目光所鼓励,变得越来越英雄。王家宽看见蔡玉珍的眼不是眼,鼻子不是鼻子,它们全都扭曲了,有两串哭声从扭曲的眼眶里冒出来。

这个夜晚,王家宽没有回到他爹王老炳的床上。王老炳知道他和那个哑巴姑娘睡在一起了。

朱灵上厕所,她母亲杨凤池也会紧紧跟着。杨凤池的声音无孔不入,她问朱灵怀上了谁的孩子?这个声音像在朱灵头顶盘旋的蜜蜂,挥之不去避之不及,它仿佛一条细细的竹鞭,不断抽在朱灵的手上、背上和小腿上。朱灵感到全身紧绷绷的没有一处轻松自在。

朱灵害怕讲话,她想如果像蔡玉珍一样是个哑巴,母亲就不会反复地追问了。哑巴可以顺其自然,没有说话的负担。

杨凤池把一件小孩衣物举起来,问朱灵好不好看。朱灵不答。杨凤池说好端端一个孙子,你怎么忍心打掉?我用手一摸就摸到了他的鼻子、嘴巴和他的小腿,还摸到了他的鸟仔。你只要说出那个男人,我们就逼他成亲。杨凤池采取和朱灵截然相反的策略。

就连小孩都能看出朱灵怀孕。朱灵轻易不敢出门。放午学时有几个学生路经朱家,他们扒着朱家门板的缝隙处,窥视门里的朱灵。他们看见朱灵像一只被关在笼子里的笨熊,狂躁不安地走来走去。从门缝里窥视人的生活,他们感到新奇,他们忘记回家吃午饭。直到王家宽和蔡玉珍从朱家门前走过,他们才回过头来。

学生们有一丝兴奋,他们想做点儿什么事情。当他们看见王家宽时,他们一齐朝王家宽围过来,他们喊道:

王家宽大流氓,搞了女人不认账……

蔡玉珍看见那些学生一边喊一边跳,污浊的声音像石头、破鞋砸在王家宽的身上。王家宽对学生们露出笑容,和着学生们的节拍跳起来。因为他听不见,所以那些侮辱的话对他没有造成丝毫的伤害。学生们愈喊愈起劲儿,王家宽越跳越精神,他的脸上已渗出了粒粒汗珠。蔡玉珍忍无可忍,朝那些学生挥舞拳头。学生被她赶远了,王家宽跟着她往家里走。他们刚走几步,学生们又聚集起来,学生们喊道:蔡玉珍是哑巴,跟个聋子成一家,生个孩子聋又哑。

蔡玉珍回身去追那个领头的学生,追了几步她就被一块石头绊倒在地上。她的鼻子被石头碰伤,流出几滴浓稠的血。她趴在地上对着那些学生咿哩哇啦地喊,但是没有发出声音。

王家宽伸手去拉她,笑她多管闲事。蔡玉珍想还是王家宽好,他听不见,什么也没伤着,我听见了不仅伤心还伤了鼻子。

在那几个学生的带领下,更多的学生加入了窥视朱灵的行列。学校离朱家只有三百多米,老师下课的哨声一响,学生们便朝朱家飞奔而来。张复宝站在路上拦截那些奔跑的学生,结果自己反被学生撞倒在路上。一气之下,张复宝把带头的四个学生开除了。张复宝对他们说,你们不准再踏进学校半步。

到了冬天,朱灵自己把自己从门里解放出来。她穿着鲜艳的冬装,比原先显得更为臃肿。她走东家串西家,逢人便说我要结婚了。人们问她跟谁结?她说跟王家宽。有人说王家宽不是跟蔡玉珍结了吗?朱灵说那是同居,不叫结婚。他们没有爱情基础,那不叫结婚。

许多人暗地里说朱灵不知道羞耻,幸好王家宽是聋子,任由她作践,换了别人她的戏就没法往下演了。

村庄的桃花在一夜之间开放。桃花红得像血,看到那种颜色,就似乎闻到血的气味。王老炳坐在家门口,说我闻到桃花的味道了,今年的桃花怎么开得这么早?还没有过年就开了。

那个长年在山区照相的赵开应走到王老炳面前,问他照不照相?王老炳说听你的口音,是赵师傅吧,你又来啦。你总是年前这几天来我们村,那么准时。你问我照不照相,现在我照相还有什么用。去年冬天我还看得见你,今年冬天我就看不见你了。照也白照。你去找那些年轻人照吧,老黑、狗子、朱灵他们每年都要照几张。赵师傅,你坐。我只顾说话,忘记喊你坐啦。赵师傅你走啦?

你怎么不坐一坐?

王老炳还在不停地说话时,赵开应已走出去老远。他的身后跟着一群孩子和换了新衣准备照相的人们。

桃花似乎专为朱灵而开放。她带着赵开应在桃林里转来转去,那些红色的花瓣像雪,撒落在她的头发上和棉衣上。她的脸因为兴奋变得红扑扑的,像是被桃花染红一般。赵开应说朱灵你站好,这相机能把你喘出来的热气都照进去。朱灵说赵师傅,你尽管照,我要照三十几张,把你的胶卷照完。

朱灵特别的笑声和红扑扑的脸蛋,就留在这一年的桃树上,以至于后来人们看见桃树就想起朱灵。

朱灵是照完相之后走进王家宽家的。从她家遭大雨袭击的那个晚上到现在,她是第一次踏进王家的大门。朱灵显得有些疲惫,她一进门之后就躺到王家宽的床上。她睡王家宽的床,像睡她自己的床那么随便。她只躺下片刻,蔡玉珍就听到了她的鼾声。

蔡玉珍不堪朱灵鼾声的折磨,她把朱灵摇醒了。她朝朱灵挥手。朱灵看见她的手从床边挥向门外。朱灵想她的意思是让我从这里滚出去。朱灵说这是我的床,你从哪里来就往哪里去。蔡玉珍没有被朱灵的话吓倒,她很用力地坐在床沿。床板在她坐下来时摇晃不止,并且发出吱吱呀呀的响声。她想用这种声音,把朱灵赶跑。

朱灵想要打败蔡玉珍必须不停地说话,因为她听得见说不出。朱灵说我怀了王家宽的小孩,两年以前我就跟王家宽睡过了。你从哪里来我们不知道,你不能在这里长期住下去。

025

蔡玉珍从床边站起来，哭着跑开。朱灵看见蔡玉珍把王家宽推入房门。朱灵说你是个好人，家宽，你明知道我怀了谁的孩子，但是你没有出卖我。我今天是给你磕头来啦。

王家宽看见朱灵的头磕在床边上，以为她想住下来。朱灵想不到她美好的幻想会在这一刻灰飞烟灭。王家宽说你怀了张复宝的孩子，怎么来找我？你走吧，你不走我就向大家张扬啦。朱灵说求你，别说，千万别让我妈知道，我这就去死，让你们大家都轻松。

朱灵把她的双脚从被窝里伸到床下，她的脚在地上找了好久才找到她的鞋子。王家宽的话像一剂灵丹妙药，在朱灵的身上发生作用。朱灵试探着站起来，试了几次都未能把臃肿的身体挺直。王家宽顺手扶了她一把。朱灵说我是聋子，我什么也没听到，我谁也不害怕。

朱灵在王家宽面前轻描淡写说的那句话，被蔡玉珍认真地记住了。朱灵说我这就去死，让你们大家都轻松。

蔡玉珍看见朱灵提着一根绳索走进村后的桃林，暮色正从四面收拢，余霞的尾巴还留在山尖。蔡玉珍发觉朱灵手里的绳索泛着红光，绳索好像是下山的太阳染红的也好像是桃花染红的。蔡玉珍想她白天还在这里照相，晚上却想在这里寻死。

朱灵突然回头，发现了跟踪她的蔡玉珍。朱灵从地上捡起一块石头，朝蔡玉珍砸过来。朱灵说你像一只狗，紧跟着我干什么？你想吃大便吗？蔡玉珍在辱骂声中退缩，她犹豫片刻之后，快步跑向朱家。

朱大爷正在扫地，灰尘从地上扬起来，把朱大爷罩在尘土里。蔡玉珍双手往颈脖处绕一圈，再把双手指向屋梁。朱大爷不理解她的意思，觉得她影响了他的工作，流露出明显的不耐烦。蔡玉珍的胸口像被爪子狠狠地抓了几把，她拉过墙壁上的绳索，套住自己的脖子，脚跟离地，身体在一瞬间拉长。朱大爷说你想吊颈吗？要吊颈回你家去吊。朱大爷的扫把拍打在蔡玉珍的屁股上，蔡玉珍被扫出朱家大门。

　　过了一袋烟的时间，杨凤池开始挨家挨户呼唤朱灵。蔡玉珍在杨凤池焦急的喊声里焦急，她的手朝村后的桃林指，还不断地画着圆圈。朱大爷把这些杂乱的动作和刚才的动作联系起来，感到情况不妙。

　　星星点点的火把游向后山，人们呼喊朱灵的名字。

　　第五天清晨，张复宝一如既往来到了学校旁的水井边打水。他的水桶碰到了一件浮动的物体，井口隐约传来腐烂的气味。他回家拿来手电，往井底照射，看到了朱灵的尸体。张复宝当即呕吐不止。村里的人不辞劳苦，他们宁愿多走几脚路，去挑小河里的水来吃。而这口学校旁的水井，只有张复宝一家人享用。朱灵死了五天，他家就喝了五天的脏水。

　　那天早上学校没有开课，在以后的几天里，张复宝仍然被尸体缠绕着，学生们看见他一边上课一边呕吐。而姚育萍差不多把胆汁都吐出来了，她已经虚弱得没法走上讲台。

　　到了春天，赵开应才把他年前照的那些相片送到村子里来。他拿着朱灵的照片，去找杨凤池收钱。杨凤池说朱灵死了，你去找她要钱吧。赵开应碰了钉子,正准备把朱灵的照片丢进火炕。王家宽抢过照片,说给我,我出钱,我把这些照片全买下来。

一种特别的声音在屋顶上滚来滚去,它像风的呼叫,又像是一群老鼠在瓦片上奔跑。声音总是在夜深人静的时候准时地降落,蔡玉珍被这种声音包围了好些日子。她很想架一把梯子,爬到屋顶上去看个究竟,但是在睁着眼和闭着眼都一样黑的夜晚,她害怕那些折磨她的声音。

白天她爬到屋后的一棵桃树上,认真地观察她家的屋顶,她只看到灰色的歪歪斜斜的瓦片,瓦片上除了阳光什么也没有。看过之后,她想那声音今夜不会有了。但是那声音还是如期而来,总是在她即将入睡的时刻把她唤醒。她不甘心,睁着眼睛等到天明,再次爬到桃树上。一次又一次,她几乎数遍了屋顶上的瓦片,还是没找到声源。她想是不是我的耳朵出了什么毛病?

王老炳同时被这种声音纠缠。开始他对干扰他睡眠的声音做出了适应的反应。他坐在床沿整夜整夜地抽烟,不断地往尿桶里屙尿。但是,慢慢地他就不适应了。他觉得那声音像一把锯子,往他脑子里锯进去。他想如果再不能入睡,我就要发疯啦。他一边想着一边假装平心静气地躺到床上。只躺了一小会儿,他又爬起来,伸手摸到床头的油灯,油灯砸到地上。油灯碎裂的声音,把那个奇怪的声音赶跑了,但是它游了一圈后马上又回到王老炳的耳边。

王老炳开始制造声音来驱赶声音。他把烟斗当作鼓槌,不停地磕他的床板。他像一只勤劳的啄木鸟,使同样无法入睡的蔡玉珍雪上加霜。

啄木鸟的声音停了。王老炳改变策略,开始不停地说话,无话找话。蔡玉珍听到他在胡话里睡去,鼾声接替话声。听到鼾声,蔡玉珍像饥饿的人,突然闻到了饭香。

屋顶的声音没有消失。蔡玉珍拿着手电往上照,她看见那些支撑瓦片的柱头、木板,没有看见声音。她听到声音从屋顶转移到地下,仿佛躲在那些箱柜里。她把箱柜的门一一打开,里面什么也没有。她翻箱倒柜的声音,惊醒了刚刚入睡的王老炳。王老炳说你找死吗?我好不容易睡着又被你搞醒了。屋子里忽然变得出奇的静。蔡玉珍缩手缩脚,再也不敢弄出声响来。

蔡玉珍听到王老炳叫她。王老炳说你过来扶我出去,我们去找找那个声音,看它藏在哪里?蔡玉珍用手推王家宽,王家宽翻了个身又继续睡。蔡玉珍走到王老炳床前,拉起王老炳走出大门。黑夜里风很大。

他们在门前仔细听,那个奇怪的声音像是来自屋后。他们朝屋后走去,走进后山那片桃林。蔡玉珍看见杨凤池跪在一株桃树下,用一根木棍敲打一只倒扣的瓷盆,瓷盆发出空阔的声音。手电光照到杨凤池的身上,她毫无知觉,双目紧闭口中念念有词。蔡玉珍和王老炳听到她在诅咒王家宽。她说是王家宽害死了朱灵。王家宽不得好死,王家宽全家死绝……

蔡玉珍朝瓷盆狠狠地踢去,瓷盆飞出去好远。杨凤池睁眼看见光亮,吓得爬着滚着出了桃林。王老炳说她疯啦,现在死无对

029

证,她把屎呀尿呀全往家宽身上泼。我们穷不死饿不死,但我们快被脏水淹死了。我们还是搬家吧,离他们远远的。

王家宽扶着王老炳过了小河,爬上对岸。蔡玉珍扛着锄头、铲子跟在他们的身后。村庄的对面,也就是小河的那一边是坟场,除了清明节,很少有人走到河的那边去。王老炳过河之后,几乎是凭着多年的记忆,走到了他祖父王文章的墓前。他走这段路走得平稳、准确无误,根本不像个盲人。王家宽不知道王老炳带他来这里干什么。

王家宽说爹,你要做什么?王老炳说把你曾祖的坟挖了,我们在这里起新房。蔡玉珍向王家宽比了一个挖土的动作。王家宽想爹是想给曾祖修坟。

王家宽在王文章的坟墓旁挖沟除草,蔡玉珍的锄头却指向坟墓。王家宽抬头看见他曾祖的坟在蔡玉珍的锄头下土崩瓦解,转眼就塌了半边,吓得脸都惨白。他神色庄重地夺过蔡玉珍手里的锄头,然后用铲子把泥巴一铲一铲地填到缺口里。

王老炳没有听到挖土的声音,他说蔡玉珍,你怎么不挖了?这是个好地盘,我们的新家就建在这里。我祖父死的时候,我已经懂事了。我看见我祖父是装着两件瓷器入土的,那是值钱的古董,你把它挖出来。你挖呀。是不是家宽不让你挖,你叫他看我。王老炳说着,比了一个挖土的动作。他的动作坚决果断,甚至是命令。

王家宽说爹,你是叫我挖坟吗?王老炳点点头。王家宽说为什么?王老炳说挖。蔡玉珍捡起横在地面的锄头,递给王家宽。

王家宽不接,他蹲在河边看河对面的村庄,以及他家的瓦檐。他看见炊烟从各家各户的屋顶升起,早晨的天空被清澈的烟染成蓝色。有人赶着牛群出村。谁家的鸡飞上刘顺昌家的屋顶,昂首阔步,来来回回。

王家宽回头,看见坟墓又缺了一只角,新土覆盖旧土,蔡玉珍像一只蚂蚁正艰难地啃食着一块大饼。王老炳摸到了地上的锄头,他慢慢地把锄头举起来,慢慢地放下去,锄头砸在石块上,偏离目标,差一点儿锄到王老炳的脚。王家宽想看来他们是下定决心要挖这座坟了。王家宽从他爹手上接过锄头,紧闭双眼把锄头锄向坟墓。他在干一件他不愿意干的事情。他渴望闭上双眼。他想爹的眼睛如果不瞎,他就不会向他烧香磕头的地方动锄头。

挖坟的工作持续了半天,他们总算整出了一块平地。他们没有看见棺材和尸骨。王家宽说这坟里什么也没有。王老炳听到王家宽这么说,十分惊诧。他摸到刚整好的平地上,抓起一把泥土,放到鼻尖前嗅了又嗅。他想我是亲眼看着祖父下葬的,棺材里装着两件精美的瓷器,现在怎么连一根尸骨都没有呢?

时间到了夏末,王家宽和蔡玉珍在对岸垒起两间不大不小的泥房。他们把原来的房屋一点一点地拆掉,屋顶上的瓦也全都挑到了河那边。他们原先的家,完全暴露在光天化日之下。

搬家的那天,王家宽甩掉许多旧东西。他砸烂那些油腻的坛子,劈开几个沉重的木箱。他对过去留下来的东西带着一种天然的仇恨。他像一个即将远行的人轻装上路,只带上他必须携带的物品。

整理他爹的床铺时，他在床下发现了两只精美的瓷瓶。他扬手准备把它扔掉，被蔡玉珍及时拦住。蔡玉珍用毛巾把瓷瓶擦亮，递给王老炳。王老炳用手一摸，脸色唰地变了。他说就是它，我找的就是它。我明明看见它埋到了祖父的棺材里，现在又从哪里跑出来了？帮忙搬家的人说是王家宽从你床铺下面翻出来的。王老炳说不可能。

王老炳端坐在阳光里，抱着瓷瓶不放。搬家的人像搬粮的蚂蚁，走了一趟又一趟。他们看见王老炳面对从他身边走过的脚步声笑，面对空荡荡的房子笑，笑得合不拢嘴。

王老炳一家完全彻底地离开老屋是在这一天傍晚。搬家的人们都散了，王家宽从老屋的火坑里点燃火把，眼泪随即掉下来。他和火把在前，王老炳和蔡玉珍断后。王老炳怀抱两只瓷瓶，蔡玉珍小心地搀扶着他。

过了小木桥，王老炳叫蔡玉珍拉住前面的王家宽，要大家都在河边把脚洗干净。他说你们都来洗一洗，把脏东西洗掉，把坏运气洗掉，把过去的那些全部洗掉。三个人六只脚板在火光照耀下，全都泡进水里。蔡玉珍看见王家宽用手搓他的脚板，搓得一丝不苟，像有老趼和鳞甲从他脚上一层层脱下来。

村庄里的人全都站在自家门口，目送王家宽一家人上岸。他们觉得王家宽手上的火把像一簇鬼火，无声地孤单地游向对岸。那簇火只要把新屋里的火引燃，整个搬迁的仪式也就结束了。一同生活了几十年的邻居们，就这样看着一个邻居从村庄消失。

一个秋天的中午，刘顺昌从山上采回满满一背篓草药。他把草药倒到河边，然后慢慢地清洗它们。河水像赶路的人，从他手指间快速流过，他看到浅黄的树叶和几丝衰草，在水上漂浮。他的目光越过河面，落到对岸王老炳家的泥墙上。

他看见王老炳一家人正在盖瓦。王老炳家搬过去的时候，房子只盖了三分之二。那时刘顺昌劝他等房子全盖好了再搬走不迟。但王老炳像逃债似的，急急忙忙地赶过那边去住，现在他们利用他们的空余时间补盖房子。

蔡玉珍站在屋檐下捡瓦，王老炳站在梯子上接，王家宽在房子上盖。瓦片从一个人的手传到另一个人的手里，最后堆在房子上。他们配合默契，远远地看过去看不出他们的残疾，看不出他们的破绽。王家宽不时从他爹递上去的瓦片中选出一些断瓦扔下来，有的被他扔到河里。刘顺昌只看到小河里水花飞扬，却听不到断瓦残片砸入河中的声音。这是个没有声音的中午，太阳在小河里静静地走动。王老炳一家人不断地弯腰举手，没有发出丝毫的声响。刘顺昌看着他们，像看无声的电影，也仿佛是自己的耳朵突然失灵。没了声音，他们就像阴间里的人，或画在纸上的人。他们在光线里动作，轻飘、单薄、虚幻。

刘顺昌看见房上的一块瓦片飞落，碰到蔡玉珍的头上，破成四五块碎片。蔡玉珍双手捧头，弯腰蹲在地上。刘顺昌想蔡玉珍的头一定被砸破了。刘顺昌朝那边喊话：老炳，蔡玉珍的头伤得重不重？需不需要我过去看一看，给她敷点儿草药？那边没有回音，他们好像没有听到刘顺昌喊话。

王家宽从房子上走下来,把蔡玉珍背到河边,用河水为她洗脸上的血。刘顺昌喊蔡玉珍,你怎么啦?王家宽和蔡玉珍仍然没有反应。刘顺昌捡起脚边的一颗石子,往河边砸过去。王家宽朝飞起的水花匆匆一瞥,便走进草丛为蔡玉珍采药。他把他采到的药放进嘴里嚼烂,再用右手抠出来,敷到蔡玉珍的伤口上。

蔡玉珍再次趴在王家宽的背上。王家宽背着她往回走。尽管小路有一点儿坡度,王家宽还能在路上一边跳一边走,像从某处背回新娘一样快乐惬意。蔡玉珍被王家宽从背上颠到地面,她在王家宽的背膀上擂上几拳,想设法绕过王家宽往前跑。但是王家宽张开他的双手,把路拦住。蔡玉珍只得用双手搭在王家宽的双肩上,跟着他走跟着他跳。

跳了几步,王家宽突然返身抱住蔡玉珍。蔡玉珍像一张纸片,轻轻地离开地面,落入王家宽的怀中。王家宽把蔡玉珍抱进家门。王老炳摸索着也进入家门。刘顺昌看见王家的大门无声地合拢。刘顺昌想他们一天的生活结束了,他们看上去很幸福。

秋风像夜行人的脚步,在河的两岸在屋外沙沙地走着。王老炳和王家宽都已踏踏实实地睡去。蔡玉珍听到屋外响了一声,像是风把挂在墙壁上的什么东西吹落了。蔡玉珍本来不想理睬屋外的声音,她想瓦已盖好了,家已经像个家了,应该安安稳稳地睡个好觉。但她怕她晾在竹竿上的衣服被风吹落,于是从床上爬起来。

她拉开大门,一股风灌进她的脖子。她把手电摁亮,看见手电光像一根无限伸长的棍子,一头在她的手上,另一头搁在黑夜里。

她拿着这根白晃晃的棍子走出家门,转到屋角看晾在竹竿上的衣服。衣服还晾在原先的位置,风甩动那些垂直的衣袖,像一个人的手臂被另一个人强行地扭来扭去。蔡玉珍想收那些衣服,她把手电筒叼在嘴里,双手伸向竹竿。她的手还没有够着竹竿,便被一双粗壮的手臂搂住了。那双手搂着她飞越一条沟,跨过两道坎,最后一起倒在河边的草堆里。蔡玉珍嘴里的手电筒在奔跑中跌落,玻璃电珠破碎,照明工具瞎了,河两岸乱糟糟的黑。

那人撕开她的衣服,像一只吃奶的狗仔用嘴在她胸口乱拱。蔡玉珍想喊,但她喊不出来。她的奶子被啃得火辣辣的痛。她记住这个人有胡须。那人想脱她的裤子。蔡玉珍双手攥紧裤头,在草堆里打滚。那人似乎是急了,腾出一只手来摸他的口袋,摸出一把冰凉的刀。他把刀贴在蔡玉珍的脸上。蔡玉珍安静下来。蔡玉珍听到裤子破裂的声音,她知道她的裤裆被小刀割破了。

蔡玉珍像一匹马,被那人强行骑了上去。挣扎中,她的裤裆完全彻底地撕开。她想现在攥着裤头已经没有用处。她张开双手,十根手指朝那人的脸上抓去。她想明天,我就去找脸皮被抓破的人。

强迫和挣扎持续了好久,蔡玉珍的嘴里突然吐出几个字:我要杀死你。她把这几个字劈头盖脸吐向那人。那人从蔡玉珍的身上弹起来,转身便跑。蔡玉珍听到那人说我撞上鬼啦,哑巴怎么也能说话?声音含糊不清,蔡玉珍分辨不出那声音是谁的。

当她回到床前,点燃油灯时,王家宽看到了她受伤的胸口和裂开的裤裆。王家宽摇醒他爹,说爹,蔡玉珍刚才被人搞了,她的裤裆被刀子划破,衣服也被撕烂了。王老炳说你问问她,是谁干的好事?王老炳想说也是白说,王家宽他听不到。王老炳叹了一口气,对着隔壁喊玉珍,你过来,我问问你。你不用怕,爹什么也看不见。

　　蔡玉珍走到王老炳床前。王老炳说你看清是谁了吗?蔡玉珍摇头。王家宽说爹,她摇头,她摇头做什么?王老炳说你没看清楚他是谁,那么你在他身上留下什么伤口了吗?蔡玉珍点头。王家宽说爹,她点头了。王老炳说伤口留在什么地方?蔡玉珍用双手抓脸,又用手摸下巴。王家宽说爹,她用手抓脸还用手摸下巴。王老炳说你用手抓了他的脸还有下巴?蔡玉珍点头又摇头。王家宽说现在她点了一下头又摇了一下头。王老炳说你抓了他脸?蔡玉珍点头。王家宽说她点头。王老炳说你抓了他下巴?蔡玉珍摇头。王家宽说她摇头。蔡玉珍想说那人有胡须,她嘴巴张了一下,但什么也没有说出来。她急得想哭。她看到王老炳的嘴巴上下,长满了浓密粗壮的胡须,她伸手在上面摸了一把。王家宽说她摸你的胡须。王老炳说玉珍,你是想说那人长有胡须吗?蔡玉珍点头。王家宽说她点头。王老炳说家宽他听不到我说话,即使我懂得那人的脸被抓破,嘴上长满胡须,这仇也没法报啊。如果我的眼睛不瞎,那人哪怕跑到天边,我也会把他抓出来。孩子,你委屈啦。

　　蔡玉珍哇的一声哭了,她的哭声十分响亮。她看见王老炳瞎了的眼窝里冒出两行泪。泪水滚过他皱纹纵横的脸,挂在胡须上。

　　无论是白天或者黑夜,王家宽始终留意过往的行人。他手里捏着一根木棒,对着那些窥视他家的人晃动。他怀疑所有的男人,甚至怀疑那个天天到河边洗草药的刘顺昌。谁要是在河那边朝他家多看几眼，他也会不高兴也会怀疑。

王老炳叫蔡玉珍把小河上的木板桥拆掉，王家宽不允。他朝准备拆桥的蔡玉珍晃动他手里的木棒，坚信那只饿嘴的猫一定还会过桥来。王家宽对蔡玉珍说我等着。

王家宽耐心地等了将近半个月，终于等到了报仇的时机。他看见一个人跑过独木桥，朝他家摸来。王家宽还暂时看不清那个人的面孔，但月亮已把来人身上白色的衬衣照得闪闪发光。王家宽用木棒在窗口敲了三下，这是通知蔡玉珍的暗号。

那个穿白衬衣的人来到王家门前，四下望一眼后，便从门缝往里望。大约是什么也没见，他慢慢地靠近王家宽卧室的窗口，踮起脚尖伸长脖子窥视窗里。王家宽从暗处冲出来，举起木棒横扫那人的小腿。那人像秋天的蚂蚱从窗口跳开，还没有站稳就跪到了地下。那人爬起来试图逃跑，但他刚跑到屋角，王家宽就喊了一声：爹，快打。屋角落下一根木棒，正好砸在那人的头上。那人抱头在地下滚了几滚，又重新站起来。他的手里已经抓住了一块石头。他举起石头正要砸向王家宽时，蔡玉珍从柴堆里冲出，举起一根木棒朝拿石头的手扫过去。那人的手痛得缩了回去，石头掉在地上。

那个人被他们三人合力打趴在地上，再也不能动弹了，他们才拿起手电筒照那个人的脸。王家宽说原来是你，谢西烛。你不打麻将啦？你跑到这里来干什么？谢西烛的嘴巴动了动，说了一句含糊不清的话。王老炳和蔡玉珍谁也没听清楚。

蔡玉珍看见谢西烛的下巴留着几根胡须,但那胡须很稀很软,他的脸上似乎也没有被抓破的印痕。蔡玉珍想是不是他的伤口已经全部愈合了?王家宽问蔡玉珍,是不是他?蔡玉珍摇头,意思是说我也搞不清楚。王家宽的眼睛突然睁大。蔡玉珍看见他的眼球快要蹦出来似的。蔡玉珍又点了点头。

蔡玉珍和王家宽把谢西烛抬过河,丢弃在河滩。他们面对谢西烛往后退,他们一边退一边拆木板桥,那些木头和板子被他们丢进水里。蔡玉珍听到木板咕咚咕咚地沉入水中,木板像溺水的人。

自从蔡玉珍被强奸的那个夜晚之后,王老炳觉得他和家宽、玉珍仿佛变成了一个人。特别是那晚上床前的对话给他留下怎么也抹不去的记忆。他想我发问,玉珍点头或摇头,家宽再把他看见的说出来,三个人就这么交流和沟通了。昨夜,我们又一同对付谢西烛,尽管家宽听不到我看不见玉珍说不出,我们还是把谢西烛打败了。我们就像一个健康的人。如果我们是一个人,那么我打王家宽就是打我自己,我摸蔡玉珍就是摸我自己……现在,桥已经被家宽他们拆除,我们再也不跟那边的人来往。

无聊的日子里,王老炳坐在自家门口无边无际地狂想。他有许多想法,但他无法去实现。他恐怕要这么想着坐着终其一生。他对蔡玉珍说如果再没有人来干扰我们,我能这么平平安安地坐在自家的门口,我就知足了。

村上没有人跟他们往来。王家宽和蔡玉珍也不愿到那河边去。蔡玉珍觉得他们虽然跟那边只隔着一条河,但是心却隔得很远。她想我们算是彻底地摆脱他们了。

只有王家宽不时有思凡之心。夏天到来时,他会挽起裤脚涉过河水,去摘桃子吃。一般他都是晚上出动,没有人看见他。他最爱吃的桃子,是朱灵照相时曾经靠过的那棵桃树结出来的桃子。他说那棵桃树结得特别甜。

大约一年之后,蔡玉珍生下了一个活蹦乱跳的男孩。孩童嘹亮的啼哭,使王老炳坐立不安。王老炳问蔡玉珍,是男的还是女的?蔡玉珍抬起王老炳布满老茧的右手,小心地放到孩童的鸟仔上。王老炳捏着那团稚嫩的软乎乎肉体,像捏着他爱不释手的烟杆嘴。他说我要为他取一个天底下最响亮的名字。

王老炳为孙子的名字整整想了三天。三天里他茶饭不思,像变了个人似的。最先他想把孙子叫做王振国或者王国庆,后来又想到王天下、王泽东什么的,他甚至连王八蛋都想到了。左想右想,前想后想,王老炳想还是叫王胜利好。家宽、玉珍和我终于有了一个声音响亮的后代,但愿他耳聪目明口齿伶俐,将来长大了,再也不会有什么难处,能战胜一切,能打败这个世界。

在早晨、中午或者黄昏,在天气好的日子里,人们会看见王老炳把孙子王胜利举过头顶,对着河那边喊王胜利。有时候小孩把尿撒在他的头顶他也不顾,他只管逗孙儿喊孙儿。王家开始有了零零星星的自给自足的笑声。

不过王家宽仍然不知道他爹已给他的儿子取了一个响亮的名字。他基本上是靠他的眼睛来跟儿子交流。对于他来说,笑声是一种永远也无法企及的奢侈品。当他看到儿子咧开嘴角,露出幸福的神情时,他就想那嘴巴里一定吐出了一些声音。如果听到那声音,就像口袋里兜着大把钱一样愉快和美妙。于是,王家宽自个儿给儿子取了个名字,叫王有钱。王老炳多次阻止王家宽这样叫,但王家宽不知道怎么个叫法,他听不到王胜利这三个字的发音,他仍然叫儿子王有钱。

　　王胜利渐渐长大,每天他要接受两种不同的呼喊。王老炳叫他王胜利,他干脆利索地答应了。王家宽叫他王有钱,他也得答应。有一天,王胜利问王老炳,你干吗叫我王胜利,而我爹却叫我王有钱?好像我是两个人。王老炳说你有两个名字,王胜利和王有钱都是你。王胜利说我不要两个名字,你叫爹他不要再叫我王有钱了,我不喜欢有钱这个名字。王胜利说完,朝他爹王家宽挥挥拳手,说你不要叫我王有钱了,我不喜欢你这样叫我。王家宽神色茫然,不知发生了什么事。王家宽说有钱,你朝我挥拳头做什么?你是想打你爹吗?

　　王胜利扑到王家宽的身上,开始用嘴咬他爹的手臂。王胜利一边咬一边说,叫你不要叫我有钱了,你还要叫,我咬死你。

　　王老炳听到叭的一声耳光,他知道那是王家宽扇王胜利发出的。王老炳说胜利,你爹他是聋子。王胜利说什么叫聋子?王老炳说聋子就是听不到你说的话。王胜利说那我妈呢,她为什么总不叫我名字?王老炳说你妈她是哑巴。王胜利说什么是哑巴?王老炳说哑巴就是说不出话,想说也说不出。你妈很想跟你说话,但是她说不出。

　　这时,王胜利看见他妈用手在他爹的面前比画了几下。他爹点了点头,对爷爷说,爹,有钱他快到入学的年龄了。爷爷闭着嘴巴叹了一口气,说玉珍,你给胜利缝一个书包吧。到了夏天,就送他入学。王胜利看着他的爷爷、爹和妈,像一只受惊的小鸟,头一次被他们古怪的动作和声音吓怕了。他的身子开始发抖,随之呜呜地哭起来。

到了夏天,蔡玉珍高高兴兴地带着王胜利进了学堂。第一天放学归来,王老炳和蔡玉珍就听到王胜利吊着嗓子唱:蔡玉珍是哑巴,跟个聋子成一家,生个孩子聋又哑……蔡玉珍的胸口像被钢针猛猛地扎了几百下,她失望地背过脸去,像一匹伤心的老马大声地嘶鸣。她想不到她的儿子,最先学到的竟是这首破烂的歌谣,这种学校不如不上了。她一个劲儿地想我以为我们已经逃脱了他们,但是我们还没有。

王老炳举起手里的烟杆,朝王胜利扫过去。他一连扫了五下,才扫着王胜利。王胜利说爷爷,你干吗打我?王老炳说我们白养你了,你还不如瞎了、聋了、哑了的好,你不应该叫王胜利,你应该叫王八蛋。王胜利说你才是王八蛋。王老炳说你知道蔡玉珍是谁吗?王胜利说不知道。她是你妈,王老炳说,还有王家宽是你爹。王胜利说那这歌是在骂我,骂我们全家,爷爷,我怎么办?王老炳把烟杆一收,说你看着办吧。

从此,王胜利变得沉默寡言,他跟瞎子、聋子和哑巴没什么两样。

写毕于一九九五年三月十五日

私　了

他把存折轻轻放下。黑色的方桌上搁着一本绛色，很扎眼。她没看存折，而是看他，好像他是一个陌生人，需要对他进行检测。他被检测得心里发毛，低下头，看着凉鞋里十根变形的脚趾。脚趾虽然变形虽然黑，但趾甲里没了泥垢，鞋面也还算干净，这都是进村时在井边仔细冲洗的结果。太阳快要落山了，阳光从门框斜进来，照着他们的下半身，把他们下半身的影子拉长，投射到墙壁上。墙壁上，一个腿影不动，一个腿影打闪。

"都十五天了，你说你们封闭。李堂封闭还情有可原，你一个种地的，谁会封闭你？"她的声音不大，却一剑封喉。

"能不能先看看存折？"他弱弱地问。

"你都回来了，李堂为什么还不开机？"

他不答，指了指存折，好像答案就在那里。这时，她才把目光移开。目光移开时"哗"的一声，仿佛撕去一层皮，在他的脸上留下了痛感。她疑惑地看着，那是一本新存折，新得都不好意思去碰。她的手指捏着衣襟，捏了又捏，估计把手指捏干净了，才伸出去。

"慢。"他忽然制止。

她把手缩回来,又看着他。

"在翻开它之前,你得有个心理准备,因为……这不是一笔小数。"

"才出去几天,你就把人看扁了,好像我就没见过大数……"她翻开存折的瞬间,声音突然中断,整个人凝固,眼珠子一动不动,呼吸声变得急促。

二十七年前,她生李堂时差一点就憋死。医生说她的心脏有毛病,能生一个还保命,已是奇迹中的奇迹。从此,她感觉到了心脏的存在。累的时候它重,急的时候它重,来例假的时候它也不轻。每次犯重,她都用右手捂住左胸,仿佛捂住一碗水,生怕一松就漏。现在,她又把手捂在胸口,说三层,你是不是抢银行了?

他摇头。

"没抢银行哪来这么多钱?"

"你猜。"

她忽然感到脑袋不够用,而且头皮还略紧。她首先想到的是彩票中奖,但没等他摇头,她就自个摇了起来。她不相信李三层有这么好的手气,更不相信自己有这么好的命水,那么……她"那么那么",也"那么"不出其他可能,就说你最好直接把答案告诉我。

"还是猜吧,答案没那么容易。"他扭头看着门外。

"再猜,我的心脏病就发作了。"

"好东西不能一口吃完,好消息需要慢慢消化。"

"没有答案,再好的消息也折磨人。"

"要不你问李堂。"

"他不是一直关机吗?"

"哦,我差点忘了。"他一拍脑门,仿佛从梦中惊醒。

"他为什么总是关机呀?"

"你先猜钱是怎么来的,然后我再告诉你他为什么关机。"

"讨厌,你都快把我急死了。"

"路得一步一步地走,事得一件一件地办,急不得。"

她重新翻开存折,看了一会:"这钱是李堂挣的吗?"

"你说呢? 他一个单位里的跑腿,才两年工龄。"

"莫非是你捡到的?"

"我说是,你也不会信吧。"

"天老爷,"她倒抽一口冷气,撩开他的衣襟,摸着他的腰部,"你不会把肾给卖了吧?"

"肾哪能卖这么贵。"

她低头查看。他的腰部没有伤疤。他说我的肾好着呢。她直起身:"那就奇怪了,难道你傍上了大款?"

他把头扭过来,发现她的面肌开始松动,像有一颗石子砸进水面,渐渐泛起涟漪。这是严肃后的一丁点活泼迹象,是由对立走向和解的信号。他稍微放松警惕,仿佛有一根绑着的绳子从身上掉落。他说除非碰上一个刚从牢里放出来的女大款,否则我傍不上。

"你不是说你肾好吗?"

"光肾好有什么用? 人家还要看皮肤白不白。"

"想想也是,谁会看上你这副黑不溜秋的皮囊?"她的脸上埋着讽刺。

"但是李堂好白,白得就像水泡过似的,一点都不像我。"

她双手一击,恍然大悟:"莫不是李堂傍上了女大款?"

"你觉得有可能吗?"

"怎么没可能? 他一表人才,口齿伶俐,就是县长的女儿喜欢他,我也不奇怪。"

"有道理。"他微微点头。

"这么说我猜中了? 钱是那个女大款给我们的。"

"别叫得那么难听,富二代好不好?"

"有区别吗?"

"当然有了。一般女大款年纪都偏高,但富二代年轻。我们家李堂怎么可能为了钱去傍老女人。"

"那是。我们家李堂可讲尊严啦。记得他八岁时,李侯衣锦还乡,给每家的孩子都发了一把奶糖,别家的孩子恨不得要两把,但我们李堂一颗都没要。十岁那年,罗老师把他小孩穿过的一双半旧皮鞋送给他,他硬是没接,虽然他的球鞋都被脚趾顶出了两个窟窿。"

"这叫骨气。"他竖起大拇指。

"所以,不是我们家李堂要傍富二代,而是那个富二代倒追我们家李堂。"她把存折丢到桌上。

"知子莫如母,这事还真被你猜对了,是女方主动。"

"可是,李堂他交了女朋友为什么不告诉我? 这么好的事,有必要隐瞒吗? 二十多天前我跟他通电话,他也只说旅游,没说交女朋友。"

045

"他……他想给你一个惊喜。"

"他们是什么时候认识的?"

"你猜。"

她盯住他,像盯住一个怪物:"动不动就你猜,哪里学来的臭毛病?"

"封闭时学来的。"

"到底是谁让你们封闭?"

"你先猜他们什么时候认识的。"

"神经病。"她骂了一句,朝厨房走去。厨房的灶台上煮着一锅水,现在正"扑哧扑哧"地冒着热气。她往热水里倒了一筒米,用铲子在鼎罐里搅了搅,把多余的水舀出来,然后从灶里抽出两根柴,让小火慢慢地焖饭。他走进来,倒了一碗凉茶,"咕咚咕咚"地喝下。喝茶声比脚步声还响。她扭过头来:"喂,这么多钱,你打算拿来起房子或是存定期?"

他抹了一把湿漉漉的嘴角:"你猜。"

她用手指点了一下他的嘴巴,说你能不能不说这两个字?他不动,呆呆地立住,看着正前方。正前方一片虚焦,他什么也没看见,只是摆了个看的样子。她扳扳他的下巴,又拧拧他的面肌,但他始终没动,好像变成了植物人。她用力捏他的鼻子,说你怎么变傻了?李三层,你是不是吃错药了?

"你猜。"他还没转过弯来。

"猜你为什么变傻吗?"

"不,猜他们是什么时候认识的?"

她抽了抽鼻子,扭过头去,揭开锅盖,饭还夹生,于是把刚才抽出来的那两根柴又塞进去,灶里多了一抹火光。她走到洗手池,洗了洗手,又抹了几把额头上的汗,看见他还在原地站着,就说李三层,我算是服你了。

"光服不行,还得猜。"

"笨蛋,他们不是三个月前认识的吗?"

"为什么是三个月前?"

"李堂回来过春节时,没说交女朋友,现在突然冒出个富二代,不是春节后认识的那会是什么时候?"

"没想到你还能推理,原来你不傻呀。"

"你妈的,到底是你傻还是我傻?"

"猜。"

"这还用猜吗?"

"时间是猜对了,但你还没猜他们是怎么认识的。"

"老娘没这份闲工夫,改天我直接问李堂。"

"也好。"说完,他转身走出去,走到堂屋,走出大门,一直走到汪槐家,他才发觉自己的手里还拎着那个茶碗。

他逢人便说"你猜"。全村人都知道他变傻了,但谁都不知道他是如何基因突变的? 她背着他天天拨李堂的手机号码,但电话里天天都是那个声音:"该用户已关机。"

"李堂为什么还关机呀?"夜深人静的时候,她用手指戳他的后腰。他翻了一个身:"你先猜他们是怎么认识的。"

"说话当放屁。你说过只要我猜出钱的来历,就告诉我……"

"可当时你没乘胜追击,过期作废,现在我得加大问题的难度。"

她踹了他一脚:"你没傻,你是癫。你是被钱吓癫了。"

"必须承认,钱不是个好东西。"

"可一旦缺钱,你什么东西都不是。"

"哎……"他长长地叹了一口气。

她抚摸他的身体。她已经好久没抚摸他了,感觉他的肉越来越少,骨头都多得有点刺手了。她说,"我对你好不好?"

"没得说的。"

"那你为什么还让我猜这么多问题?你知道我最怕动脑筋。"

"我是想让你分享他们的幸福。"

"他们幸福吗?"

他点点头。即便是在黑暗中,即便都平躺在床上,她也感觉到他点了点头。她看着黑乎乎的天花板,脑海里一片花花绿绿。她说他们是怎么认识的?是在公交车上或是火车上?既然要认识,总得先有一个地点吧。

"人家是富二代,既不坐公交也不坐火车。"

"那就是自己开车喽。"

"还用说吗?"

她的脑海浮现一辆小汽车。太好的汽车她想不出,拼尽脑力,也只想象出一辆像王东帮人拉新娘那样的。汽车在她的脑海里"呼呼"地飞奔。她说有一天……富二代开着一辆很贵很贵的车,在十字路口等红灯,忽然看见我们家李堂从斑马线走过。你想想李堂那身材,想想他的大长腿,只要往人群里一站,就相当于杉木站在茶林,马上就能吸引别人注意。我要是那个开车的姑娘,眼睛一定会发亮,心里一定会发烫……

"我认为除了身材,她还看上了李堂的气质。"他打断她。

"还有才华,你别忘了,我们家李堂语文经常在班上考第一。"她说。

"然后呢?"他期待她往下讲。

"那个富二代叫什么名字?"她问。

"叫……叫,叫丽莲。"他"啪啪"地拍着脑门。

"没姓呀?"

"姓马。"

她看着黑乎乎的天花板,仿佛看着城市的街道:"当马丽莲一看见我们家李堂,就觉得过了这个村便没那个店,她不想让机会溜走,跳下车,拦住李堂假装问路……"

"不可能。十字路口不能停车,她走人那是违反交通规则。"他反驳。

"人家一个有钱人,还在乎交通规则吗?大不了罚款。我跟你讲,人一旦爱上人,跳火坑都愿意,更别说跳车。"她争辩。

"那车怎么办?"

"让警察拉走呗,想要就第二天花钱去取,不想要就让它烂在停车场。"

"你不是说车很贵很贵吗?"

"对有钱人来说,贵算什么?感情才重要。"

"也是。她不跳车,怎么能体现我们家李堂的魅力?"他认可这个答案。但是她忽然产生疑问:"难道李堂不会拒绝吗?"

"为什么?"他张大嘴巴。

"万一她长得不漂亮呢?李堂可不是那种只爱钱的人,他不会因为金钱降低对外表的要求。"

"恰恰相反,她长得太好看了。"

"为什么不带张照片回来?"

"说好要带,临出门又忘了。"

"她长得像谁?有她未来的婆婆好看吗?"

"好看一万倍。"

她用力掐了一下他的大腿。他竟然没喊痛。她说这是哪世修来的福?李堂竟然交了一个既有钱又漂亮的姑娘。

"而且还是倒追,"他赶紧补充,"早上,马丽莲开着豪车送李堂上班;晚上,她又开着豪车把李堂接到家里。"

"他们住在一起了?"

"可不是吗,李堂直接住进了马家的别墅。"

"也就是说他们睡在一块了?"

"你猜。"

她沉默。她的沉默让夜晚安静,安静得可以听见虫鸣,听见咝咝的风声,甚至还听到一两声狗叫。她说这么重大的事,他也不征求我们的意见?

"当初我们睡在一起的时候,你征求过你妈的意见吗?"

"讨厌。"她又用力掐他的大腿,他还是没喊痛,好像肌肉是塑料做的,和他已没血肉关系。她沉浸在想象中,呼吸变得越来越均匀,很快就睡着了。不知过了多久,她突然"嘿嘿"一笑。他睁开眼,天色已白。晨光从窗口射进来,照着她酣睡的脸庞。她竟然在梦中笑了,这是多少年都不曾发生过的美事。

有那么几日,他们忙于农活,把李堂的事暂时抛到脑后。小暑那天下午,他们决定休息。人一休息,脑袋就放空,脑袋一放空,许多事就奔涌而至。她说李三层,你这个骗子,几天前我猜出了他们是怎么认识的,但你却没告诉我李堂为什么不开机。

"那还得往下猜。"他说。

"凭什么?"她说。

"因为你没抓住机会。"

她转身进了卧室,开始收拾行李。他跟进来,问她想干什么?她说既然电话打不通,就得亲自跑一趟,我想李堂了,也想提前看看儿媳妇。

"他们不在城里,他们出门了。"他说。

"怎么会出门一个多月?而且还关机。"她一屁股坐在床上。

"因为他们要享受两人世界,不希望别人干扰。"他坐到她的旁边。

她用手指点他的脑门:"你呀你……真是个闷葫芦。这么好的事,为什么不一锅端?而像挤牙膏,挤一点,讲一点。"

"我要是一次讲完,今天就没得讲的了。什么事都是一个过程,讲慢点,短的显得长;讲快点,长的显得短。"

"他们去这么久,是出国旅游吗?"

"你猜。"

"猜你个头,再猜我就私奔。"

"可是,我已经给自己定了一个规矩,你不猜,我不讲。"他扭头看着窗口。

一只鸟飞来,落在窗台,好奇地看着他们,但几秒钟之后,它又飞走了。他们的目光追着那只鸟,那只鸟拐弯了,他们的目光没拐,而是直直地落到天边。天边,刚刚还洁白的云朵现在全变成了彩霞。落日悬在远山,像个句号。

"一个月,如果不是出国,那他们就是自驾或是徒步?"现在她才发觉不想猜只是表面现象,其实骨子里充满了好奇。

他摇头。

"难道是豪华游?"她问。

"差不多了。你想想游字的偏旁部首吧。"他提醒。

"三点水,他们是在水里吗?是坐轮船。"她预感自己找到了答案。

他点头。

"是不是在海上?"

他摇头。

她一拍大腿:"我想起来了,李堂好像在电话里说过,他要去看长江。"

他点点头。

"哈哈,我终于猜对了。"她高兴得像个刚刚考了一百分的小学生。

"他们定了一个豪华包间……"他忍不住。

"别,还是让我来猜吧。"她制止。

他看着她。她看着窗外。她满脸笑容,这个迟到的消息让她兴奋,激动,好像豪华游的不是李堂,而是她自己。她说游费是马丽莲出的,李堂一个穷小子住不起豪华包间。这么说马丽莲真的喜欢我们家李堂,否则她舍不得花这么一笔大钱……

"她对他好呀,一有空就给他按摩。"他说。

"还三天两头给他炖鸡汤。"她说。

"她给他买了好多好多名贵的衣服。"

"我知道了,上船之前,她肯定还是个处女。他们之所以要豪华游,就是想在船上入洞房。"她有一丝得意。

"你是怎么知道的?"他暗暗佩服她的想象力。

"我猜的。"

"八九不离十,"他说,"一天,船到了中游,两岸的山越来越好看,他们拿着手机来到船边自拍。自拍是什么你知道吗?"

她点点头:"就是举着一根长长的杆子给自己照相。"

"照了几张,马丽莲都不满意,她就坐到栏杆上。不巧,一阵强风刮来,船身一斜,马丽莲掉了下去……"

"啊……"她倒抽一口冷气,"快救她。"

"她在翻滚的江水里挣扎,不停地喊李堂李堂。她的头发乱了,衣服湿了,眼看就要沉下去了……"泪水盈满他的眼眶。

"快去救她呀,李堂。"她攥紧双手,仿佛就站在船边。

"采菊,情况这么紧急,你说救或是不救?"

053

"救,那么好的姑娘,如果不救,我们会一辈子良心不安。"

"我就知道你是个善良的人,"他抹了一把眼眶,"李堂也是个善良的人,他几乎没有犹豫,就咚地跳到江里去救她。可是李堂忘了,我们也忘了,他……他不会游泳呀!"说完,他放声大哭。

她一愣,身子一歪,往床上倒去。他双手接住,把她搂在怀里。他紧紧地搂住她,一直搂到深夜,她才醒来。醒来时,她长长地叹了一声:"天哪……你怎么不早说呀?你要是早说,我还能见儿子最后一面。"她一边哭一边捶打他的胸口。

"不瞒你说,因为台风,整条船都翻了,死的不光是我们家李堂。你要想开点,这是天灾,不是人祸。"

"那你为什么不让我去见他最后一面?"她继续捶打着他的胸口。

他一动不动:"几天之后,才把他们打捞上来,全都认不得谁是谁了,我怕你受不了刺激。"

"那马丽莲呢,她活着或是死了?"

"你猜吧,采菊……"

她的哭声停了一下,接着是更揪心的哭:"马、马丽莲根本就不存在?"

"对不起,采菊,我只不过是想减轻一点你的痛苦……"他的泪水滴落在她的泪水上。

写于二〇一六年一月

你不知道她有多美

春雷说：

不，我不是那个意思。我不是说废墟有多美，更不会说地震是美的。你只要看一看我身上的这些疤痕，就知道我不会说地震的好话。傻瓜才会说地震有多美，有多震撼。我是说女人，那个叫向青葵的女人。

她是发生地震那年的春节嫁给念哥的，也就是一九七六年。念哥姓贝，大名贝云念，是我们家的邻居。年初二，我还睡在床上做梦，他就把我叫醒了。他说春雷，咱们接嫂子去。那年头时兴婚事简办，越简办越体现生活作风健康。念哥是等着提拔的机关干部，当然不敢铺张浪费，说实话，他也没有铺张浪费的能力。

他很简单，就踩着一辆借来的三轮车驮着我去医院接嫂子。他身上的棉衣已经半旧，脚上蹬着洗得发白的球鞋，只有脖子上的那条红围巾是新买的。青葵姐比我们起得还早。我们赶到时，她已经在宿舍楼下等了半个小时，连鼻子都冻红了。念哥把脖子上的红围巾取下来，捂到青葵姐的脸上，驮着她往回走。三轮车被念哥踩得飞了起来，他不时回头看看青葵姐，眼睛笑成一道缝。

我和青葵姐面对面地坐着,头一次离得那么近。我看见她长长的睫毛上像沾着水雾,眼珠子比蓝天还清亮,红扑扑的两腮挂着酒窝,一直挂着,没有停止过。谁都知道青葵姐漂亮,但那一天她是最漂亮的。后来我观察,只有笑的时候她才有酒窝,这证明那一天她都在笑。

念哥的三轮车越快,打在我脸上的风就越大。我的脸好痛。我缩了缩脖子。青葵姐看见了,从包里掏出一盒雪花膏,抠了一点儿抹到我的脸上。她说你看你,脸都冻裂了。她的手像温热的水在我脸上流淌,我舒服得几乎晕了过去,脑海里突然跳出两个字:天使!原来青葵姐是仙女下凡。我甚至想是不是因为有了她,人们才把医生称作天使?现在说出来不怕你笑话,青葵姐这么擦过之后,我三天都没洗脸,甚至还伸出舌头舔了脸上的雪花膏。我一直认为雪花膏的味道,就是青葵姐的味道。

那天,我比念哥还高兴。好多人来吃喜糖。他们来了又走,只有我一整天坐在念哥的屋里。到了晚上,念哥说又不是你娶媳妇,瞎乐什么?快回去睡吧。我恋恋不舍地站起来,怪天黑得太早。青葵姐从里间拿出一个塑料皮笔记本,说你累了一天,这个送给你吧。要知道,像这么高档的塑料皮笔记本那时并不多见。我母亲没有工作,全家靠我父亲的工资,即使看见过这样的本子,我也舍不得买。但这个礼物放在这个晚上给我,我一点儿也不高兴,它像一道逐客令,我收下之后就再没理由待在他们的屋子里了。

很快,整幢楼都知道了青葵姐的美丽。按现在的说法,她很具杀伤力。当天晚上,我的父母就吵了起来。我父亲说你看看人家娶的媳妇,要身材有身材,要胸口有胸口,还是个医生,现在的年轻人真有福气呀!我母亲说人家娶媳妇,看把你急成什么样子了。我就知道你那老毛病没改,想要漂亮的先把我离啦。他们小声地吵着,以为我是聋子。

几天后,三楼的孙家旺也跟他媳妇吵开了。他媳妇怪他看青葵姐看得太傻,看得眼珠子都快爆裂了,说他故意在楼下等青葵姐,还为青葵姐提南瓜。孙家旺可不像我父母那样低声下气,他站在走廊上大声地跟媳妇对骂,其中说得最多的一句就是:我喜欢她,你又能把我怎样?大不了咱们离!那时我觉得孙家旺不要脸,这样的话都说得出口。但到了现在我才明白,他是故意说给青葵姐听的。他是明修栈道,暗度陈仓。大约过了两个月,孙家旺真跟他媳妇离了。后来孙家旺想打青葵姐的主意,我听他对青葵姐说是因为你,我才离的。

这些事我都写到了青葵姐送的笔记本上,但写得最多的还是青葵姐。我想她雪花膏的气味,想她软绵绵的手,想娶她这样的媳妇,想跟她说话,想天天到她家去串门。我还在笔记上画她,开始画得一点都不像,后来越画越像,画得比她的相片还像。如果不是因为崇拜她想做一名医生,也许她送的笔记本早把我培养成画家或者作家了。不知道什么原因,自从青葵姐住进这幢楼,周围的夫妻常常莫名其妙地拌嘴,冷不丁就会从某个窗口传来摔碟砸碗的声音。这是用预制板搭建的大板房,基本上没什么隔音功能。好几次念哥出差了,孙家旺赖在青葵姐的屋里不走。青葵姐就隔着墙壁叫:春雷,你把我的相册拿过来。或者这样唤:春雷,你念哥不是说今天晚上回来吗?

我哎哎地应着,跑到她的屋子里跟孙家旺比坐功。他不离开,我就一直坐着。有时候,那个赖在屋子里的不一定是孙家旺。我不太记得他们的名字了,反正只要念哥一出差,来的男人就特别多,特别复杂,不是孙家旺就是李家旺,不是李家旺就是贺家旺。不管什么男人,青葵姐都叫我过去陪他们,让他们没有下手的机会。青葵姐的那本相册被我拿过来又拿过去,成为到她家去的借口。有好几次那些垂涎欲滴的男人走了,我还不想走,青葵姐就给我热她做的水晶包子,让我一边吃一边听她说念哥的好。我听着,好想让她再给我擦一次雪花膏。但是天气已经不允许了,热了。我的脸也光滑了,再也没有理由了。于是我就装病,不上学也不去医院。母亲没有别的办法,请青葵姐在家里给我吊针。你不知道那样的时刻有多幸福。为了能让她给我扎针,我恨不得天天生病。

当然这不是我接触她的唯一方式。我帮她从楼下提过水,跟她学过打针,为她拆过毛线,还故意站在走廊上朗诵毛主席的《沁园春·雪》。如果我读错了,她会着急地跑出来帮我纠正读音。有时我故意把字读错,她并不知道我的伎俩。但是念哥看出来了。念哥是多么聪明的人呀!他拍着我的脑袋说鬼精灵,你要是跟我一样年纪,那青葵姐就是你的啦。我心里暗暗得意,朗诵的声音越来越高亢。放暑假时,我获得了全校朗诵第一名。我把奖状拿给青葵姐看,她说要不是我指导,你哪会获奖?快请客。

我没钱请她下馆子,就买了一根雪条给她。你没看见她吃雪条的样子,用你们的行话来说,简直是一门艺术。一根雪条在她嘴里比在任何人嘴里待的时间都长,她不像我们用牙齿,而是用舌头慢慢地舔,用嘴轻轻地含。如果雪条融化得太快,她就抽出来让它歇一会儿,等雪条上凝聚了水滴,她又及时把它含住。雪条在她嘴里滚来滚去,直到只剩下那根木片。就是木片,她也要含一会儿才舍得丢掉。我母亲说看青葵吃雪条,就知道她是一个懂得节俭的媳妇。

十天之后,我们唐山就发生了震惊全世界的里氏7.8级地震,你们都应该听说过。即使死了我也不会忘记那个时间:一九七六年七月二十八日凌晨三点四十二分。当时,我不知道自己是怎么醒的?反正我醒了,身上只穿着一条裤衩。父母尖叫着跑出门去,一块水泥预制板砸在他们的身后。泥沙俱下,生死攸关,他们把我这个独生子留在屋里。我并没有急着逃命,真的。我也没有父母那么胆小怕事,好像我这条命不值得珍惜,或者我这条命应该献给什么人。

我闪到墙角,竖起耳朵听隔壁的声音。我想有可能的话,我会冲过去救青葵姐。但是速度太快了,还没等我行动,那边就传出了她的惨叫,紧接着是楼板坍塌的巨响。完啦!青葵姐肯定被砸死啦。整幢楼剧烈地摇晃起来,就像人哭到伤心处发抖那样。我被抛出窗外,和那些泥沙、门板、玻璃一起往下掉。这是一幢四层高的楼房,我们都住在四楼。奇怪的是我掉到地上之后,竟然没有死,只是那些落下的玻璃纷纷扎到我的身上。站起来的时候,我变成了一个长满玻璃的刺猬。这要在平时早就痛死了,但那时我却不知道痛。我看见人们惊慌地从楼道里跑出,看见有的人从楼上摔下,像石头那样嘭地砸在地上,再也没有起来。喊叫声中,我跟着人群跑去,刚跑出去几十米,回头一看,那幢楼就不见了。

除了惊叫和哭泣,就是喊爹叫娘、呼儿唤女的声音。操场上的人越来越多,我也想喊几声,但是我把父母的名字给弄丢了,怎么也想不起来。他们也没喊我。我想青葵怎么就死了呢?她那么漂亮那么水灵怎么就舍得死呢?我试着拔出腿上的玻璃,一股热乎乎的血流下我的小腿肚。我不敢拔了,得等医生来拔,要不然血会流干的。

人们不知道下一步该怎么办?我也不知道。忽然,响起一个大嗓门,他叫大家不要惊慌,毛主席会派飞机来接我们。这句话像炸弹,把人群炸得东倒西歪,稀里哗啦。好多人说那干等着干什么?还不快去飞机场。人群往飞机场的方向走去。我跟着他们。他们越走越快,我越走越慢。我不知道为什么慢?我又不感到痛,为什么会慢?现在我当了医生才知道,肯定是那些玻璃在作怪。你想想肉里戳进那么多三角形的、四边形的、多边形的玻璃,我敢保证,就是施瓦辛格演的"终结者",插上了这些玩意也快不到哪里去。

走了一阵,父母找到我了。他们又惊又喜,摸我的脸,拍我的肩,看看我是不是哪里少了一块?当他们的手被我刮痛之后,才知道我的身上插满了玻璃。父亲想背着我走,但他怕把玻璃压进我的肉里,加剧我的疼痛。母亲想抱起我,但她的手刚伸过来,就听到玻璃砸进肉里的噗噗声。我头上长角,身上长刺,只要什么东西碰上我,那些透明的多边形就会毫不客气地往肉里钻。母亲哭了,父亲叹气。我告诉他们我一点儿都不痛,叫他们别管我。可是他们不听,陪着我慢慢地走。父亲从地上捡起一根别人掉下的三角拐杖,递到我手里。母亲催促我加快速度,说太慢了就坐不上毛主席派来的飞机。

地下又动了起来,后来我才知道这叫余震。人群顿时乱成一团,全都向前狂奔。父母被人流裹挟着往前冲。我听到母亲喊:春雷,你快一点儿,我们在飞机场等你,我们到飞机上去给你抢座位。逃命的人像洪水一样从我的身边拥去,很快就把母亲的声音淹没了。我没他们那么怕死,避到路边慢腾腾地走着。我不知道哪来的胆量,一点也不害怕丢掉性命。青葵姐都死了,我活着还有什么意思?

从医学的角度讲,当你全身都是伤口又淋了一场雨的话,是很容易得破伤风的。这就叫作屋漏又遭连夜雨,行船偏遇顶头风。真倒霉呀!那雨说来就来,也不商量一下。逃命的人在雨里奔跑。那么多雨滴一起敲打我身上的玻璃,好像在演奏一件乐器。我没感到痛,反而觉得雨打玻璃的声音很好听。就是到了现在,我都还佩服那时的勇气。渐渐地大部分的人消失了,只剩下一些老弱病残、行动不便的走在雨里。我听到有人喊春雷,喊了好久,我才明白是喊我。

那不是别人,是青葵姐的丈夫念哥。他的一只小腿被预制板压断了,只能爬行。他的全身都是泥巴,断的地方还流着血。我把手里的三角拐杖递给他。他从地上爬起来,扶着我的肩膀歪歪倒倒地往前走。他的血流到地面,跟着那些雨水往低凹处流去。我说青葵姐死得好可怜,我听到了她的惨叫。他把手从我的肩膀上拿开,用拐杖支撑着单腿跳跃前进。我跟上他,谁也不说话,只听见雨打玻璃。

念哥越跳越快,我被他甩在身后。我说念哥,你等等我。他说不能再等了,再等,我身上的血就不够用了。念哥和他们一样怕死,为什么都那么怕死?他们只管往前跑,却从来没回头看一眼留下来的亲人。念哥为什么不留下来陪青葵姐?我看见一只狗死的时候,另一只狗就不会离开。我像是有点清醒了,对着念哥喊:你一个人逃命吧,我可要回去陪青葵姐。他突然停住,扭头看着我:谁说你青葵姐死了?谁说的?我说是从她的惨叫声判断出来的。他说你的青葵姐没死,她已经跑到前面去了。

我好惊讶,说她没死吗?没死,她为什么不等你?他说是我叫她先走的,现在关键是看谁能抢到飞机上的座位,毛主席派来的飞机是有限的,只不过才十几架,谁抢到座位,谁就能活命。这么说青葵姐和我母亲一样,是抢座位去了。既然青葵姐还活着,既然她还活着……我的身体立即有了力气,快步追上念哥。两人在积水中吧唧吧唧地蹚着。我仿佛听到了青葵姐的喊声。喊声从前面的人群传来。我说这是她在喊吗?念哥听了一会,说她叫我们走快一点儿。

我们把所有的力气和精力都用来走路。

我说青葵姐的歌唱得真好听。念哥说她什么时候唱歌了?我说晚上呀?难道你没听见吗?半夜的时候她总会唱那么一小段,你睡在她的旁边都没听见吗?念哥说那不是唱,是哼,是哼歌,等你结了婚就明白了,女人都喜欢那么哼。我说别的歌也好听,但青葵姐的是最好听的,虽然没有歌词,就是好听。念哥说你青葵姐不光歌好听,还暖和。我说什么叫作暖和。念哥说像冷天被窝里放了个热水袋,这就叫暖和,明白不?我说明白。念哥说那水晶包子呢?青葵姐做的水晶包子好不好吃?我说你不说还好,你一说我就流口水了。念哥说你青葵姐没一处不好,就连她洗的球鞋也特别白,我妈都洗不过她。她的身子比香水还香。她的眼睛,她的酒窝,她细白的脖子,没有一处不好。她的腰那么细,屁股却那么壮实,人人都说她能给我生大胖小子。算命的说,她至少能活到八十岁,我会死在她的前头……念哥越说越激动,竟然哭了起来。我说你怎么啦?他说没、没什么,是我的腿痛得太厉害了。

我们默默地走了一程,步子越来越沉重。念哥说等你长大了,我也给你找这么个好媳妇。我说除了青葵姐,谁也不要。念哥说傻瓜,她已经是我的人了,谁叫你妈不早点把你生出来。我说等我长大了,你能把她送给我吗?他说不行。我说那你能不能不搬家?让我一辈子做你们家的邻居。他说哪里还有家呀?全都塌了。这时我才想起家没有了。我说飞机真的会来接我们吗?他说毛主席的心里装着人民呢。我说毛主席会重新给我们一个家吗?他说会的。我说如果有了新家,你一定要让我住在你们家的旁边。他说就让你住在旁边吧。

雨停了。天边开始露出淡淡的白光。好几次我都想趴下了,但是念哥说,每往前走一步,就离飞机近一步,没准你青葵姐已经为我们占了好几个座位,没准一上飞机就能躺到青葵姐的腿上美美地睡一觉。我想这一次又不是装病,青葵姐准会让我躺的。我好想躺到她的大腿上睡一觉呀。我想着青葵姐的大腿,跟着念哥一步一步地走下去。我们就这样离飞机场越来越近,渐渐地看到了黑压压的人群。当我们走到人群的边缘时,念哥却不行了,他像一棵大树哗啦地栽到地上。他的血已经流干了。他最后对我说:春雷,如果你还能活下去,拜托你找到青葵姐的尸体,替我好好安葬她……

这时,我才确信青葵姐死了。念哥是用她来鼓励我,也鼓励他自己走到了飞机场。要不是想着青葵姐,我准在半路就趴下了,那今天我也不能给你讲这个故事了。我记得当时胸口一阵痛,泪水吧嗒地涌出眼眶。我哭了,在我的哭声中,痛觉一点点地回来,身体像着了火,痛不欲生。我真的看见身体着了火,那是太阳的光线,它们照射到插在我身体的玻璃碴儿上。我看上去是那么的透明,那么的闪闪发光。在太阳的光芒中,人群围了上来,以我为圆心围成一个圈。这个圈随着人群的加入越来越大。我看见整整一飞机场的人全都没穿衣服,他们冷得瑟瑟发抖。我多么希望青葵姐还活着,她就赤身裸体地站在人群中。我是多么地想看一次她的裸体。

你想想,太阳照着整个飞机场的裸体那会有多壮观。那都是活活的生命呀!半夜里为了逃命,他们根本没顾得上穿。后来有人告诉我,发生地震时凡是顾着穿衣服的,基本上都没跑出来,他们一共有二十四万人。

终于,我听到天上传来轰隆隆的声音。我想那一定是飞机的声音。但是还没等看到飞机,我的腿就软了,就支持不住了。我倒下去,那些插在我身上的玻璃碎的碎,断的断,撒落一地。突然,有一只手,就像青葵姐软绵绵的手,拽了我一下。我飞了起来,在站满裸体的上空。又突然,那只手一松,我跌回了地面。

　　值得庆幸的是我没有得破伤风。我被帐篷搭建的部队医院救活了。出院后,我回到那个倒塌的家。遍地都是破烂的预制板,水泥块里露出钢筋头。我估摸着,开始在废墟上寻找青葵姐的尸体。我搬开石头、水泥块,挖了三天,把手掌都挖出血了,连青葵姐的影儿都没找到。后来,每年的七月二十八号我都要到那里去看一次。从那里逃出来的人这一天都会回去,有好几十个。他们默默地站在那里,悼念死去的亲人。在这些悼念的人群中,我也没有发现青葵姐。当悼念的人们离去后,我坐在废墟的石头上闭上眼睛,就这样轻轻地闭上眼睛,青葵姐准会出现在我的面前:她站在我床头,用软绵绵的手为我扎针。她离我是那么的近,我看见她长长的睫毛上像沾着水雾,眼珠子比蓝天还清亮,红扑扑的两腮挂着酒窝,一直挂着,没有停止过……

　　对不起,每一次我说到这里就抑制不住流泪。当泪水涌出我的眼眶,我就得立即睁开眼睛。这就像影碟机的暂停,我希望青葵姐以这样的画面永远停在我的脑海。事实就是这样,直到今天,我已年过四十都还没娶媳妇。我见过好多漂亮的女人,但没一个有青葵姐漂亮。

不要问我

1

正处在睡眠中的卫国,梦见自己的臀部被一只硕大的巴掌狠狠地拍了一板。他翻了一个身,想继续做梦,但臀部又挨了一巴掌。他睁开眼,看见顾南丹的手高高地扬着,快要把第三个巴掌拍下来了。卫国说我还以为是做梦呢。顾南丹说到站了。

所有的旅客都往门边挤。卫国跳到下铺穿好鞋,弯腰去拉卧铺底下的皮箱。但是,他把腰弯下去了却没有直起来。他的头部钻到了卧铺底,整个身子散开,再也没有力气爬起来了。顾南丹拍了他一下,说怎么了?卫国的头从里面退出来,额头上全是汗。他说我的皮箱呢?我的皮箱不见了。顾南丹弯腰看了一下,没有看见皮箱。她说是谁拿走了你的皮箱?顾南丹扑到车窗边,望着那些走下车厢的乘客,重点望着乘客手里的皮箱。

卫国的心脏像被谁捏了一下,紧得气都出不来了。他从车窗跳下去,追赶走向出口的人群。他的目光从这只皮箱移向那只皮箱,一直移到出口,也没发现他的那只。他又逆着出去的人流往回走,眼睛在人群里搜索。人群一点一点地从出口漏出去,最后全都漏完了,站台上只剩下他孤零零一个人。他坐过的那列车现在空空荡荡地驶出站台,上面没有一个旅客,下面也没有一个旅客。他看了一眼滚动的车轮,想一头扎到车轮底下。但是那会很痛,还不如选择一种不痛的。

当列车的尾巴完全摆出去后,卫国看见顾南丹还站在列车的那边,她的脚下堆着行李,身边站着一个男人。卫国想她为什么还不走?顾南丹笑了一下,朝他挥手。卫国想她怎么还笑,都什么时候了她还笑?她一笑,我的双腿就软。卫国蹲到地上。顾南丹和那个男人拖着行李朝他走来。顾南丹指着那个男人说,张唐,我的表哥。张唐向卫国伸出一只大手。卫国没有把手抬起来。张唐的那只手一直悬而未决。顾南丹也伸出一只手。他们每人伸出一只手,把卫国从地上拉起来,然后托着他的胳膊往外走。从顾南丹咬紧的牙关,我们可以断定卫国现在并没有用自己的力气来走路,他的胳膊和大腿都僵硬了。

他们把他架到车站派出所,让他坐到条凳上。值班警察杜质新拿出一张表格,开始向他们问话。杜质新说是什么样的皮箱?卫国比画着,说这么大,长方形的,棕色。顾南丹补充说皮箱上有两把密码锁,是他爸爸留下来的,知道他爸爸吗?卫思齐,著名核能专家,参加过中国的第一颗原子弹爆炸试验。顾南丹以为杜质新会对她的话题加以重视,至少也应该露出一点儿惊讶。但是没有,杜质新平静地问里面有些什么?卫国说有现金、证件、获奖证书和衣裳。杜质新说多少现金?卫国说三万。杜质新说怎么会有那么多现金?卫国说那是我的全部家产,我把几年的积蓄全部领了出来。杜质新说有那么多吗?卫国从凳子上站起来。顾南丹想他怎么有力气站起来了?刚才连路都不会走,现在怎么呼地一下站起来了。是愤怒,他的脸上充满了愤怒,出气粗壮,身体颤抖。他说怎么会没有?请别忘了,我是工业学院的教授,堂堂一个教授,怎么会没有三万块钱?

没有愤怒就没有力气。卫国一说完,就像一只漏气的皮球,重新跌坐到条凳上。杜质新说看来你们学院的奖金还不少。既然有那么多奖金,还来这个地方干什么?卫国说这个可以不回答吗?杜质新一合笔记本,说可以,就这样吧,有消息会及时告诉你。

2

张唐走出派出所,顾南丹也正在往门外走去。他们就这样走了,背影一摇一晃,还相互拍着肩膀,只留下卫国一个人坐在派出所的条凳上。看着他们远去的背影,卫国很想跟他们说一声"再见"。但是他的舌头发麻了,张了几下嘴巴都发不出声音。随着顾南丹他们身影往外的移动,卫国感到环境正一点一点地残酷起来。我是不是跟顾南丹借点儿钱?她会相信我吗?没有钱我将怎么生活?我连晚饭都吃不上。我会被饿死吗?可不可以讨饭?有没有人施舍?身上还有一件衬衣,一双皮鞋,它们可不可以换两餐饭吃?如果要跟顾南丹借钱,现在还来得及吗?卫国抬头看着顾南丹他们走出去的方向,他们的身影已经叠进别人的身影。完啦!卫国的身体里发出一声尖叫。

杜质新说你怎么还不走?想在这里睡午觉吗?卫国说我在这里等皮箱。杜质新说哪有这么快就给你找到皮箱的,找不找得到还是一回事。卫国抬头看着派出所墙壁上的奖状和锦旗,说我没有地方可去,你就让我在这里等吧。杜质新说那你就在这里等吧,看你能等到什么时候?这时,卫国才发现自己的身子在发抖,他把微微颤抖的手伸到杜质新的面前,说烟,能不能给我一支烟?杜质新递给他一支香烟。

狠狠地抽了一口,卫国把吞进去的烟雾咳出来。他试探性地叫了一声"杜警察"。杜质新看着他,说什么事?卫国说你的烟真好抽。杜质新扬着手里的香烟,说知道这是什么烟吗?卫国摇摇头。杜质新喷了一个烟圈。卫国看着那个慢慢往上飘浮的烟圈,说你能不能先借点儿钱给我?杜质新说什么?你说什么?卫国说你能不能借点儿钱给我?杜质新又喷了一个烟圈,现在他的头顶上飘着两个烟圈。他对着那两个烟圈说笑话,我知道你是谁呀?如果你是骗子我怎么办?卫国说我怎么会是骗子呢?你认真地看一看,我像骗子吗?杜质新点点头,说挺像的。卫国说你才像骗子。杜质新从桌子的那边走过来,盯着卫国看了好久,说你说我像骗子?骂我骗子就别抽我的烟。杜质新夺过卫国嘴里的烟,丢进垃圾桶。一股烟从垃圾桶里冒出来。卫国想不就是一支烟吗?我怎么就沦落到了这种地步,如果我的皮箱不掉,一支烟算什么?

杜质新看着冒烟的垃圾桶,说不是我不肯借给你,只是我不知道你是谁？卫国说我是卫国。杜质新掏出自己的证件，说你有这个吗？你能证明你是卫国吗？你能证明你是卫国，我就借钱给你。卫国说你不是不知道，我的证件和皮箱一起掉了。杜质新说那我就没有办法了。卫国站在那里想我不是卫国又是谁？没有证件，我就不是卫国了吗？卫国发了一会儿呆，走出派出所，刚走两步，就觉得双腿发软，于是席地而坐，头部靠在派出所的门框上。行人从他的眼前晃过，他不知道他们是谁？就像他们不知道他是谁。下一步我该怎么办？卫国闭上眼睛，感觉时间飞了一下，也不知道自己飞到了哪里？他让自己的身体放任自流，就像水花四溅，溃不成军。放吧，流吧，我根本就不想把你们收回来。

放纵了一会儿，卫国突然听到有人叫他的名字。睁开眼，他看见顾南丹站在面前正低头叫他。卫国说你怎么还没走？顾南丹说我们一直在等你。等我干什么？等你一起走。我没有地方可走。我给你安排一个住的地方。我的口袋里一点儿钱也没有。不要你花钱。算了吧，我们只是萍水相逢。如果你真的同情我，就借几百块钱给我，等我一找到皮箱就还你。只是怕你把钱花光了，还没找到皮箱。走吧，我们旅行社有一个宾馆，随你住到什么时候。卫国抬头，看着顾南丹。顾南丹说走呀。卫国说我站不起来，我这里没有一个亲人，在西安也没有，从来没有人对我这么好，突然有人对我好，我就站不起来了。顾南丹说你站给我看看。卫国用手撑着派出所的门框，慢慢地延伸自己的身体，当他快要伸直时，双腿晃了一下，身体滑向地板。顾南丹伸手拉了卫国一把。卫国重新站起来，拍打着屁股上的尘土。

卫国虽然站起来了，但身体却还有些僵硬。顾南丹绕到他身后推了推，就像机器突然发动，他的双腿徐徐向前迈进。为了加快速度，顾南丹又推了他一把。卫国说别这样，你的男朋友会有意见的。顾南丹说谁是我的男朋友？卫国说他不是你的男朋友吗？顾南丹说我不是跟你说过了吗？他是我表哥。卫国"啊"了一声，仿佛重新有了记忆，跟着顾南丹走进张唐的轿车。卫国说谢谢，真是太麻烦你们了，如果皮箱不掉，我就可以打的。顾南丹说可是，现在它已经掉了。

3

顾南丹在迎宾馆为卫国开了一间房。卫国跟着顾南丹走进房间。她按着墙壁上的一个开关说，这是空调开关。她走到床头，指着床头柜上的一排开关说，这是电视开关，这是门铃开关，只要按一下，就可以不受门铃的干扰。这是电话，拨一下9，就可以打外线电话，有事可以拷我的BP机。如果要打长途必须到总台去交押金。这是壁柜，里面有晾衣架，衣服可以挂在里面。这是拖鞋，这是卫生间这是马桶，这是卫生纸，这是梳子香皂浴巾淋浴开关，这是洗发液，这是淋浴液，记住千万别搞混了。正说着，顾南丹突然大笑，笑得腰都弯了下去。卫国发现她在尽量抑制笑声，但是笑声却势不可当地从她嘴里冒出来。卫国以为自己忘了拉上裤裆的拉链，对着镜子检查了一遍自己，没发现什么可笑的。但顾南丹仍然笑个不停，她笑着说有的人，特别可笑，他们……竟然拿洗发液洗身体,拿沐浴液洗头发,身体又不是头发,想想都觉得……卫国想这有什么好笑的?这一点儿也不好笑。

　　傍晚,宾馆服务员给卫国送了一份快餐。卫国几大口就吃完了。吃完之后,卫国摸着鼓凸的肚子想回忆一下快餐的味道。但是他怎么也回忆不起来,快餐根本就没有味道,快餐有味道吗?没有,就像木渣,没有任何味道。卫国想我的鼻子是不是出了问题?他跑进卫生间,坐到马桶上。坐马桶有气味吗?没有。

　　在没有任何气味的房间里,卫国沉沉地睡了一觉。第二天早上睁开眼,他最先看见搁在床头柜上的电话。一看见电话,他的手就痒,就想给谁挂个电话呢?顾南丹?杜质新?他想还是先给杜质新挂吧。杜警察吗?我是卫国。卫国?卫国是谁?是昨天报失皮箱的人,是想跟你借钱的人,是教授的那个人。啊,想起来了。我想问一问皮箱找到了吗?放屁也没这么快呀,你就耐心地等吧。卫国放下电话,看见一个牛仔包静静地立在沙发的角落。这是顾南丹的牛仔包,昨天她没拿走,会不会是留给我的?卫国小心翼翼地打开,里面是化妆品和一些洗漱用具。不是留给我的。他把鼻子伸到包口嗅了嗅,嗅觉功能还没有恢复。但是他看见了那把缠满头发的牙刷。他掏出牙刷,把上面的头发一根一根地解开,然后又一根一根地缠上。解开。缠上。卫国就这样打发了一天。

　　第二天早上醒来,卫国搓搓手,一再提醒自己不要操之过急,不要给杜质新打电话。那么,现在我干什么呢?他拉开窗帘,在房间做了四十个俯卧撑,泡了一个热水澡,看了一会电视,所有的动作都比平时慢半拍,故意不慌不忙,但心里却一直惦记着电话。他的手又痒了。现在看来右手比较痒,他用左手掐住右手,想拖延一下时间,仿佛越拖延越有可能听到好消息。可是,他的右手不听左手的劝阻,急猴猴地伸向电话。电话拨通了,杜警察吗?我想打听一下我的皮箱。杜质新说这就像大海里捞针,你要理解我们的难处,这比登天还难。那么说你们是不想找了?不是我们不想找,实话告诉你吧,是根本就找不到。那怎么办?我的全部家产,我的全部证件,你得帮我想想办法。我只能对你表示同情。

对方把电话挂断了,卫国举着话筒迟迟不肯放下。

他发现床头柜上放着一盒火柴,打开数了一遍,一共有二十根。这是宾馆里特制的火柴,是专门为二十支香烟服务的。他把火柴棍向着房间的四个角落撒去,火柴盒空了。他开始弯腰在角落里找那些撒出去的火柴棍。他发誓要把它们全部找回来。如果我能把这二十根火柴棍全部找齐,那么杜警察就没有理由找不到我的皮箱。由于角落里摆着桌子、衣柜、沙发,他必须搬动它们。于是他的头上冒出了汗珠,身上愈穿愈少,最后只穿着一条裤衩,像一个正在做家具的民工,正努力地使那些家具摆得整齐有序。

这样忙了半天,他躺在床上就睡着了。醒来时,也不知道是什么时间,窗外阳光像火一样烤着马路。他没有放弃希望,又给火车站派出所挂了一个电话。对方问他找谁?他说找杜质新。对方说他已经调走了。卫国一惊,说他调走了,那就拜托你接着帮我侦破,忘了告诉你们,我的皮箱里还有一个重要证件。什么证件?政协委员证,我是政协委员,请你们一定要对一个政协委员的皮箱负责。对方"啊"了一声。卫国说记下了吗?对方说记下什么?卫国说请打开你们的记事本第十五页,在我的遗失物品后面补上《政协委员证》一本。对方说记下了,你的名字叫卫国吗?卫国说没错。

4

天刚发亮,卫国就来到市人事局门口。还没有到上班时间,他只好站在门口等。等了几秒钟,他的身后站了一个人,两个人,三个人,站在他身后的人愈来愈多。他已经数不清是多少个了。一个小时之后,人事局的大门打开,卫国第一个冲到三楼处级招聘考试报名处。

接待者说请你出示一下有关证明。卫国摸了一遍衣裳,说我的所有证件都装在皮箱里。接待者说请你打开皮箱,把证件拿出来。卫国说我的皮箱在火车上被盗了。接待者说没有证明就不能报考,我们不可能让一个不明不白的人报考处级干部。卫国说我是不明不白的人吗?接待者说我只是打个比喻。卫国说可是我的皮箱真的掉了,我的皮箱里不仅装着证件,还装着三万多块钱。接待者说多少?卫国说三万。接待者摇摇头,说不可能,这么重要的皮箱怎么会掉?卫国说可是它真的掉了,里面不仅有钱,还有政协委员证、教授资格证,有人可以为我证明。接待者说你的皮箱与我无关,我只要能够证明你的证明。卫国说要证明这个容易,你知道牛顿吗?接待者摇摇头。卫国说牛顿是力的单位,使质量1千克的物体产生1米每平方秒的加速度所需的力就是1牛顿。1牛顿等于10的5次方达因,这个单位名称是为纪念英国科学家牛顿而定的,简称牛。这个牛,能不能证明我是物理系的教授?接待者哈哈大笑。卫国说如果你不信,我还可以用英语跟你对话。接待者说下一个。

卫国回头,看见身后排着一条长长的报考队伍。他们的手里要么摇着扇子,要么摇着杂志,反正他们的手都没闲着。卫国从办公室里走出来,才发现这支报考者的队伍从三楼排到一楼,又从一楼排到马路上。卫国已经走到马路上了,还没有看到队伍的尾巴。报考者们贴着楼房一直往下排,排到路口处还拐了一个弯,就像一条河流在那里拐了一下。阳光直接晒着楼外这群人的头顶。他们大部分是秃顶,一看就像处级干部。他们手里的扇子像虫子振动的翅膀,摇动的速度比室内的那些人要快一倍。有的人干脆把扇子顶在头上,充当遮阳伞。

卫国对着那些排在楼底下的人喊,有没有从西安来的?排队的人全都把头扭向他,他们顶在头部的扇子纷纷坠落,但没有人应答。这时他感到额头上有一点儿冰凉,一点儿冰凉扩大成一片冰凉,一片冰凉发展为全身冰凉。排队的人群出现混乱,有的人从队伍里跑出来躲到屋檐下。卫国抬头望天,雨点砸进他的眼睛。他在屋檐下找了一个地方,有一个人挤到他身边,说我是从西安来的。卫国说那我们是老乡?我的皮箱掉了,一分钱也没有了,证件也全没了。老乡摆摆手说我不是西安的,我是宁夏的。他一边说一边冲进雨里。卫国看见在瓢泼的大雨中,还有人在坚持排队。因为雨的作用,队伍缩短了一大截,坚强的人因而离报名处愈来愈近。那些怕雨的躲到屋檐下的人,看见排在自己身后的人挤了上来,又纷纷跑入雨中抢占自己的位置。但是他们已回不到原先的位置,那位先称西安后说宁夏的人,就排到了队伍的尾巴上。

卫国走入雨中,让雨点像皮鞭一样抽打自己。地上蒸起一阵热浪,雨点出手很重,卫国有一种遍体鳞伤的感觉。他的眼睛和嘴巴里灌满雨水。当他走到宾馆门前时,雨点来势更为凶猛,把门前的棕榈树打得噼里叭啦地响,几盆软弱的海棠已经全被打趴。他离宾馆只十步之遥,但却不走进去,像一根孤独的电线杆站在雨里,让雨鞭抽打。几个大堂的服务员跑到门口,看见卫国裤裆前有一巴掌宽的地方尚未被雨淋湿,现在正被雨水一点一点地侵吞。有人向他递了一把雨伞,他未接。雨伞落在地上,被风吹到离他十米远的地方躺着。所有的服务员都朝他招手,有的还急得跳来跳去。他们说你这样淋下去会出人命的。卫国像是没有看见,也像是没有听见。在雨水的冲刷下,衣服和裤子紧紧地贴到卫国的肉皮上,他的身体渐渐地缩小,愈来愈苗条。

半个小时过去了,一个小时过去了,一个小时又三十一分过去了,雨水终于打住。卫国走回宾馆,他走过的地方留下一条粗糙的雨线,一个服务员拿着拖把跟着他走。他走一步服务员就拖一下地板。卫国的全身没有一处是干的。他把衣裤脱下来拧干,挂到卫生间里,想还是好好地睡上一觉吧。他刚睡下,就听到一阵门铃声。他以为是服务员要打扫卫生,按了一下"请勿打扰"。门铃声消失了,门板却急促地响起来。卫国跳下床,从猫眼里往外看,看见顾南丹手里提着一个塑料袋站在门外。卫国想糟啦,现在连一件可穿的衣服都没有。他抓了一条浴巾围到身上。

顾南丹从塑料袋里掏出一沓衣服,说穿上吧。卫国说不穿。顾南丹说服务员打电话告诉我,说你淋得像个落汤鸡,穿上吧,不穿会感冒的。卫国双手抓着浴巾,站在地毯上发抖。顾南丹看见他的嘴唇都已经发紫了。顾南丹说难道要我帮你穿上吗?卫国说我的皮箱里有许多衣服,全是名牌,有一套法国的黛琳牌,两件日本的谷里衬衣,我只穿自己买的衣服。顾南丹说你的皮箱找到了?卫国说没,那么好的衣服都丢了,现在我连穿衣服的心都没有了。顾南丹说我买的服装比你的牌子还有名。卫国说不是名不名牌的问题,而是自我惩罚的问题,除非找到我的皮箱,否则我再也不穿衣服。顾南丹坐到沙发上,说你会感冒的。卫国抽了一下鼻子,身子愈抖愈厉害。

顾南丹打开一件衬衣的纸盒,又打开塑料袋,拿下衬衣上的别针,把衣服披到卫国的身上。一股浓香扑入卫国的鼻孔,他嗅到了顾南丹身上特有的气味,这种气味使他快要跌倒了。他抱住顾南丹,顾南丹发出一声惊叫,脑袋缩进肩膀,双手合在胸前,身子比卫国还抖。卫国说你好香,然后用他的嘴巴咬住顾南丹的嘴巴。卫国说南丹,我想和你睡觉。顾南丹把嘴巴从卫国的嘴巴里挣脱出来,说你好流氓。卫国心头的伤疤,现在被狠狠戳了一下,颤抖于是加倍了。他在颤抖中沉默,沉默了好久,才小心翼翼地说如果不是我父亲,我不敢这样。顾南丹说这和你父亲有什么关系?卫国说我一直保存着父亲的一封信,信上说如果哪一位姑娘给你买衬衣,又愿意把衬衣穿到你身上,那么你就娶她为妻,这样的女人一定是贤妻良母。顾南丹说骗我,一个搞原子弹的人哪有那么浪漫?

卫国说别忘了,他留过苏。顾南丹说信呢?让我看看。卫国低下头,说你又不是不知道,我的皮箱丢掉了,信就在皮箱里,它们一起丢掉了。

5

卫国只穿着一条裤衩在房间里走来走去,他不出门,也拒绝穿顾南丹给他买的衣服。顾南丹临走时用那个牛仔包把卫国湿透的衣服席卷而去,并留下一句话:你什么时候把我买的衣服穿上了,我就什么时候来看你。卫国说除非我能找回皮箱。顾南丹说那你就等着皮箱从天上掉下来吧。

一天晚上,正在弯腰捡火柴棍的卫国听到房间里铃声大作。铃声是欢快的,他想这一定是一个好消息,也许是关于皮箱的。卫国扑到床头拿起话筒,电话却盲了。卫国耐心地等着,相信它还会响第二次。等了好久,电话没响,卫国后悔刚才因为捡火柴棍没能及时把脑袋从柜子后面退出来,因而耽误了接电话的时间。他看着手里的十几根火柴棍,想我再也不能捡火柴棍了,我这是玩物丧志。他把火柴棍丢进纸篓,也想把顾南丹遗忘在床头柜上的那把牙刷丢进纸篓。他举起缠满发丝的牙刷,电话铃再次响起来。他迅速抓起话筒,听到顾南丹说快下楼吧。下楼干什么?我带你去见一个人。我的衣服呢?我不能赤身裸体地去见人吧?我不是给你买新的了吗?对,对不起,我只穿自己的。下不下来由你,是关于考试的事情。听说是关于考试的事情,卫国手脚并用,赶紧把顾南丹买给他的衣裤往身上套,衣裤发出轻微的撕裂声。他一边穿一边往外跑,跑到走廊上,手还在拉裤子上的拉链。

顾南丹站在一辆白色轿车里。卫国走到车边。顾南丹打开车门,把卫国从上到下扫描一遍,说穿上我买的衣服,你并没有哪里不对劲。卫国说只是心里有点儿不习惯,从小到大我都是自己买衣服,不到两岁,母亲就病死了,我对她没有一点儿记忆。顾南丹说这情有可原,我还以为碰上了一个精神不正常的。车子晃了两下,冲出迎宾馆,跑上马路。顾南丹从反光镜里观察卫国,发现他的一只手放在衬衣的风纪扣上,他把风纪扣扣上了又解开,解开了又扣上。卫国说你要带我到哪里去?

车子停在一幢住宿楼前,顾南丹叫卫国跟她一起上楼。卫国跟着她一步一步地往上走,走到三楼,顾南丹按了一下门铃。一颗秃顶的脑袋从门缝里探出来,对着顾南丹傻笑,说来啦。顾南丹说主任,我把人给你带来了。主任偏着头看顾南丹身后的卫国,看了一会儿,他关上门。当他再次把头探出来的时候,鼻梁上多了一副眼镜。他戴着眼镜看了一会儿卫国,说进来吧。

他们跟着主任穿过宽大的客厅,走过两扇木板包过的房门,进入第三个房间。卫国看见一位老太太睡在床上,眼睛闭着,上身光着,下身穿着一条宽大的花短裤,手里拿着一把扇子正在摇。主任说这是我老母亲,她特别怕热,但又不适应空调。顾南丹说你去接电话吧,这事就交给我们了,最好把伯母叫出去。主任用粤语叫他母亲。他母亲连眼皮都不抬一抬,嘴里嘟哝着。主任说她不愿出去,你们干吧,不会影响她的。主任走出房间,顺手把门关上。

顾南丹指指门角,说我们干吧。卫国看见门角摆着锤子、老虎钳、三角梯和一个装着吊扇的纸箱。卫国说原来你是叫我来干这个?顾南丹摆摆手,生怕惊动睡在床上的老太太。卫国用英语骂了一声狗屎,我是教授,不是装吊扇的,我根本就没装过吊扇。卫国想不到顾南丹竟然也会英语。她用英语说,我说你的证件掉了,能不能先考试,然后再回去补办证明。主任问我你是干什么的?我说你是物理系的教授,是学物理的。他说学物理好,我家里正需要装一台吊扇,你叫他给我装装。

尽管难看,甚至有可能还有口臭,卫国还是张大了惊讶的嘴巴,说你怎么会说英语?顾南丹说你以为光你会吗?卫国咂咂嘴,打开三角梯,拿着老虎钳爬上梯子,开始扭天花板上那根裸露出来的垂直的钢筋。他要先把这根钢筋扭弯,才能把吊扇吊到上面。但这根钢筋很硬,卫国用老虎钳夹住它,用锤子敲打它,一心想把钢筋敲弯。汗水很快就浸湿了卫国的衣背,他敲打钢筋的速度愈来愈快,愈来愈有力量,像是在敲打自己的仇人。顾南丹手扶梯子,不断地提醒卫国慢点儿,小心点儿。由于钢筋弯得太慢,再加上顾南丹的不停唠叨,卫国变得有点烦躁,他已经把锤子敲到了天花板上,上面已敲出几个凹坑。顾南丹轻轻地叫道别把天花板敲烂了。卫国说想别敲烂就让他自己来,为什么不到街上去找一个民工?顾南丹说他害怕,有许多找民工的,后来家里都挨偷了。卫国说狗屎。卫国说"狗屎"的时候,铁锤从木把上脱离朝着老太太睡的方向飞去。锤子还在飞翔,卫国已经从梯子上滑下来,吓得双腿哆嗦,跌坐在地板上。顾南丹的目光跟着锤子一起飞到老太太的床头,看见铁锤落在离老太太枕头1厘米远的地方,差一点儿就砸到她的头部。

就在这么危险的关头,老太太也没有睁开眼睛,她摇扇子的手明显慢了下来,好像是已经睡着了。卫国说我从来没装过吊扇。顾南丹把脱出去的锤子递给卫国。卫国说就连我自己装吊扇都请民工,我从来没干过这活。顾南丹拿稳锤子,爬上三角梯,说你非得要我亲自干吗?卫国没想到她还能干这个,正迟疑,顾南丹已举起柔软的手臂。铁锤朝着钢筋狠狠地砸去,锤子没有砸着钢筋,却砸到了顾南丹的手。鲜血从她的手指涌出,她痛得像含了一只鸡蛋那样张开嘴巴,却没有发出声音,有痛不敢喊,惊叫被控制在嘴里。卫国赶紧把她从梯子上拉下来,在老太太的床头拿了一包纸巾,为她包扎手指,不停地往她的手指上吹风,想以此减轻她的疼痛。顾南丹说别吹了,它已经不痛了。卫国说你这一锤,好像是我砸的。顾南丹说要干就上去,不干就走人。卫国说你好好坐着,我这就上去,不把它干好我就不下来。卫国提着锤子重新爬上三角梯,屋子里又响起了单调的敲打钢筋的声音。尽管敲打声很响,但老太太并没有醒,她手里的扇子已掉到床下,她已经完全彻底地进入了梦乡。

一个小时以后卫国装好吊扇,他打开开关,闷热的屋子里突然灌进一股凉风。老太太终于睁开眼睛,这是她在卫国他们进入房间后第一次睁开眼睛。她对他们说"先克由"。卫国以为她是在说粤语,但认真一听,才知道她是在用英语向他们说谢谢。卫国想难道老太太也会英语?卫国和顾南丹对望一眼,彼此都笑了。

主任推开门，仰头看看转动的电扇，说还是学物理好呀，小顾，明天你就去办准考证吧。顾南丹说了一声谢谢，向主任告辞。主任把他们送到楼梯口，拍着卫国的肩膀说，你知道钦州港是谁最先倡导修建的吗？卫国摇摇头。主任说毛泽东，回去以后好好地复习一下，多了解这里的历史。卫国说好的。顾南丹说主任，我想问一问伯妈过去是干什么的？主任说国民党的时候，她就是英语老师了。

6

带着一身劳动的臭汗，卫国钻进顾南丹的车子。他打开箱盖，把那些磁带翻了一遍，又低头看坐凳的底部，差不多把坐凳都撕开了。顾南丹说你找什么？卫国说白药。顾南丹说没有。卫国说我的皮箱里就长期备有一瓶白药，如果它不丢掉，我就可以给你包扎伤口。顾南丹说我早把伤口给忘了，只不过砸破一点儿皮而已。我们去游泳吧。卫国说先去医院包扎你的手指。顾南丹说我的手指不用包扎。卫国说包扎。顾南丹说游泳。

在他们的争论声中，车子停到了一家桑拿健身中心门口。顾南丹说下去吧，里面可以游泳可以桑拿。卫国坐在车上不动。顾南丹推了他一把，说下去呀。卫国说你自己去。顾南丹说为什么？卫国说你不包扎手指，我就不去游泳，你不包扎连我的手指都痛。顾南丹说你不去，我可去了。卫国说去吧，我在车上等你。顾南丹提着泳衣，朝健身中心走去。卫国看见大门就像一个洞，把顾南丹一口吞了进去,但是立即又把顾南丹吐出来。她回到车上,狠狠地撞了一下车门,说你真固执。

医生捏着顾南丹的手指,说这么一点儿伤口包不包无所谓。卫国说怎么无所谓?如果感染呢?医生说你是她什么人?卫国说我是她家属。医生说那就包一包吧。卫国说我建议你还给她打一针。医生说不用了。卫国说怎么不用,如果得了破伤风怎么办?医生说那就打一针吧。顾南丹听医生这么一说,五官都扭曲了,她说我最怕打针,还是不打吧。卫国说怎么不打?打。医生把长长的针头对着顾南丹,顾南丹看见针头就哎哟哎哟地喊起来。医生说你喊什么,针头都还没有碰到你的屁股,你喊什么?顾南丹刚一停止喊叫,医生就把针头扎下去。顾南丹的眼睛鼻子嘴巴长久地凑到一块,卫国几乎认不出她了。

打完针,他们重新回到健身中心。顾南丹走路的姿势发生了翻天覆地的变化,重心总向刚打针的那半边屁股倾斜。由于刚刚包扎伤口,她不敢游泳,戴着一副墨镜,要了一瓶饮料,坐在泳池旁的一张桌子边看卫国游。卫国的身体很结实,胸前那一撮毛尤其显眼。泳池里有许多人,他们有的游得很专业。卫国只会狗刨式,于是在泳池里拼命地刨着。他刨一会儿,就看一眼顾南丹。卫国发现在离顾南丹不远处坐着一位头发花白的妇女,她的手里拿着一副望远镜。她不时地把望远镜放到眼睛上,对着卫国看。

在顾南丹开车送卫国回宾馆的途中,顾南丹的拷机响了两次。顾南丹说我爸爸拷我,我得赶快回去。她飞快地调转车头,叫卫国自己打的回宾馆。卫国说我跟你一块儿回去。顾南丹说那怎么可能？没经过爸爸妈妈的同意,我根本不敢带人回家。卫国说你那么怕你爸爸？顾南丹说怎么会不怕？我怕死我爸爸了。她打开车门示意卫国下车。卫国把车门拉回来,想吻一吻顾南丹。顾南丹躲过卫国的吻。卫国钻出车子,头在车门框碰了一下。

7

　　面向全国招聘二十名处级干部的考场,设在市一中新起的教学楼里。顾南丹开车把卫国送到一中门口。卫国看见考场外站满了考试的人们,他们三五成群,有的手里还拿着复习资料。大家都在交头接耳,由无数细小的声音组成的巨大声浪,在他们的头顶嗡嗡地盘旋。好多人的脸上提前挂上了处级干部的表情。卫国说我有点儿紧张。顾南丹从包里掏出一支钢笔递给卫国,说希望你能考上,我爸爸说了,只要考上他就见你。卫国说考不上呢?顾南丹说就不见你。卫国说你这样一说我就更紧张了。顾南丹说我爸讲最先倡导修建钦州港的是孙中山,千万别答错了。卫国说你爸的答案和主任的答案有出入呀,到底听谁的?顾南丹说当然是听我爸的。

　　顾南丹把卫国推下车,推着他朝考场的方向走,就像做游戏的孩童,她只管埋头推着,前边的路交给卫国指引。好多考生都扭头看着他们。卫国说别这样,他们在笑话我们。卫国这么一说,顾南丹突然就笑了。她的笑声很清脆,就像文学作品里比喻的那样,简直就是银铃般的笑声。她的笑声划破了考生们头顶上严肃认真的气氛。但考试的哨声没有让她的笑声延长,哨声打断了她活泼可爱的笑。

等待者们都心情复杂野心勃勃,他们大都是女性,大都是考场里男人们的妻子。校园有限的铁门把这群充满无限希望的妇女挡在外面。她们站在铁门外默默地祈求自己的丈夫官运亨通。很快从考场里出来一副担架,第一个昏倒在考场里的考生被抬出来,人群发生骚乱。一看见担架,顾南丹担心起来。她率先冲出人群,跑到担架边,喊了几声卫国,才看清躺在担架上的人不姓卫也不叫国。她转过身,看见比她慢半拍的人群像一股洪流涌向担架,每个人的嘴里都呼喊着一个名字。

一阵混乱之后,人群纷纷散开,最终只有一个哭声留下来。这个声音这样哭道:你怎么这么不争气呀,你怎么昏倒了呀?你昏倒了孩子怎么上重点中学呀?我们怎么住上三室一厅呀?我们春节回家怎么会有小车坐呀?你昏倒了我们的钱不是白花了呀?我们哪里还有脸回东北呀……顾南丹想不到这一场考试会和这位少妇哭出来的这么多事情有关,她突然感到身上发冷。

卫国几乎是垂头丧气地走出考场的,他在试卷上看到了那道题目:最先倡导修建钦州港的人是谁?卫国为这个题目浪费了整整十一分钟。让我们来呈现一下卫国的十一分钟吧:从感情上讲,他愿意相信最先的倡导者是孙,这种相信缘于他对顾南丹的相信,尽管他没有查过资料。但是那个秃头主任说是毛,不能不说有一定道理,在相当长的一段时间里都是毛说了算,他说了那么多话,难道就不会一不小心说到修建钦州港吗?再说主任也有可能看到我这张试卷,那会产生什么样的结果?当主任看到这张试卷和他的答案不一致时,他会怎么想?他一定会心潮澎湃。他会想姓卫的这小子,竟敢不听我的。不听我的你听谁的?卫国想既然会产生这么一些后果,那我为什么不填毛呢?经过十一分钟激烈的思想斗争,他终于写上主任提供的答案。写上这个答案后,他的心就乱了,他不敢保证他的答案就一定正确。

铁门外是黑压压的人群,卫国没有看见顾南丹。他看见许许多多只少妇白皙的手从铁门的空隙伸进来,她们的头快挤扁了。她们的手里拿着面包、健脑液、心血康、毛巾和清凉饮料。卫国从那些混乱的手臂中,接过一瓶清凉饮料慢慢地喝着。等他把这瓶饮料喝完,人群散去三分之一,被困在人堆里的顾南丹才渐渐地鲜明。她一下就撞到了卫国的眼睛上,问考得怎样?卫国说没有把握,如果皮箱不掉,我会考得更好。顾南丹说为什么?卫国说皮箱里有几本复习资料,今天考卷上的题目大部分都在上面,我原本想到北海后认真复习复习,谁想到它会丢失。顾南丹说快把你的烂皮箱忘掉吧,新生活就要开始了。

8

卫国提心吊胆地等待着考试结果。顾南丹一个电话也不打来。卫国等得喉咙都干了。一天,顾南丹提着一套新买的夏装来到宾馆,命令卫国赶快换上。卫国问是不是考上了?顾南丹点点头,从挎包里掏出一把自动剃须刀。卫国接过去,剃须刀像掘进机那样哗哗哗地在他嘴边转动,屋子里响起铺张浪费的声音。顾南丹又掏出一瓶摩丝喷到卫国的头上,为他定了一个发型,空气中飘浮着奇怪的味道。

一幢一幢的小楼晃过卫国的眼前,卫国说是不是这幢?顾南丹说不是。卫国说一定是这幢?顾南丹说不是。卫国说那我就不猜了。卫国一不猜,车就突然刹住。卫国的头撞到车玻璃上。顾南丹说到了。卫国跟着顾南丹往一幢门前栽着紫荆花的楼房走去,他的目光跨越顾南丹的肩膀,看见一位头发花白的大妈和一位腰间系着围裙的姑娘站在门口,她们用力拍打双手,欢迎卫国的到来。卫国觉得这位大妈十分面熟,但一时又想不起在哪里见过。顾南丹指着大妈说,这是我妈妈。大妈进一步微笑,脸上的皱纹堆得更多,表情更为慈祥。她说小伙子,你的身体很结实,我很满意。卫国说你是说我吗?大妈说不说你说谁呀?卫国说你怎么知道我的身体很结实?大妈说我连你的汗毛都看清楚了。卫国奇怪地看着顾南丹,怎么也想不起在哪里见过这位大妈。他把童年生活过的地方想了一遍,把父亲的同事想了一遍,把自己的亲戚和朋友都想了一遍,还是没有想起这位大妈。卫国说阿姨,我好像在哪里见过你。大妈说见过见过,在游泳池见过。卫国的脑袋像被谁敲了一下。他终于明白,在游泳池里拿着望远镜盯住自己不放的人,就是顾南丹的妈妈。卫国忽然感到腿软。

他跟着顾南丹往楼上走,每往上走一步肩上就约重5公斤。他用双手托住栏杆,一步一步把自己拉上去。二楼有好几间房,还有一条长长的走廊和一个卫生间。卫国听到第三间房里传出一声

·087·

断喝:口令。顾南丹说:黄河。里面说:进来。卫国和顾南丹走进房间。卫国看见顾南丹的爸爸顾大局躺在床上,他的枕边放着搪瓷茶盅和药片。卫国怎么也想不到顾南丹爸爸会是这么一副模样,由于坐骨神经有毛病,他几乎不能起床,加上心脏不好,生命随时都处在危险之中。他的眼睛频繁地眨动,眨了一会儿说是你,想做我的女婿?卫国说是。他突然从枕头底下摸出一把气手枪,指着卫国。顾南丹挡在卫国的前面,说爸爸,你不能这样。他说要做我的女婿,就必须过这一关。顾南丹急得哭了起来,她说爸爸,你能不能不这样?你能不能对他特殊一点儿?我的年纪不小了,女儿给你跪下了。

卫国听到啪嗒一声,顾南丹双膝落地,头发从头部散落垂到地板。顾大局拿枪的手微微抖动,另一只手捂着胸口,说你再不滚开,我的心脏病就发作了,我就要死去了,你难道要落一个不孝的骂名吗?卫国说他要干什么?顾南丹说他要你头上顶着碗让他射击。卫国看见门边的书桌上放着一摞瓷碗,地板上散落几块瓷片。他的脊背一阵凉,身上起了一层鸡皮疙瘩。卫国说为什么?为什么要这样?卫国一边说一边往后退。顾大局说站住。卫国没有站住,他跑到楼下,在客厅里站了好久才把气喘出来。

大妈说小卫,不要害怕,其实他的心眼一点儿也不坏。如果他心眼坏,我会嫁给他吗?他只是有一点儿业余爱好,像现在有的人喜欢钓鱼,有的人喜欢打太极拳,只不过各人的爱好不同罢了。我们都是南下干部,他喜欢射击,枪法没得说的。大妈拍拍胸膛,像是为卫国担保。他不会成心害你,只是想找一个他信得过的女婿,可是茫茫人海,没有一个人相信他的枪法,因此他也找不到一个让他相信的女婿。如果你相信他,你就勇敢地走上去,顶着一个瓷碗站在他面前。也许只要你一顶碗,他就相信你了,他就不射击了,也许他的枪里没有子弹,或者那就是一支玩具枪。卫国说他的枪里有没有子弹你不知道吗?大妈摇摇头说不知道,那是他的老战友送给他的,从来不让我们碰它。他就像一个顽皮的孩童,没有谁管得住他。卫国说万一枪里真有子弹怎么办?大妈说不会的。大妈开始把卫国往楼上推,这个动作与顾南丹何其相似。卫国说我怕。大妈说怕什么?你难道没有听到南丹一直在上面哭吗?卫国听了一会儿,顾南丹呜呜的哭声从楼上传下来。卫国说大妈,他的枪里真的没有子弹吗?大妈说没有。卫国说可是,我还是害怕,我没法完成你交给我的这个任务。说这话时,卫国仿佛看见顾大局提着枪追下楼来,他挣脱大妈,跑出顾家的大门,朝着一条小巷飞奔。很快他就到达一条陌生的大街。

9

顾大局说南丹,你交的朋友怎么都是胆小鬼,他们不值得你信任。顾南丹说谁不怕你的子弹打进他们的脑袋上?顾大局哈哈大笑,怎么可能?枪里面根本没有子弹。顾大局把枪拆成几块,里面真的没有子弹。顾南丹说能不能叫他重来?顾大局说不,我已经不想见他了,这样的男人靠不住。顾南丹说他是知识分子,一见枪就发抖。顾大局说你最好不要跟这样的人来往。顾南丹说你是想让你的女儿嫁不出去吗？顾大局说我的女儿会嫁不出去吗？顾南丹说这已经是第五次了，你已经赶跑了我的五个男朋友。顾大局把拆散的气手枪一块一块地丢进床前的垃圾桶，说连卫国算在一起，你一共带来了五个男朋友，我原以为总会有一个不怕死的，肯为你顶碗，但是没有，没有人相信我的枪法，要找一个相信我而又让我相信的人，实在是太难了。既然找不到，我也不强求，从今天起，我再不管你的爱情。你自由了，但将来吃了男人的亏千万别跟我哭鼻子。

顾南丹来到宾馆，说卫国，我们结婚吧。卫国突然抱住顾南丹，把她摔在床上，说我们现在就结。顾南丹朝卫国的脸上狠狠地甩了一巴掌，说你把我当什么人了？哪有这样结婚的？想要结婚，就赶快回西安去把各种证明要来，包括结婚证明。我连你叫不叫卫国都还不清楚，怎么就这样跟你结婚？卫国说西安，我是不想回去了。顾南丹说那你还想不想结婚？想。想你为什么不回？

卫国在地毯上走了几圈，指着自己的眼睛问顾南丹，这是什么？顾南丹说眼睛。卫国指指自己的鼻子，这呢？顾南丹说鼻子。卫国的手在他的脸上张牙舞爪，说这对眼睛，这个鼻子，这个嘴巴，这两个耳朵都不假吧？它们组成的这一张脸就摆在你的面前，你干吗要在乎他叫不叫卫国？难道叫张三，这张脸就会改变吗？顾南丹说谁知道你是不是一个好人？犯没犯过错误？结没结过婚？卫国说如果我的皮箱不掉，就能证明我是卫国，是一个教授，那里面还有一张未婚证明。顾南丹说凭什么我会相信一只找不到的皮箱？卫国拍打胸膛，我可以发誓，如果我说半句假话就得癌症，就患心脏病,就感染艾滋病,就被车撞死。顾南丹说你发多少誓都不比你回一趟西安,况且人事局也要你回去拿证明。卫国说大不了我不做处长。顾南丹说那你来这里干什么?

卫国无法回答。顾南丹抓起床头柜上的一张报纸看了一会儿,忽地坐起来,指着报纸上的一整版人头,说你为什么怕回西安?难道你是他们那样的人吗?卫国夺过报纸,看见整版都是在逃犯的头像。他们有的杀人,有的贩毒,有的抢劫,有的强奸……顾南丹说没有长得像你的呀。卫国把五十多个在逃犯的基本情况看完后,戳了戳报纸,说我怎么比得上他们,简直是小巫见大巫。我只不过是吻了一下女学生,学校就要处分我。

原来你是一流氓,顾南丹惊叫,我怎么就瞎了眼呢?说着,她站起来朝房门走去。卫国拦住她,说你能不能听我解释?我那个吻,是被朋友灌醉以后……顾南丹没等他说完就推开他,拉门跑出去。门狠狠地摔回来。卫国想我都说了些什么?我干吗要对她说这些?其实,我完全可以把这个秘密沤烂在肚子里。

10

卫国坐在马路的对面,看着顾南丹家的楼房。房门紧闭,那个白色的门铃按钮在阳光的照射下闪闪发光。卫国估计门铃离地面大约一米五五。随着太阳西沉,光线慢慢地往上翘,它从门铃处翘到了顾家的二楼。一辆轮椅从房间里推出来,坐在上面的是顾大局,推轮椅的是顾南丹。顾南丹把轮椅从外走廊的这头推到那头,夕阳把他们照得红彤彤的。卫国招手,顾南丹没看见。卫国跑过马路,按了几下门铃。顾南丹把头伸出来,像是看到了什么不堪忍受的事物,飞快地缩回去。尽管卫国差不多把门铃按坏了,门却始终没有打开。

卫国开始拍门,他把门拍得很响。过往的行人停下来看他,看的人越多,他拍得越得意。他甚至拍出了音乐的节奏。忽然,顾南丹从门里走出来,卫国闪到一边。顾南丹往前走。卫国紧跟着。顾南丹走进停在路边的轿车。卫国也跟着钻进去。轿车在马路上飞奔。顾南丹板着脸,眼睛盯着前方。卫国伸长脖子看了一下速度,一百多码。在市区她竟然开一百多码,卫国说你疯啦?顾南丹轰了一下油门,轿车飙得更快。卫国吓得手心都出了一层细汗。

到了郊外,车子拐上一条黄泥小路,进入一处较为僻静的地方,速度明显慢了下来。这时,卫国才敢说话。他说我是真的醉了才失态的,是一时冲动,不瞒你说,我只吻了一次就摔倒了……其实,我得感谢这次失态,否则我不会南下,不会在火车上认识你。说着说着,卫国发现顾南丹的脸上出现了松动的迹象。春天来了,冰封的土地就要解冻了,也许顾南丹的话正在发芽,过不了多久,话就会冒出来了。

轿车停在僻静的海滩。顾南丹的衣裙滑下去,露出她穿泳装的身体。她活动了一下四肢,摔上车门走向大海。卫国看见傍晚的霞光几乎全部聚焦到她苗条的身体上,白色的皮肤像镀了一层金,通体金光闪闪。这是顾南丹第一次在卫国的面前大面积地暴露。卫国的心膨胀起来,膨胀到似乎要把胸前的衬衣纽扣撑掉。

但是顾南丹没有说话,他不敢冒犯。他看着顾南丹游向大海深处。海浪摇晃着,把那颗浮在水面的人头愈摇愈远,直到彻底消失。在那颗人头与卫国的眼睛之间,仿佛有一根线牵着。人头愈远他的眼睛睁得愈大。他的眼睛在海面搜索,只见愈涌愈高的海浪。卫国沿着水线跑动,对着稀里哗啦的海面喊顾南丹。他喊得嗓子都哑了,也没看见他喊的人。天色加紧淡下去,紧张浮上卫国的心头。他脱下衣裳,只穿着那条松松垮垮的裤衩跑进海里。海水淹到他的脖子,对于一个只会狗刨式的他来说,再往前迈进一步都会出现危险。他让海水淹着脖子,继续对着海面喊顾南丹。他每喊一次,都有咸咸的海水冲进嘴巴。海水打在他的牙齿上,在他的口腔卷起千堆雪,然后再卷出来。他在潮涨潮落的间隙接着喊,但是他的喊声被海浪声淹没,显得十分渺小。

一颗人头从卫国的眼皮底下冒出来,带起一堆白花花的海水。这堆海水扑到卫国的身上。卫国连一声惊讶都来不及表达,顾南丹已经把他紧紧搂住。他们的嘴巴咬在一起。海浪打过他们的头顶,试图分开他们的嘴巴,但是我自岿然不动。太阳从他们的嘴巴落下去,海滩进一步昏暗。他们回到岸上,打开车灯,两根灯柱横在海面。他们坐在灯柱里的影子投入水面,被海水扭曲。顾南丹说如果你实在不愿意回西安,那你就骂她几句,这样也许我还能接受。卫国说骂谁?顾南丹说那个被你吻过的女学生。为什么要骂她?因为你骂她就说明你不爱她,我才会相信你吻她是酒醉后的一时冲动。如果我骂她,你是不是就不要我回去拿证明了?顾南丹说试试吧。卫国用沙哑的嗓音说那我骂啦。他咳了几声,想把沙哑的声音咳掉。冯尘，你这个丑，丑小鸭……骂呀，为什么停住了？我实在骂不下去，我不能昧良心，这事本来是我不对，现在怎么反过来骂她？

海面的声音消失了，卫国的出气声越来越粗重，愈来愈丑陋。他想在这样一个美好的夜晚，面对如此美丽的海滩和如此明净的天空，我的嘴里竟然喷出这么肮脏的语言，实在是一种罪过。一股汹涌澎湃的思念冲击他的胸口，他对着西北的方向思念冯尘。

心疼她了是不是？顾南丹被沉默激怒，对着卫国咆哮。卫国说我的嗓子哑了。顾南丹说你的嗓子怎么就哑了？刚才喊你喊哑的。别找借口，即使哑了你也要骂，骂她丑八怪，她是丑八怪吗？卫国想她其实一点儿也不丑，比你长得还漂亮，但在这个假话横行的时代，谁还敢说真话？卫国感到皮肤有一点儿紧，海水在身上结了一层盐，自己变成了一堆咸肉，仿佛已经失去了知觉。顾南丹步步紧逼，她有我漂亮吗？说呀，她的脸上有没有青春痘？她家是不是农村的？难道她的身材会苗条？难道她心地善良？她是不是长得比我丑？你哑巴了吗？你不说就证明我比她漂亮，就证明你不敢面对这样的现实。你不说，就回西安去。顾南丹从沙滩上站起来，转身钻进轿车。卫国仍然坐在灯柱里。顾南丹按了一声喇叭。卫国没有动。顾南丹不停地按喇叭，喇叭声在海滩上回荡。卫国仍然没动。

11

　　张唐把卫国约到海边的一只船上吃海鲜。他说离开车的时间还有四小时,你可以慢慢地从容地吃。卫国说一看见你我就想起那只亲爱的皮箱,你让我伤感不已。张唐用一种羡慕的口吻说,只要回西安把有关证明办来,你就有可能成为处级干部,成为我的表妹夫。如果你的皮箱不掉,怎么会有今天？卫国说看来我还得感谢我的皮箱。张唐说太值得感谢了,要是知道能交这么好的桃花运,多少男人都会故意丢掉皮箱,你不是故意的吧？卫国苦笑。

　　海面好像有意在这个中午休息,波浪不兴,出奇的平静,一位赤身裸体的男人躺在水面,摆出一副永不下沉的架势,远处过往的船只偶尔拉响汽笛,海鲜的香味扑鼻而来。只一会儿工夫,卫国的面前就堆满了螃蟹壳、虾壳,他的手上嘴上全是油。张唐笑眯眯地看着他,说一回西安你就吃不上这么好的海鲜了。卫国打了一个饱嗝,又剥了一只虾。他把剥好的虾放进嘴里嚼了一阵,怎么也咽不下去,现在他才发现食物已经填满了他的胃,也填满了他的食道。他问张唐洗手间在什么地方？张唐朝旁边指指。卫国抱着肚皮想站起来,但是他站了几次都没能站起来。他饱得连站起来都困难了。张唐说要不要我扶你一把？卫国咬咬牙,说不用,自己的事情最好自己解决。他憋足一口气,慢慢地站起来。

　　从卫生间出来的卫国,已经把工作的重点从吃转移到说话上。他说现在我跟你说实话吧,反正海鲜已经吃了,不听你的意见你也不会叫我把海鲜吐出来。西安我是不能回去的,你想想,他们会给一个差一点儿就犯强奸罪的人开具什么样的证明?他们不仅不给我开什么证明,还等着处分我,我这一回去不是自投罗网吗?该交代的我已经全部交代了,可是你表妹,她非要我拿出什么证明来。我就是我,为什么非要证明?请你转告,这辈子我卫国都会记住她对我的帮助,等到我有了能力,我一定会报答她。说完,卫国起身向张唐告辞。张唐说回来。卫国没有听张唐的,他径直下船,朝滨海路走去。张唐追上卫国,一把揪住他的衣领,说想逃跑,没有那么容易。他把卫国揪上一辆的士,送他到达火车站,强迫他坐在候车室里。张唐坐在他的旁边,一直陪着他。卫国说我能不能给你表妹打个电话?张唐横眉冷对,说别想耍花招了,我表妹说如果你不把有关证明办来,她再也不见你。

进站的时间到了,张唐把卫国推到检票口,看着他检了车票,从进站口进去,才放心地回头。张唐想卫国像大便一样被这个城市从这个出口排泄掉了。但他万万没有想到卫国把这张北上的卧铺票,退给了一位只买到站票的老乡。卫国怀揣六百元钱心情舒畅了许多,全身上下没有一处不自信。他昂头走出车站,仿佛旧地重游,往事历历在目。他沿着他来时的路线,走进车站派出所。

12

杜质新仍然坐在原来的位置上。卫国说有我皮箱的消息吗?杜质新好奇地看着眼前的这个人,问什么皮箱?卫国说在火车上丢掉的那只。杜质新说我这里报失的皮箱差不多有一百多只,不知道你说的是哪只？卫国说是一只欧式的,正方形的,棕色,两把密码锁,里面装有三万块钱,三套名牌时装,我的身份证,获奖证书,教授资格证,两本复习资料,五篇论文和一瓶云南白药,一张未婚证明,一本《政协委员证》……杜质新说是不是你父亲留苏时买的？你父亲参加过新中国的第一颗原子弹爆炸实验。卫国说是,就是那只,里面还装有当时原子弹爆炸时的一些数据和核爆炸的密码,外加一封遗书。杜质新翻开笔记本,说两天前,有一个女士来问过,这样的皮箱一般很难找回来,主要是里面的现金太多。

　　卫国打了一个饱嗝,满屋飘荡着虾蟹的味道。杜质新抽抽鼻子,说你的生活过得不错嘛。卫国说马马虎虎,你能不能再想想办法？如果能够把它找回来,我愿意把三分之一的现金分给你,或者现在我就先请你吃一顿。杜质新吞了几下口水,喉结滑动。卫国从口袋里掏出一百元钱递给杜质新,说你拿去买一条烟抽。杜质新说我还是没有把握。卫国又掏出一百元叠在原先的一百元上,说我再加一百,你务必帮我找到皮箱。杜质新把卫国伸过来的手推回去,嘴里发出一声冷笑,说怎么可能呢？你可以进来看一看。

　　杜质新带着卫国来到派出所的里间,屋角摆着一大摞沾满灰尘的皮箱,有几只皮箱的锁头已经撬烂。杜质新指着那堆皮箱,说这都是我们找回来的,可惜没有你那只,但是找回来又有什么用？它们只是一个空箱子,里面的东西全没了。有的乘客听说是一个空箱子,连领都不来领。他们来领皮箱的路费可以买到好几只新皮箱,干吗要来领呢？卫国的脸刷地白了,他的目光在皮箱上匆忙地扫了一遍,身体像被谁抽去了骨头,突然一软,坐在旁边的条凳上。他说杜警察,千万别让小偷把我的皮箱给撬了,拜托拜托。

在派出所坐了一会,卫国回到宾馆。他拨通顾南丹的手机。一股愤怒从话筒里隐隐传来。顾南丹说你怎么还没走?你不走就不要再来烦我。手机挂断了。卫国再拨,顾南丹已经关掉了手机。卫国接着拨顾南丹家里的电话。接电话的是大妈。大妈说你找谁?卫国说找南丹。大妈说你是谁?卫国说卫国。话筒里传来大妈对南丹的呼唤。大妈一共呼唤了三声,然后对着话筒说南丹说了,你不回去就再不见你,我们全家都不欢迎你。卫国放下电话,打算离开他住了一个多月的房间。这个房间有顾南丹的声音和气味,现在它们还在墙壁上飘来飘去。

13

卫国在市郊找到一间地下室,住宿费每天十元。由于没有任何证明,房东要他一次性交完一个月的房钱。现在他身上还剩下三百元。他计划每天吃两份盒饭,每份盒饭五元,如果计划不被打乱,他在这个陌生的城市里至少还可以待上三十天。也就是说在这三十天内,卫国必须找到一份工作,否则他将被饿死。

他是从北部湾大道东路开始寻找工作的,准备一家一家地找下去,就像摸奖一样摸到哪家算哪家。第一家是紫罗兰书店。在走进书店之前他做了一次深呼吸,算是自己给自己打气。书店里只有几个顾客,卫国一走进去就有两位小姐抱着一大堆书向他推销。他说我不买书，我找你们经理。一位站在柜台后面的中年男人说我就是经理。卫国走到经理面前，问他还要不要人？经理摇摇头，说不要。卫国发现书店里的所有人都在看他，他的脊梁骨一阵麻。他回头看看身后，装模作样地翻了几本书，最后买了一本《怎样培养你的口才》。

挟着《怎样培养你的口才》跑出书店，卫国紧接着走进旁边的宏源房地产公司。公司销售部主任跷着二郎腿坐在一张软椅上，嘴里叼着一支香烟。他喷一口烟雾说一句话，就像吃一口菜又吃一口饭。卫国想如果没有香烟，他是说不出话的，就像没有菜吃不下饭。他说人吗？我们是要的，但是我们没有工资，你每卖出一平方米土地，我们就给你二十元工资，如果你一天能卖出一亩，那么很快就会成为富翁。卫国说这个我可以试一试。主任说那你就到汪小姐那里办个手续。

主任回头叫小汪。坐在主任身后第四个格子里的小姐哎了一声，并抬头朝卫国招手。卫国想在这个城市里，找一份工作其实没有想象的那么难。他开始有一点儿兴奋了。他快步走到汪小姐的格子里，一股浓烈的香味围绕着汪小姐。汪小姐拿出公司的有关资料递给卫国，她每动一下，就扇起一股香气。卫国在浓烈的香气中忘乎所以。他张开河马似的大嘴，好久才憋出一句话来，我什么时候可以工作？汪小姐说你得先交两张照片和三千元押金，我们给你办好证件后就可以开展工作。香气突然没有了，卫国抽抽鼻子，闻到的全是主任那边飘过来的烟味。卫国说一定要交押金吗？汪小姐说一定要交。卫国说我没有三千元，交两百元行不行？汪小姐摇摇头,鄙视地看着他。卫国说干吗要交押金?我又不会逃跑。汪小姐说没有押金,我们就不能给你工作。

三千元押金就像一记闷棍,打得卫国晕头转向。他低头往前走,民航售票处、温馨照相馆、公厕、市政府招待所依依不舍地从他眼角的余光中晃过。他边走边后悔,想也许这几家正需要我。他回头看着市政府招待所的大门,一张熟悉的面孔撞了上来。这是他在人事局门口碰上的,先称来自西安后称来自宁夏的那位老乡。卫国用西安话叫老乡。老乡偏头看着卫国,用西安话说要不要买一份保险?卫国说你在干保险?老乡说瞎混。卫国说这个工作要不要交押金?老乡说要交,交一千五百元。你买一份保险吧。卫国说不买。卫国朝前面走,老乡在后面追。他追上卫国,说出门在外,买一份保险安全,说不定哪天就会出车祸,或者楼上掉下一块砖头,正好砸在自己的头上,买一份吧。卫国说你才出车祸。老乡对着卫国的背影骂了一句狗日的。

一路上卫国再也没有问工作,他从北部湾东路走到北部湾西路,汗水浸湿的衬衣正在慢慢地风干,双腿变得有点儿沉重。他想也许我该买一包香烟,但是一包好香烟将花费我一天半的伙食,这未免太奢侈了。不过没有香烟很难跟人接近,能不能把这包香烟算作找工作的投资?只要找到工作,还在乎一包香烟吗?卫国在烟摊买了一包,他用鼻子嗅了嗅,舍不得抽。他想能不能找到工作,就看这包香烟了。他嗅着香烟往前走,一阵音乐灌入他的耳朵。抬头一看,他已经来到了师范学校的围墙边。他想也许我该到这里面去碰碰运气。

师范学校教务处办公室里坐着三个人。卫国想那个老的肯定是教务处主任。卫国给他们每人发了一支烟,自己也叼了一支,屋子立刻被烟雾笼罩。那个老的说你是不是来找工作的?卫国点点头。那个老的说我们这里已经来了几百个找工作的。卫国说我叫卫国,男,现年二十八岁,西北工业学院物理系副教授。那个老的说这么好的条件我们不敢要。卫国说我主要是喜欢这个城市,干什么都可以,职称也可以不算数,你们爱发多少工资就发多少工资,本人毫无怨言。那个老的说,如果你愿意这样,下个星期五早上九点到这里来找我,我安排你试讲。

卫国问那个老的要了一张名片,名片上写着:北海师范学校教务处主任潘相。卫国想他果然就是主任。卫国把那包香烟丢到潘相的桌上,说星期五我再来找你。潘相说请把你的香烟拿走,我们这里不受贿。卫国尴尬地笑着,说在北海,难道一包香烟也算是受贿吗?潘相说一包香烟会变成十包香烟,十包香烟会变成一百包香烟。卫国说我可没那么多香烟。

14

同学们,在真空里,我们把一根鸡毛和一个铁球,从北海师范学校的教学大楼楼顶同时往下放,你们说哪一个先到达地面?卫国对着潮湿的地下室和那台呱哒呱哒转着的台扇练习讲课。地下室的墙壁上有一面镜子,它的一半边已经掉落。卫国在练习讲课的时候,常常被那半边还存在着的镜子分散注意力。卫国偏偏头,干脆把自己那张疲惫不堪的脸全部放到那半边镜子里，自己对着自己讲起来。讲着讲着，卫国发现自己的头发长了，胡须也拉碴了，衣服和裤子冒出一阵阵恶臭。卫国想我这副尊容，哪会有学生听课。我得修剪修剪。卫国还没把课讲完，就跑出旅馆到理发店去理头发。连剪带吹，卫国花掉二十元人民币。剪一个头就花掉二十元，这像从他的心头剜了一块肉。但是他心疼一阵后，马上安慰自己，好在我就要找到工作了，否则打死我也不会这样花钱。

回到旅馆的地下室，卫国想洗洗身上的衣裳。没有洗衣粉，衬衣领子上的污渍比卫国的搓洗还顽强。他穿着一条裤衩从地下室走出来，看见洗漱间的窗台上结着一块小小的肥皂。卫国用手指把它抠下来，衬衣因为有了它而洁白。卫国把洁白的衬衣晾在椅子上。为了加快干的步伐，他动用了那台电风扇。衬衣鼓胀了，两个衣袖张开手臂。卫国光着身子在屋子里走来走去，对着镜子照了照身体的各个部位。当镜子照到下身的时候，卫国直了。他端详着直的地方，用手掌轻轻地搓，就像搓衣裳那样搓。一股浓浓的白色汁液流出他的身体。

他在愉悦中睡去，醒来时却痛苦不堪。不知道睡了多久，他感到身子无比沉重，每个细胞都绑着一根绳子。卫国想我是不是感冒了？他想翻身从床上爬起来，但是他连动一动都很困难，就连转动一下眼珠眨一下眼皮也变得遥不可及。电风扇还在呱嗒呱嗒地转，衬衣被它吹到地上。卫国轻轻地说水，我要喝水。只有自己听到自己的声音，他说妈妈呀，我要喝水……

迷迷糊糊中，卫国再次睡去。等他再次醒来，身体轻了一些。

他慢慢地滑下床,觉得整个身体已经没有重量,自己比鸿毛还轻。他扶着墙壁一步一步地爬出地下室,屋外的阳光刺激他的眼睛,站了好久才看清眼前的景物。他拍拍房东的门板。房东没有开门,隔着窗户问卫国有什么事?卫国说今天星期几?房东说星期三。卫国想我已经睡了两天。

卫国来到马路上,找了一家比快餐店档次稍高一点儿的酒家,对着服务员喊要一碗鸡汤。喝完鸡汤,卫国感到身上还是不太舒服。他想后天就要试讲了,这样的身体肯定走不上讲台。他伸头往远处看了看,远处有一家诊所。他摇摇晃晃地朝诊所走去。

医生在量过他体温看过他舌头之后,说吊几天针吧。卫国说多少钱?医生说两百来块。卫国说我没有那么多钱,你能不能少一点儿?医生说没那么多钱就少吊两天。卫国说吊两天多少钱?医生用笔算了一下,说百来块。卫国说请你务必不要超过一百元,我实在是没钱了。医生点点头。卫国躺到病床上,卫国看见一根比织毛线的针还要长的针头扎进了血管。针头刚一扎进去,他就感到病已经好了许多。

躺在病床上,他才明白身体是革命的本钱,节约是没有意义的,假如身体垮了,有钱又有什么用?他以这样的消费原则,过上了两天幸福生活,力气慢慢地回到他身上,心情也好了许多。到了星期五早晨,天迟迟不亮。卫国早早地从床上爬起来,把试讲的内容想了一遍。想完之后,天还是没有亮。他坐在床上胡思乱想。他想如果我试讲成功,学校还要不要我出示有关证明?还要不要原单位的鉴定?卫国一直没有想过这个问题,现在突然想到这个问题,身上冒出了许多冷汗。

　　他掏出潘相的名片,想是不是打个电话问一问他?但是打电话要花五毛钱,而且还会打搅他睡觉。卫国走出旅馆,沿着那条路灯照耀的马路往师范学校赶。他恨不得马上见到潘相,步子于是愈迈愈大,身上热得不可开交,赶到学校门口,铁门刚刚打开,好像是专门为他而开。他朝教务处走去,沿途看见许多跑步的人,黑夜慢慢地渗进白天,路灯依然照着。卫国想等我走到前面的那根电线杆边如果路灯还没有熄灭,那就说明学校不需要鉴定。他快步朝前面的电线杆跑去。像是成心跟他作对,他只跑到一半,路灯就全部熄灭了。路灯熄灭的一刹那,卫国的腿突然迈不动了。他甚至想站在这个地方永远也别往前走。我怎么这么倒霉?这时,他看见一个小伙子推开教务处的门,这是卫国星期一见到的两个小伙子中的一个。卫国拖着沉重的双腿,来到教务处门口。小伙子说不是说九点钟试讲吗?你怎么来这么早?卫国说我想问一问你,如果试讲成功,你们要不要原单位出具证明?要不要调档案?小伙子说要,怎么不要?

　　小伙子忙着烧开水,拖地板,没有工夫跟卫国说话。卫国站在教务处的门口,想我还是问一问潘相,也许潘相能够通融通融。卫国等了一会儿,看见另一个小伙子也走进办公室。卫国问你们的潘主任呢?小伙子说等一会儿他就来。卫国说如果试讲成功,你们要不要原单位出具证明?小伙子说要。卫国说能不能不要?小伙子说我们只录用手续齐全的人。卫国站在门口,拼命地伸长脖子,盼望尽快看到潘相的身影。卫国看到腿开始发麻了,才看见潘相朝教务处走来。潘主任说来啦。卫国说来啦。

　　卫国把潘主任拉到楼角,说如果我试讲成功,你们还要不要原单位出具证明?潘主任说不仅要,我们还要到你的原单位去考核。卫国说能不考核吗?潘相说不能。卫国说如果我用实际行动证明我能胜任这份工作,你们还去考核吗?潘相说去。卫国说你看我有不对劲儿的地方吗?潘相说没有。卫国说我像坏人吗?潘相说不像。卫国说那你们为什么还要去考核?潘相说这是两码事。卫国跺跺发麻的双脚,从门口回望一眼教务处办公室,说既然你们不相信,那我不试讲了。潘相说怎么不试讲了?我都给你安排好了。卫国没有回答,拖着发麻的双腿朝校门走。潘相看见他走路的姿势有点怪,一摇一晃的像个瘸子。潘相对着他的背影骂神经病,骗子,言而无信……卫国听到潘相在身后骂他,但是他没有回头。他觉得潘相的骂声是那么贴切,那么解恨,那么亲切。我是骗子吗?我是神经病吗?我是卫国吗?天底下还有没有不要证明,不要考核的地方?卫国对着空荡荡的前方喊:我叫卫国,男,现年二十八岁,未婚,副教授……卫国反复地背诵,不断地提醒,可别把自己给忘记了。

15

　　卫国斜躺在床上翻看《怎样培养你的口才》,突然听到楼上发出一阵响声。响声由小到大,由慢到快,像是床头撞击墙壁的声音,富于节奏很有规律。卫国用晾衣竿敲打天花板,上面的声音立即中断,但是它只中断了一会儿,又更猛烈地响起来。它的声音是这样响的:嗒……嗒……嗒嗒……嗒嗒嗒嗒嗒嗒嗒……嗒。

　　第二天晚上,这种有规律的声音继续响起来,并伴随女人的轻声叫唤。卫国用晾衣竿狠狠地戳了几下天花板,声音不但不停止,反而响得更嚣张,好在这种声音极其短暂,卫国也就不再计较。到了第三天晚上,声音该响的时候没有响起来,卫国感到有点失落,他用晾衣竿戳了一下天花板,楼板颤了一下,上面传来一阵跺脚声。卫国戳一下天花板,楼上就跺一次脚。卫国爬下床沿着木板楼梯爬上二楼,敲了敲那扇紧闭的房门。门板吱的一声拉开,灯光全部落在卫国的身上。

　　一位穿着紧身衣的小姐做了一个请的手势,卫国走进房间,揉揉眼睛,小姐清晰而又真实地呈现在他眼前。她的身材高挑,两条腿直得可以用于建筑,乳房像是某个夸张的画家画上去的,牙齿和脸蛋都很白,部分头发染黄。卫国说刚才跺脚的是你?小姐说是。卫国说你的床是不是有点儿不牢实?小姐的脸顿时红了。卫国想她的脸竟然还会红。卫国走到床边,摇摇床铺说我帮你看看。说着,他低下头检查床铺的接口,发现有一颗螺帽松了。卫国说小姐,有没有扳手?小姐忽然仰躺到床上,故意摇晃着床铺,说你不觉得有点儿响声更刺激吗?卫国扑到小姐身上,说我想跟你睡觉。小姐嗯了一声,要钱的。卫国说多少钱?小姐说五百。卫国说能不能少一点儿?小姐说如果你不长得这么帅这么年轻,五百我都不会干,这已经是打八折了。卫国说我听说别人只要三百。小姐说你看是什么人,你看看她是什么档次,然后你再看看我。卫国说不就五百吗？说好了五百。

小姐开始脱衣服，卫国摸摸口袋，口袋里还剩下三十元钱。但是卫国的心思已像脱缰的野马离弦的箭，一股强大的力量蹿遍他的全身。脱光的小姐就像白雪覆盖的山脉，或者白象似的群山。卫国站在床边，还不太敢相信眼前的事实。小姐说你能不能快一点儿？卫国被这句话燃烧了。他朝小姐刺去，一声尖利的叫唤从小姐的嘴里飞出。卫国听到他在楼下听到的有节奏的嗒嗒声，只是他制造的声音更持久更嘹亮。小姐的身体一直很平静，一动不动，眼睛望着天花板，脑子像在想别的事情。嗒嗒声愈来愈猛烈愈来愈紧密，小姐嗯了一声。嗯一声，像一个气泡。嗯两声，两个气泡。平静的湖面冒出无数个气泡，气泡愈来愈大，小姐再也控制不住，她的身体开始扭动。卫国看见群山倒塌，白雪消融。

完事后，卫国把衬衣口袋和裤子口袋都翻出来，说我就这三十元钱，骗你是狗娘养的。小姐说你怎么能够这样？你为什么要这样？卫国低头不语。小姐拍了一掌卫国的膀子，说不可能，绝对不可能，你不可能才有三十块钱。卫国说怎么不可能？如果我的皮箱不掉，我会有三万多元，等找到皮箱，连本带息一起还你。小姐在卫国的口袋里掏了一阵，只掏出一张潘相的名片。小姐说你把钱留在房间里了。卫国说如果我有钱我会住地下室吗？不信你可以跟我到下面去。小姐夺过卫国手上的三十元钱。卫国想现在我是真正的身无分文了，从明天开始我就没有饭吃了。

小姐跟着卫国走出房间，说有那么严重吗？卫国推开地下室的门，一股霉味扑面而来，小姐用手掌扇扇鼻尖，但是那是一股固执的气味,怎么扇也扇不掉。卫国说连一个坐的地方都没有,你就坐床吧。小姐坐到床上,眼睛在房间里扫荡。她翻开卫国的枕头和席子,掏了卫国另外一件衬衣口袋,没有找到任何东西。她说你是干什么的?卫国说了一遍自己的遭遇。小姐把手里的三十元钱还给卫国,说你拿着吧。卫国接过三十元钱,说这怎么行呢?你已经劳动了。小姐说就算是借给你的吧,什么时候有钱了再还我。记住,你还欠五百元。卫国说我一定还你,明天我就去找一份工作,把钱还给你。小姐走出地下室,回头问你叫什么名字?卫国。你呢?刘秧。

16

第二天早晨,卫国拉开地下室的门,发现门拉手上挂着一个塑料袋,塑料袋里装着三个大馒头。卫国把脸伸到袋子里嗅了嗅,嗅到一股美好的气味。他用晾衣竿戳戳天花板,楼上发出跺脚声。卫国提着塑料袋冲上二楼,把塑料袋举过头顶,说这是我来到北海后第一次拥有早餐。你吃一个?刘秧说我已经吃过了。卫国说吃了也要再吃一个,你不吃一个我会吃不下去的。卫国拿着一个大馒头往刘秧的嘴里塞。刘秧狠狠地咬了一口,馒头变得犬牙交错,卫国在犬牙交错的地方再犬牙交错了一下,又把馒头递给刘秧。刘秧又啃了一口。他们一人一口,把那个大大的馒头啃完。

啃完馒头,卫国看见一个男人站在门口。他的头上打过摩丝,皮鞋擦得锃亮,胳膊下还夹着一个小包。刘秧说卫国,我们有事要谈,你先下去吧。卫国走出刘秧的房间。他刚走出房间,门就被那个男的碰上了。

楼上很快就传来了那种熟悉的有节奏的嗒嗒声。卫国被这种声音搞得烦躁不安。他走过来走过去,在狭窄的地下室里到处碰头。他想这种声音很快就会过去,一定会过去。但是这种声音出人意料地持久响亮,卫国用晾衣竿不停地戳天花板,上面没有停止。卫国提着晾衣竿冲上二楼,站在门口叫刘秧,你是不是没有钱?如果没有我这里还有三十元。这难道是你挣钱的唯一方式吗?这种方式容易染上艾滋病,会使爱你的人伤心。你的相貌不差,聪明伶俐有理想有前途,有父母有兄妹,有老师有同学,干吗非得干这个?

门被卫国说开了,那个油头粉面的家伙从里面跌出来,差一点就跌了一个狗吃屎。刘秧双手叉腰,站在门框下一跺脚,楼板晃了几晃。刘秧说滚。那个男人捡起掉在地上的皮包,拍打着衣服,说你怎么能够这样?刘秧说我为什么不能这样?我爱怎么样就怎么样?刘秧从耳朵上解下耳环,从脖子上解下项链,从床头抓起呼机,朝那个男人砸过去。一只耳环沿着楼梯往下滚,那个家伙跟着耳环跑了几步,才把耳环捉住。他吹了吹耳环上的尘土,回头看了一眼刘秧,弯腰跑出旅馆。掉在地上的呼机这一刻狂声大作。没有谁理睬呼机的狂叫,它的声音在这个特殊的时刻显得孤独。

另一个声音响起来,那是卫国鼓掌的声音。刘秧转身回到房间,坐到沙发上。现在她的脸是黑的,气是粗的,心情是恶劣的。卫国靠在门框上看着刘秧,说嫁给我吧,刘秧,如果我们结婚,也许会幸福，也许会长寿，也许会儿孙满堂，也许会找到皮箱，如果皮箱能够找到，我会把里面的三万元现金送给你，不让你再干这活，我会把里面的两套名牌女装、金项链、耳环、化妆盒、游戏机、真皮靴子、手机、法国香水、手提电脑、美白溶液、健美操影碟、随身听、墨镜、戒指、茅台酒、轿车、别墅统统送给你，让你把刚才的损失补回来……刘秧长长地叹了一声，说你的皮箱早就撑破了。卫国说干脆，我连皮箱都送给你。

17

　　这个夜晚，屋外刮起了大风，许多树叶被风吹落，未关的窗户发出声声惨叫，玻璃破碎了，树枝折断了。卫国想这不是一般的大风，是台风。他起身关窗户，忽然听到一阵敲门。不会是查户口的吧？他打开门，看见刘秧缩着脖子站在门外。刘秧说我怕。卫国说进来吧。刘秧坐到卫国的床上，卫国挨着她坐下。刘秧说想跟你聊一聊。卫国说聊什么呢？刘秧说我也不知道。两人沉默。刘秧举起五根手指。卫国说什么意思？刘秧说你还欠我五百元。卫国说我能不能再欠你五百？刘秧说不能，除非你先还我五百元。卫国受到了刺激，脸红了，说不就五百吗？明天，我就找一份工作，挣五百元还你。刘秧在卫国的鼻子上刮了一下，说吹牛。

　　第二天早上，卫国拍拍刘秧的肩膀，说起床了。刘秧说起那么早干吗？卫国说找工作去。刘秧说找什么工作？卫国说不知道，反正得找一份工作，挣五百元钱还你。

马路上铺满昨夜吹落的残叶,一棵大树横躺在路上。卫国和刘秧手拉手跨过那棵躺倒的大树。刘秧说到哪里去找工作?卫国说往前走,一直走下去。刘秧跟着卫国。他们看见快餐店,看见给卫国吊针的那个诊所,看见房地产公司。单位从他们的眼睛晃过,街道上流动着人群。太阳出来了,到处都像着了火,到处都是鲜红的颜色。他们拉着的手心里冒出了热汗,舌头像干裂的土地。卫国说你能不能请我喝一瓶矿泉水?刘秧给卫国买了一瓶矿泉水,给自己买了一个冰淇淋。他们站在马路边把水喝完,把冰淇淋吃完,接着往前走。

刘秧说我不能再走了,我的脚起泡了。卫国说那你就在这里等着,我自己去找。刘秧坐在马路边的一张凳子上,卫国继续往前走。他往东边走了一阵,回到刘秧的身边。刘秧说找到了吗?卫国摇摇头,又往南边走。往南走了一公里,卫国又回头看刘秧是不是还坐在那里等他。刘秧说哪有这样能找到工作的,我们还是回去吧。卫国摸摸肚子,说饿坏了,你能不能请我吃一个快餐?刘秧伸手让卫国拉她。卫国把她从凳子上拉起来。他们手拉手朝西边走。走了十几米,就看见一家快餐店。他们走进快餐店吃午饭。刘秧说现在,你除了欠我五百元,还欠我一瓶矿泉水和一顿快餐。卫国说我吃完饭继续找工作,挣钱还你。刘秧说你还是死了这条心吧,这样没头没脑地走下去,恐怕十天半月也不会找到工作,恐怕把钱花光了也不会找到工作。卫国说为什么他们都不相信我?刘秧说还是回去吧,我实在是走不动了。

从快餐店出来,卫国往对面的马路看了一眼。他看见一家江南康乐公司。卫国被康乐公司门口的一块招牌深深地吸引。招牌上画着三个大大的酒坛,酒坛上写着:能喝者请来面谈,江南康乐公司诚招酒保。

看到这块招牌,卫国的鼻尖前飘过一阵酒气。他回头叫了一声刘秧,说我找到工作了。刘秧说工作在哪里?卫国指着马路那边。刘秧看看那块招牌,看了一会儿,说你能喝吗?卫国说能。刘秧笑了起来,还拍拍手掌在地上跳了几下,找了半天,原来工作在这里。她拉着卫国的手,一起走过马路。卫国吻了一下刘秧,说我说过,我能够找到工作。刘秧用手指刮了一下卫国的鼻子,说这天不是愚人节吧?

18

他们走进公司的人事部。人事部里的一男两女扭头看着他们。卫国说我是来喝的。那位男的站起来跟卫国握手,说我是人事部长,姓王,请问你能喝多少斤50度的白酒?卫国说不知道。不知道是不是说你从来没有醉过,或者说能喝多少连你自己也不清楚?大概就这个意思。姓王的递了一张合同给卫国,你好好看看吧。卫国接过合同看了一会,说现在就喝吗?姓王的说我们已经招聘了一个能喝的,如果你把他喝败我们才能录用你。卫国说如果把他喝败,你们能不能先预支我五百元工资?姓王的说只要你把他喝败什么都好说。卫国挽起衣袖,说那就开始吧。刘秧拉了一下卫国的衣袖。卫国说不用怕,我正馋着呢。

卫国被带到一个小会议室,中间摆着一张橡木茶几,茶几的两边摆着两张棕色的真皮沙发。卫国坐到一张沙发上。两位小姐托着盘子走到茶几前,她们把盘子里的酒分别放在茶几的两边。现在茶几上一边摆着五瓶50度的白酒。周围站满了公司的职员,摄像机架在离沙发三米远的地方。但那个卫国想喝败的人迟迟未见出场,他等得有点儿不耐烦了,于是拧开了一个酒瓶的瓶盖。

小姐把拧开瓶盖的酒端走,重新又上了一瓶。小姐说请你不要提前打开瓶盖。卫国哼了一声,人群出现骚动,所有人的脖子都扭向门口。卫国看见一位理着小平头,戴着墨镜,身高1.75米,脸色微黑的小伙子走进来。他坐在卫国的对面,朝卫国点点头,还向人群挥挥手。做完这一系列动作后,他把自己面前的三瓶酒推到卫国面前,又把卫国面前的三瓶酒拉了过去。姓王的宣布比赛开始。他们各自打开瓶盖,酒香溢满客厅。卫国举起酒瓶向刘秧示意。刘秧觉得这件事很好笑,就对着卫国笑了一下。卫国把酒瓶送到嘴边,一股浓烈的酒气熏得他眼眶里泪光闪闪,鼻孔里打出一长串喷嚏。

就在卫国狼狈不堪的时候,对方一仰脖子一抬手一瓶酒不见了,它们全都灌进了他的嘴巴。围观者发出惊叹,零星的巴掌声响起。卫国勇敢地举起酒瓶,学着对方的样子,把一瓶酒灌进嘴里。这是卫国平生第一次喝这么多酒,它们以迅雷不及掩耳之势流经他的喉咙,进入他的食道。也许是速度过快的原因,卫国对这瓶酒基本没有什么感觉。但是当局者迷,旁观者清。刘秧看见卫国的脸像被大火烧了一把,顿时红了起来。星星之火可以燎原,卫国不仅脸红了,连脖子也红了。

对方一仰脖子又喝了一瓶。他脱下墨镜,看着卫国,说我叫胡作非。卫国一听就知道这是北方口音。卫国说我是西安的,叫卫国。胡作非说你就把它想象成水,一咬牙就喝下去了。卫国真的把它想象成水,一咬牙喝下去。在喝掉这瓶酒后,卫国的脸突然变成了青色,但眼眶里应该白的地方,现在全变成了红色。卫国的脑袋晃了几下,靠在沙发扶手上。刘秧叫卫国。卫国扭头看着刘秧,就像一只垂死的狗看着刘秧。刘秧说别喝了。她冲到卫国坐着的沙发旁,想把卫国歪斜的身子扶正。她每扶一下,卫国的身子就滑一下。卫国快要滑到地板了。

突然,卫国雄赳赳地站起来,说别拉了,我没事。刘秧说这样喝下去你会没命的。卫国说五百元你不要了?刘秧说不要了。卫国说我从来不欠别人的钱,你不要,我也要还你。刘秧说你再喝我可不管了。卫国说你走吧。刘秧挤出人群,朝门口走去,她笔直的大腿苗条的身材在门口一闪就不见了。卫国想她终于走啦,在这个大厅里现在没一个认识我的。他们都不知道我是谁?

卫国收回目光,端起酒瓶,他的手和酒瓶晃动着,几滴酒洒落到茶几上。在胡作非眼里,这是多么珍贵的几滴。他说你的酒泼出来了。卫国把酒瓶放下,说我另喝一瓶。卫国拿起另一瓶,灌得嘴里发出咕咚咕咚的声音,就像一曲音乐。现场忽然安静,他们被这种美妙的声音打动。酒瓶搁回茶几,围观者这时才记住喘气。他们的喘气声此起彼伏。胡作非做了一个深呼吸,又拿起一瓶酒。他喝酒没有一点声音,人们只看到瓶子里的酒无声无息地减少。

当他瓶子里的酒减到只剩下半瓶的时候,突然又回升了。胡作非把喝到嘴里的酒部分地吐回酒瓶,用手帕捂着嘴巴离开现场。

需要很大的力气,卫国才能睁开眼睛。他目送着被他打败的人消失在卫生间的门口。胡作非的身影刚一消失,卫国就瘫倒在地板上。他听到刘秧叫卫国,我们胜利了。卫国想原来她没有真正离开,她只是骗骗我,原来她没有离开。卫国轻轻地说皮……皮箱,快把那只该死的皮、皮箱拿来,里面有一瓶解酒药。刘秧说你说什么?我听不清楚,你能不能大声一点儿?卫国说皮、皮箱……刘秧摇晃他的肩膀,说卫国卫国,你别睡觉,我们胜利了。这是卫国听到的最后一句话。他感到很温暖,因为他听到了"我们",还听到了"胜利"。

警察赶到现场,他们搜了一遍卫国的口袋,没有搜出任何东西,只搜出一把缠满头发丝的牙刷。一位警察举着牙刷问刘秧,这是你的牙刷吗?刘秧接过牙刷,拉开缠在牙刷把上长长的发丝,突然哭了。她举着那把牙刷说卫国,你这个流氓,你这个骗子,你竟然跟过其他女人,你为什么要骗我?骗我的感情。告诉我,这是谁的头发?你告诉我这是谁的头发?你跟她睡过吗?睡过多少次?你爱她吗?她有我可爱吗?她有我漂亮吗?她比我善良吗?她是不是一个麻子?是不是一个瘸子?是不是一个骗子?你怎么会跟这样的女人?她哪里有我好。说呀,她有我善良吗?卫国……刘秧拍了一下卫国的脸。卫国的脸部已经完全僵硬,刘秧再也摇不动他的膀子了。她把卫国僵硬的头枕到自己的腿上,继续哭。

呜呜呜呜……卫国呀卫国……哭着哭着,她忽然抬起头,说警察叔叔,他真的叫卫国吗?

19

十四岁的时候,卫国就开始想女人了。他记得那是一个夏天,有许多美好的事情跌跌撞撞地到来,空气里都是馒头的味道。河水光滑,天空干净,老师讲课的声音比鸟叫还好听。每当邻居的女孩从他家窗前走过,他的胸口就像填满炸药,爆炸一触即发。但迫于父亲的压力,他把导火线延长了再延长,发誓至少在成为教授以后才谈恋爱。由于这个誓言,他把二十八岁以前的所有精力都献给了力学。

这年夏天,年仅二十八岁的他被破格评为物理系副教授,于是他又闻到了十四年前馒头的味道。这种味道铺天盖地,像一张硕大的嘴把他一口含住。卫国被这张气味的大嘴咬得遍体鳞伤,细胞们都发出了呻吟。卫国想这不就是爱情的叫声吗?河水光滑天空干净,我讲课的声音比我的老师还动听。许多和卫国年龄差不多,或稍大一点儿又没评上副教授的同事都叫卫国请客。他们碰上一次卫国,就说一次请客,说得嘴角都起了泡沫,以至于这种评上副教授与吃饭的偶然联系,在他们的反复强调中快要变成了一种必然。但是卫国嘴里虽然哼哼地答应,却没有实际行动。他想时间迟早会败坏他们的胃口。

到了周末的中午,李晓东从食堂打了一个盒饭,一边吃一边往卫国的单身宿舍走。他每走一步就往嘴里喂一口饭菜,等他走到卫国的门前,正好把盒里的饭吃完,就像是掐着秒表吃的,就像是拉着皮尺量着距离吃的。他抹了一把嘴巴,用沾满猪油的手拍打卫国的房门。那扇油漆剥落的门板,因此而留下了他的掌印。掌印好像是拍到了主人的脸上,屋内立即传来一声懒洋洋的声音:谁呀?一听这声音,李晓东就知道卫国正在睡午觉。李晓东说是我。

房门裂开一条缝,缝里刮起一阵风。李晓东看见卫国穿着一条蓝色的三角裤和一件布满破洞的汗衫站在门缝里,说你有什么事?李晓东说没什么事,就是想找你聊一聊或者是下一盘象棋。卫国合上门,说我要睡午觉。李晓东把门挡住,说今天是周末,干吗要睡?卫国说你不是不知道,我有睡午觉的习惯。李晓东说核能专家卫思齐睡过午觉吗?卫国说他是他,我是我。他留过学,喜欢奶酪和生吃蔬菜,工作和生活习惯全盘西化,我又没留过学。

一提到父亲卫思齐,卫国的睡意就去了一大半。他开始往身上穿一条松散的短裤。李晓东说如果你实在想睡午觉,我们只下一盘,半盘也行,我的手痒得快要犯错误了,就想摸一摸那些马那些炮。

平时,李晓东不是卫国的对手,卫国三下两下就可以把李晓东的老帅吃掉。但是今天的李晓东下得特别慢,他每走一步棋都要思考半天,甚至还频频上厕所。卫国说晓东,你的膀胱破了吗?李晓东像伟人那样用双手撑住下巴,两道眉毛锁在额头上,眼睛仿佛已经洞穿了棋盘落到了地板上,也许连地板也盯烂了。看着李晓东,卫国突然笑了一下,想得眉头都打结了,却一步棋也走不动,难怪评不上副高,脑子肯定是注水了。卫国捡起床头的一张报纸漫不经心地看着，等待李晓东往下走。他把报纸从头到脚看了一遍，李晓东还一动不动。卫国想这哪里是下棋，分明是在谋财害命。他用报纸盖住棋盘，说不下了，不下了，还是睡午觉吧。

　　李晓东推开报纸，点燃一支烟狠狠地吸，一棵由烟雾组成的树立即从他的头上长起来。卫国又把报纸盖到棋盘上，用手指了指墙壁。李晓东顺着卫国的手指看过去，墙壁上写着"不准吸烟"。李晓东说今天可不可以例外？你都已经评上副高了，怎么还不吸烟？卫国端起棋盘上的茶杯，举到李晓东叼着的香烟嘴上，香烟滋的一声灭了。一股风正好从窗口吹进来，把棋盘上的报纸吹到了一边。李晓东用讨好的口气说让我再看看。他知道这盘棋几乎走到了尽头，最多还有三步可走。但是西出阳他们为什么还没有来？他们不来，我就不能走这三步，不能把棋这么快输掉。卫国打了一声长长的哈欠，把刚才穿上去的短裤脱了下来，重新露出那条蓝色的三角内裤，说你这棋没法走了，还是睡午觉吧，别影响我睡午觉了。

　　卫国刚想躺到床上，就看见戴着高度近视眼镜的西出阳出现在门口。西出阳说你们还在下？我还以为你们不等我了。卫国说等你干什么？西出阳说今天不是你请客吗？卫国跳下床，说谁说我请客？谁说的？我有什么理由请客？西出阳说有人打电话给我，叫我到你这里来吃午饭。卫国重新躺到床上，说真是抬举我了。这时一阵乱哄哄的声音从门口传来，吕红一、夏目漱和莫怀意像一群饥饿的难民来到卫国的房间。吕红一说都来了，那么说是真的了？听说卫国要请我吃饭，我还以为是别人造谣。卫国侧脸面对墙壁，装着没有听见。吕红一和夏目漱把他从床上架起来，一直把他架出门口。卫国说你们没长眼睛吗？我还没穿裤子。他们让卫国穿上裤子，然后又架着他往楼下走。卫国说你们还没吃午饭吗？西出阳说没有。卫国说李晓东，这是怎么回事？你不是吃午饭了吗？李晓东看了西出阳一眼，说吃过了再吃，现在就去吃。卫国说我还没有带钱包。莫怀意举起一个皮夹子，说我已经帮你带上了。

  卫国被他们挟持到大排档。这是学院附近有名的大排档，百来张餐桌沿马路一字排开，站在这头望不到那头，到处都是弯腰吃喝的人群。他们的头低下去，膀子高耸起来，嚼食的声音像从扩音器里传出来一样响亮。西出阳之流从中午喝到晚上，喝掉了五瓶一斤装的二锅头。除了卫国，他们每个人都有些摇晃。夏目漱举起一杯酒递给卫国。卫国说我不喝。夏目漱说无论如何你得把这杯酒喝下去。卫国摇摇头。夏目漱强行把杯子塞进卫国的嘴巴。卫国紧咬牙齿，酒从他的两个嘴角分流而出滴到他的裤子上，裤子上像下了一阵雨。夏目漱想用杯子撬开卫国的嘴巴，但是卫国的牙齿比钳子还硬，酒杯被他咬破了。

  餐桌上响起一巴掌，那是李晓东宽大的巴掌拍出来的，所有的碗筷和酒杯都战战兢兢，嘈杂的声音突然消失，目光都聚集在他的脸上。李晓东的手在头发上一撩，藏在里面的一条伤疤暴露在灯光下。他说卫国，你看看这是什么？卫国说一条又长又丑的伤疤。李晓东说知道它是怎么留在上面的吗？卫国说不是偷看女生洗澡跌破的，就是小时候要不到零花钱，一头撞到桌子上撞伤的。李晓东抓起一个酒瓶在桌上一敲,酒瓶的底部立即变成了牙齿,它像张开的大鲨鱼的嘴对着卫国的脸。李晓东说这酒我们喝得你为什么喝不得?告诉你,这条伤疤就是劝别人喝酒时留下来的。李晓东的酒瓶又向前递进一步。

　　卫国突然想离开餐桌,但是被夏目漱一把按住。这时吕红一抓住他的左手,夏目漱抓住他的右手,莫怀意按住他的肩膀,李晓东抓住敲烂的酒瓶,西出阳端起酒杯。卫国已被重重包围。西出阳把酒杯送到卫国的嘴边,像父亲对儿子那样亲切地说喝吧,何必亏待自己呢。西出阳一连往卫国的嘴里灌了五杯二锅头,大家才把手从卫国的身上拿开。大家把手一拿开,一直站着的手里捏着酒瓶的李晓东,哗啦一声坐到地板上,就像一滩水洒在地板上。他已经醉得连站的力气都没有了。

　　整个餐桌被卫国那张比红墨水还红的脸照亮。他稳住身子,举起酒杯说晓东,你不是说要喝酒吗,来,我和你干一杯。卫国没有看见李晓东已经跌在地板上,他的酒杯在空中晃了一下,自己就喝了起来。

20

　　西出阳问卫国喝了几杯后,你最想干什么?卫国说想、想女人。吕红一说想谁?卫国说冯、冯尘……夏目漱说冯尘是谁?卫国一挥手,说现在我就带你们去见、见她。

　　卫国走在前面,其余的人都跟着他。李晓东实在醉得不行,就由莫怀意和夏目漱捑扶着。他们走走停停,像糨糊一样粘在一起,走的时候三个人一起走,倒的时候三个人一起倒。只有西出阳和吕红一还跟得上卫国的步伐。

他们来到女生宿舍门口,想从铁门闯进去。门卫拦住他们。卫国说你把冯尘给我呼、呼、呼出来。门卫对着话筒喊了几声冯尘。西出阳看见一个穿着花格子裙的女生,从里面走出来。她的腰部细得一把就可以掐断,臀部却大得像个轮胎,胸前挺着的地方在昏暗的路灯中上下跳跃,像两个正在奔跑的运动员。西出阳预感到一件大事正朝着他们走来。女生前进一步他就后退一步。他后退一步,其他人也跟着他后退一步。他们一直退到阴暗的角落,只留下卫国一个人孤零零地站在铁门前,让门口那只100瓦的灯泡照耀着他的头顶,同时也照耀在他头顶飞舞着的细小的蚊虫。

女生走出铁门,看见卫国站在离铁门十几米远的地方。那是什么地方?那是铁门前最明亮的地方。光线罩着卫老师。她慢腾腾地走过来,一边走一边朝四周看,没有发现别的人,就走到卫国面前,说是你找我吗?卫老师。卫国的鼻孔里喷出几声粗气,双手往前一合抱住冯尘,说冯尘,我、我……说话时,他的嘴巴狠狠地撞向冯尘的脸。由于撞击的速度过快产生了加速度,卫国的鼻梁一阵发酸。这一酸,使其他动作没有及时跟上。冯尘趁机扬手扇了他一巴掌。

门卫从铁门里跑出来,路过这里的学生也围了上来。都已经二十二点钟了,哪来那么多学生?他们像从地里冒出来似的,那么迅速那么密集。卫国的眼睛本来就模糊了,现在突然看见那么多学生,眼睛就更加模糊。他被那么多的学生吓怕了,紧紧地抱着冯尘,嘴里不停地说他们要怎么样?

面对愈来愈多的人群,冯尘又及时地给了卫国一巴掌。这一巴掌把卫国的手打松了。他的身体像一件挂在冯尘身上的衣裳,沿着冯尘的身体往下滑落,而且还在冯尘的胸口处挂了一下。现在卫国横躺在地上,眼睛慢慢地合拢,像一个临死的人。冯尘这时才想起自己没有哭。我为什么不哭?我现在就放声大哭。冯尘哇的一声哭了。她哭着转身跑进女生宿舍。她的哭声就像一只高音喇叭,盖住了学生们的声音。

四名保安把卫国抬到保卫处的办公室。他们把他放到办公桌上,就像放一头刚刚杀死的猪。他们向卫国问话,回答他们的是鼾声和酒气。保安摇动他的膀子,摇啊摇,他们没有摇出话来,却从他的嘴里摇出一堆食物。保安乙端起门角的半桶水,对着办公桌上的那堆食物想冲。保安甲推开保安乙的水桶,说慢,也许这些食物对我们破案有用。四名保安立即围住那堆食物,他们的额头亲切地碰了一下,然后各自往后收缩了几厘米。他们看见这堆食物里包括了豆芽、鸡肉、苦马菜、竹笋以及……以及什么呢?他们再也看不清楚里面还包括了些什么?学院为了节约用电,只在他们头上安装了25W的灯泡。这样的灯泡无法分辨出这么一堆复杂的食物。保安丙从抽屉里拿出一个手电筒,手电筒的光正好把那堆食物罩住。但是除了豆芽、鸡肉、苦马菜、竹笋,即使再加几个手电筒,他们也没能多叫出一种食物的名称。在这堆食物中,有一块硬东西。保安乙说是没有嚼烂的姜。保安丁说是一块骨头。保安丙说他怎么会把骨头吞进去呢?保安甲说我看像一块石头。他们为那块坚硬的东西争论起来。

争了一会儿,保安乙把那半桶水提到桌子上,用一只口盅往卫国的嘴里灌水。水刚刚流进卫国的喉咙,只停了两秒钟便从他的嘴里喷出来,一直喷到天花板上,像一个小型的喷泉,水花四射,可惜没有音乐。他们不得不承认卫国是真的醉了,但是审问必须在今夜进行。他们赶走窗外的围观者,拉上窗帘,关上门,每人嘴里叼上一支烟。从他们没有完全被香烟堵死的嘴角,不时冒出:姜、骨头、石头。他们坐在办公室的沙发上,不时地争论,耐心地等着卫国开口。

等地板上铺满烟头的时候,卫国叫了一声"水"。保安甲扶起卫国,把一口盅凉开水递给他。他揉揉眼睛问保安甲,这是在哪里?保安甲说这是保卫处。卫国的口盅立即落到地板上。那是一只掉了把的搪瓷口盅,它落在地板上时没有发出破碎的响声,只是当啷当啷地在地板上滚动着,一直滚到门角才停下来。卫国说他们呢?保安甲说哪个他们?卫国说西出阳他们。保安甲说我没有看见他们。卫国跳下桌子朝门口走去。保安乙拦住他。他说别拦我,我要回家。保安乙说你把问题说清楚了才能回去。卫国说什么问题?保安乙说你对女学生耍流氓的问题。卫国说哪个女学生?保安乙说冯尘。卫国说不可能,这怎么可能?保安乙说怎么不可能,起码有三百多个学生可以作证。卫国睁大眼睛,头上像浇了一盆冷水,他现在唯一的念头,就是尽快从这里逃走。

他挣脱保安乙拉开门想往外冲,保安丙立即用自己肥胖的身体堵住门缝,他的头撞到保安丙的胸口上。保安丙说你竟敢撞我?他本想向保安丙道歉,但保安丙已经把他推倒在地板上。他从地板上站起来,身体摇摇晃晃,丧失了平衡。他的手在空中挥舞着,想要抓住一件可靠的东西来稳住自己。他抓到了办公桌上的水壶。水壶摇晃一下,从桌上摔下去。一个水壶摔下去,两个水壶摔下去,三个水壶跟着摔下去。它们全摔碎了。保安丁说你竟敢砸保卫处的水壶?卫国听保安丁这么一说,身子竟然不摇晃了。他想才几秒钟时间,我又是撞保安又是砸水壶,这不是罪上加罪吗?我可是彻底的完蛋啦。但是我要从这里出去,我只想从这里出去,我不撞你们不打你们不砸水壶不对女学生耍流氓,真的我只想从这里出去。

卫国抓起一把椅子护住自己的胸膛朝门边走。保安甲说你想打架吗?卫国说不,我要出去。保安甲说把椅子放下。卫国说只要让我走出门口,我就把椅子放下。但是我求你们,求你们不要往我的椅子上撞。保安甲伸手去抓卫国手里的椅子。卫国把椅子高高地举起来,在举的一瞬间椅子腿挂到了保安甲的下巴。保安甲倒下了,下巴冒出一股鲜血。保安乙说你竟敢打保安?放下,你再不放下,我就把你铐起来。卫国想我又犯下了一条打保安的罪名,这下可真的完蛋啦,完蛋就完蛋吧。他举起椅子,朝玻璃窗砸过去,窗口上的玻璃稀里哗啦地塌下来。他一屁股坐在玻璃上,嘴里发出呜呜呜的哭声,哭声夹杂着说话声。我叫你不要往椅子上撞,你偏要往椅子上撞,这不是逼我吗?我都快三十岁了,还没谈过恋爱,都已经是副教授了,还没吻过女人。你们干吗还要逼我?

124

21

　　被卫国拥抱之后,冯尘给母亲打了一个电话。这一夜她几乎没有合眼。墙壁是黑的,窗口也是黑的。她看见一只手,正在黑漆漆的窗口上粉刷。那只手一来一往,把白色的油漆均匀地涂到方框里,刷子所到之处,窗口慢慢地变白。几丝黏稠的油漆从刷子上脱离,滴到窗台上,窗台于是也变白了。只有窗角和刷子还没有完全刷到的地方,还留下一些黑点,于是刷子在上面不厌其烦地刷,刷了整整一个晚上,直到把那些黑点全部刷白。

　　天亮了,冯尘从床上坐起来,第一个念头就是去食堂打早餐。但是她想这是不是太正常了?我既不能去打早餐,也不应该去上课。冯尘重新躺到床上,一躺就躺到下午。这一次她是真的睡着了。

　　冯尘是被楼下的一阵气喘声惊醒的,那是哮喘病患者发出来的粗糙而又亲切的喘息声,现在它正沿着楼梯逶迤而上,一直逶迤到她的床前。听到喘息声隔着蚊帐喷到自己的脸上,冯尘突然想哭。但是她怎么也哭不起来。冯尘打开蚊帐,看见母亲红歌的眼圈让那些差不多要流出来的泪水泡红了。母亲抹了一把眼眶,说你哭过了吗?冯尘说哭过了。母亲说我想见见他。冯尘说可是我不想见他。母亲说你以为我真想见他吗?NO,是我的手掌想见他。自从接了你的电话,我的手掌一直都在躁动,现在已迫不及待了。冯尘说你想对他怎样?母亲说不怎么样,就想狠狠地扇他一巴掌。冯尘说我已经扇过了。母亲说他这么流氓,一巴掌算得了什么?一巴掌算是便宜他了。冯尘说还是算了吧,我还要在学校待下去。母亲说怎么能算了?我把你养大容易吗?我跟单位请假容易吗?好不容易来一趟,怎么能算了?你去不去?你不去我就一头撞死算了。

冯尘带着母亲来到卫国住宿的单身汉楼前。这时太阳正好偏西,光线照着她们的背部。尽管她们离楼房还有十几米远,但是她们的影子却先期爬上了楼梯。红歌比冯尘肥胖一倍,所以她的影子也比冯尘的影子肥胖一倍。她走一步骂一句,每一声骂都顶得上一颗炮仗。冯尘说妈,你能不能小点儿声?红歌说我干吗要小点儿声?又不是我耍流氓。冯尘弯下腰,说妈,我的凉鞋坏了,我走不动了。红歌推了冯尘一把,说那就提着凉鞋走,告诉我他住在哪一间?冯尘指着四楼的一个房间。红歌甩下冯尘,朝着四楼飞奔而去。喘息声消失了,母亲身轻如燕,跑得比卡尔·刘易斯还快。

楼上很快就传来了拍门声和母亲的叫骂声:你这个流氓,为什么不开门?你怕了是不是?既然害怕,为什么还抱我的女儿?谁抱我的女儿,谁就不得好死。开门,快开门,让我看看你的脸皮有多厚?让我看看你的脸皮有几斤?让我看看你经不经得起我的一巴掌?

冯尘冲到四楼,看见母亲还执着地拍打着门板,每一次都把她肥大的手掌拍到门板的一个手印上。嘭嘭嘭……门板快要被拍垮了。冯尘的到来,使红歌的胆子更壮。她说你来得正好,现在你跟着我一起骂,我骂一句,你骂一句,一直把这扇门骂开。红歌清清嗓子,骂道:你也有父母,你也有姐妹,如果别人对你的亲人耍流氓,你会怎么想?骂呀,冯尘,你怎么不骂?冯尘犹豫了一下,骂道:你也有父母,你也有姐妹,如果别人对你的亲人耍流氓,你会怎么想?红歌的手臂在空气中一挥,说你的声音比蚊子的声音还小,连我都听不清楚,他怎么会听见?你要骂大声一点儿,还要愤怒,就像我这样。红歌张开大嘴,提高嗓门:你也有父母……来,再来一次。冯尘张了几次嘴巴都没有骂成。她看见七八个老师围过来。冯尘说妈,你别在这里丢人现眼了。红歌说我丢什么人了?丢人的是他。你到底骂不骂?冯尘说不骂。红歌说你真的不骂?冯尘说不骂。红歌说原来你并不恨他,原来你跟他是一丘之貉。你不骂我骂。红歌扯着嗓门又骂了起来,谁对我的女儿耍流氓,谁就给我站出来,知道吗?这是要负法律责任的……

冯尘转身跑开。

22

西出阳跑到保卫处,看见四名保安端坐在各自的座位上,保安甲的下巴贴着一块纱布。西出阳问卫国呢?你们把卫国关到哪里去了?四名保安相互看了一眼,没有谁回答西出阳。西出阳说一定是出事了,卫国的房门和窗户紧闭着,冯尘的母亲在他门口骂了大半天都没有把门骂开。保安乙说我们已经把他放了,天差不多亮的时候他才从我们这里出去。西出阳说他会不会自杀?保安乙说不会吧,我们只叫他按了一个手印,他连手都没有洗,就走了。西出阳说你们还是去看看吧。

保安乙和保安丙跟着西出阳来到卫国的房门前。红歌就像看见了救星,说盼星星盼月亮,终于把你们给盼来了。你们把他叫出来,让我扇他一巴掌,就一巴掌,否则我就站在这里直到把他骂死。保安丙推开红歌,拍了几下卫国的门板,大叫几声卫国。屋子里没有声音。保安丙解下皮带上的警棍,对着门框上的气窗来了一下,玻璃哗啦哗啦地掉下来。保安乙双脚往上一跳,两手抓住门上方的横条,做了一个引体向上,头部从气窗伸进去。他看见里面摆着一张床,床上铺着零乱的床单,旁边一个锑桶、一个皮箱、一个衣柜、一个书桌、一把藤椅、一张小圆桌、四张折叠椅,就是没有人。他摇摇头,双手一松,身体落地,说他不在里面,除非他睡到床铺底下?他会睡到床铺下吗?他是什么职称?西出阳说副高。保安乙说那他不可能睡到床铺底下。我们没有逼供,他怎么会不见了呢?也许他出去喝酒去了。你叫什么名字?

西出阳。

保安乙说有什么情况随时向我们汇报。

一连两天,西出阳都在注意卫国的宿舍。一切迹象表明,卫国不在宿舍里。到了第三天下午,西出阳发现一股浓烟从保安敲碎的气窗里冒出来。西出阳一口气跑上四楼,双手扒到气窗上。他看见屋子里除了烟雾还是烟雾,一个模糊的身影正在烟雾里烧信件。西出阳说卫国,你千万别想不开,你千万别把那些论文烧了,别把研究宇宙飞船的资料烧了。卫国只管低头烧信,没有抬头看扒在气窗上的西出阳。西出阳扒了一会儿,手臂一松掉到走廊上。他甩甩手,休息一会儿,又重新扒上去。如此反复几次,烟雾愈来愈浓,那个模糊的卫国已经被浓烟紧紧地包裹。西出阳踢了几下门板。门开处,一股呛鼻的气味冲出来。卫国的身子摇晃一下,勉强靠在门框上。西出阳发现卫国的脸瘦了一圈,像脱了一层壳。西出阳说原来你真的在里面?他们没有看见你,你是不是睡在床铺底下?卫国用舌头舔舔嘴唇,说水。西出阳把耳朵贴到卫国的嘴上,说什么?你说什么?卫国说我要辞职。

23

卫国抱着讲义夹走进教室时,学生们还以为走进来的是一位新老师。等他站到讲台上,用目光在教室里扫了一遍以后,学生们才记起这张似曾相识的面孔。卫国瘦得连一阵轻风就可以把他吹倒。

教室里座无虚席,这使卫国的心里略略有一丝兴奋。他放下讲义夹转身在黑板上写下一个大大的 N 和一个大大的 S,然后指着 N 说,同学们,这是什么?学生们回答北极。他又用手指了一下 S,学生们回答南极。他说你们都知道,这是磁极中的南极和北极,它们只要稍微靠近就会紧紧地贴在一起。现在我给它们分别加上一个名字。卫国在 N 的旁边写上张三,在 S 的旁边写上李四。

如果给它们一加上名字,你们会想到什么?秦度你说说。

秦度站起来,说它们一个是男人一个是女人。教室里滚过一阵笑声。卫国说坐下,冯尘同学。卫国朝冯尘看过去,一些知道内情的学生也跟着卫国的目光朝冯尘看过去。冯尘把脸埋在课桌上,一堆浓黑的头发盖住她的脸。卫国说冯尘同学,请你站起来回答问题。冯尘同学还是没有站起来。卫国叫周汉平同学。周汉平站起来。卫国说如果你看到 N 和 S 贴在一起会惊讶吗?周汉平说不会。卫国说但是你看到张三和李四贴在一起,是不是很惊讶?周汉平说有一点儿。

卫国拍拍讲台,一团粉笔灰蹿起来,像奶油一样涂在他的身上。学生们再也看不见他,但是却听得见他。他说物与物异性相吸是一种我们司空见惯的现象,但是人与人为什么就不被司空见惯?其实我们都是女娲用泥巴捏出来的一种物。我们都是泥巴。在卫国的"巴"字声中,粉笔灰像雪花一样纷纷下落,卫国又重新回到学生们的视野。这时他看见周汉平仍然站着,就说了一声坐下。周汉平坐下。

我已经好几天没睡觉了,你们看,卫国摸了摸自己的下巴,说你们都快认不出我了吧?这时卫国发现冯尘的头发裂开了一道缝。她一定是在偷偷地看我。卫国举起一张纸,说知道我为什么这么瘦吗?就是为了这一份问卷。希望你们本着为老师负责的精神,认真地回答。

卫国从讲义夹里拉出一沓问卷走下讲台,分发给学生。问卷的内容包括"辞职有什么利弊?卫老师应不应该辞职?"等两项。发完试卷,卫国背着双手像平时监考那样在教室的空道里走来走去。他的身体在走,眼角的余光却落在冯尘的头发上。冯尘一直把头埋着。卫国想她还是碍于面子。这时,保安乙和保安丙拿着一个本子走进教室。卫国说出去,没看见正在考试吗?保安丙打开本子,说请你按一个手印。卫国说不是按过了吗?保安丙说那是耍流氓的,这是殴打保安和砸窗口的。卫国说你才耍流氓。我没有殴打保安,是保安自己碰到椅子上。保安乙说保安是傻瓜吗?就会自己往椅子上碰吗?你把我们当什么人了?卫国说你们承不承认那晚我喝醉了?保安乙说打人的时候,你已经不醉了。卫国一转身,说同学们,真是冤啦,那天下午我们喝了五瓶二锅头,他们竟然说我没喝醉?真是岂有此理!你们知道我从来不喝酒,可是那天下午我们喝了五瓶,我一个人就差不多喝了十杯,他们竟然说我没喝醉?

　　说着说着,卫国发现所有的学生都在看着他笑。他们的嘴巴张大了,声音却没有传到我的耳朵里。我的耳朵出问题了吗?我干吗要跟学生说这些?卫国说能不能出去谈?保安丙说你不按手印我们就不出去。卫国夺过保安丙手里的本子,把右手的大拇指戳进印油,然后在本子上狠狠地按了一下。这下你满意了吧?卫国把本子丢到地上说,滚出去。保安丙捡起本子,退出教室。

24

　　下课时,卫国紧紧地攥着这些皱巴巴的问卷走出教室。他看见有的问卷上只简单地写着:利或弊;应该或不应该。有的问卷则长篇大论,话题从国外的政治经济形势引申到国内的政治经济形势,问卷的正面写满了,接着写问卷的背面,但是一直写到最后一个句号,也没讲明该不该辞职,没有给他指出方向。有一半数的问卷上写道:卫老师辞职是我院的重大损失。也有几张问卷写着:与我无关。卫国在这一大团乱糟糟的问卷中翻来翻去,他在急迫地寻找熟悉的字体。终于他从四十多张问卷中找到了冯尘的那张,上面写着:弃权。

卫国的脑袋"轰"地一响。起先他以为是心理的,但仅仅千分之一秒钟疼痛就由脑门向全身扩散。这时他才明白,这是一次真正的响,他的脑门撞到了路边的水泥电线杆。他摸着正在起包的脑门自言自语:我又不是陈景润,为何要撞电线杆?他揉揉那个包,把问卷统统丢进垃圾桶。

同学们拿着饭盒从教室里出来,往第三食堂走去。冯尘最后出来,她的手里拿着一个铝饭盒。她一边走一边甩动手臂,像是要把饭盒里的水甩干。等冯尘来到面前,卫国叫了她的名字。冯尘张了一下嘴巴,满脸惊讶。卫国问为什么弃权?冯尘看了看周围,没有发现熟人,便站在原地不停地甩着饭盒。卫国说你的意见怎样?辞或是不辞?冯尘忍受不了卫国逼人的目光,扭头看着那只装满问卷的垃圾桶。卫国说我就想听听你的意见。冯尘的嘴巴动了一下。卫国以为答案就要从那里出来了,于是拉长耳朵等待。耳朵快拉到了下巴上,答案还没出现。卫国有一丝失望。卫国说你叫我辞,我就辞,我只在乎你的意见。冯尘又动了动嘴巴,问非得说吗?卫国说非得说。冯尘说辞得越快越好,别让我再看到你。

说完这句话,冯尘就拿着饭盒往前跑。跑了十几步,饭盒当啷一声掉到地上。她停下来捡饭盒,卫国追了上去。卫国说那天你母亲骂我,我全听到了。我已经没有父母,他们都死了。我也没有兄弟姐妹。我没有亲人,所以我不知道他们被人耍流氓时,我会是一种什么样的感受?冯尘捡起饭盒,骂了一声流氓,继续朝前跑。卫国对着她的背影说,我不是耍流氓,我是认真的。

流氓,你就是耍流氓,你要是再纠缠,我就起诉你。

25

卫国敲开西出阳的房门,看见西出阳穿着一条三角裤衩躺在床上。卫国说她恨死我了。西出阳说她不告你,已经很给面子了。卫国说我是真的爱她,如果不是醉酒,我会等到她毕业以后再表白。西出阳对着眼镜哈了一口气,用纸巾擦着厚厚的镜片,说那天晚上你是真醉或是假醉?卫国说不是你把我灌醉的吗?西出阳说我是第一个醉的,我什么也不记得了,我还以为你是装醉。卫国想他竟然不记得了,明明是他把我灌醉的,他竟然不记得了,竖子不足与谋。

敲了好久,吕红一才把门打开。卫国看见吕红一的房间里坐着一个女的,床下散落几团卫生纸,到处都是青草的味道。卫国说正忙呢?吕红一说没关系,进来吧。卫国走进来,坐到书桌前的藤椅上。卫国说她骂我流氓了,你说我还有没有戏?吕红一没说话,只一个劲地朝卫国点头,傻笑,还不停地跟姑娘挤眉弄眼。卫国想他根本就没听,于是刹住话头。吕红一以为卫国还在讲,头依然在点,脸依然在笑。卫国说你点点点什么?我都不说话了。吕红一"啊"了一声,说我一直在听呢,你为什么不说了?卫国说我就想请你帮我判断一下,我对冯尘还有没有戏?吕红一笑笑,说你说什么?卫国从藤椅上站起来,说你根本就没听我说话。

站在楼外的草地上,卫国的额头上挂满汗珠。他把狐朋狗友都想了一遍,顿觉这个中午没有一点儿意思,虽然阳光强烈,蝉声高唱,但就是没意思。他不知道下一步该往哪里,便漫无目的地走着,走到了莫怀意的门前,看见门板上贴着一张字条:本人已出差,有事请留言。一支铅笔吊在门框上轻轻地晃动,一沓裁好的纸片装在一个纸盒里。卫国好奇地把那些纸片掏出来,纸片上干干净净,一句留言都没有。卫国把那些纸片放进去,再往前走两间,到了夏目漱的房间。他敲了敲门板,里面无反应,便把耳朵贴到门板上,什么也没听见。难道你们都出差了吗?

现在所有的希望都寄托在李晓东身上。卫国朝前走了三百米,转了两次弯,来到十九栋李晓东的门前。李晓东的门敞着,他正平举哑铃做扩胸运动。卫国说晓东,我是来跟你道别的,我要辞职了。他的语气里有一丝凄凉,把李晓东的热汗吓成了冷汗。李晓东放下哑铃,伸手摸卫国的脑门,说你没有犯病吧?卫国打掉李晓东的手,说你才犯病。李晓东说不犯病干吗辞职?开什么国际玩笑?你刚评上副高,干吗要辞职?卫国说不干吗。李晓东摇摇头,捡起哑铃又练了起来。卫国听到他的喘气声愈来愈粗,忽然,他冒了一句:你怎么会辞职?我知道你是在跟我开玩笑。卫国转身离去。

午休时间，校园的大道上只有稀稀拉拉的几个人。卫国走在大道上，有些迷茫。身后，突然刮起一阵风，半张报纸吹到他的脚后跟。他朝报纸踢了一下。报纸似乎害羞了，停在原地打转，等卫国往前走了几步，它又跟上。卫国拐弯，它也跟着拐弯，好像它是他养的一只宠物。卫国弯腰把报纸捡起来，瞄了瞄，发现上面登着一则招聘启事。卫国赶紧拍掉报纸上的灰尘，眼睛顿时亮了。

26

收拾好皮箱，卫国想总得找个人告别吧，有谁值得告别呢？没有。他呆呆地坐在皮箱上，看着手表，鼻孔里涌起一股酸涩。他抽抽鼻子，说冯尘，对不起，请接受我的道歉，请原谅。墙壁静悄悄的，上面贴着"不准吸烟"四个字。

卫国提着皮箱朝校门走去。几辆的士从他面前驶过，他没有招手。他想一步一步地走出这个他生活了几年的校园，甚至还想量一量从他住宿的地方到校门口到底有多少米？他一步一步地量着，当他量到莫怀意宿舍的时候，忽然想弯进去给莫怀意留几句话。也许，他是值得我告别的，也许他一点儿也不值得我告别，但是，我总得跟一个人告别，我不是灰尘，又不是风，我得留下信息，免得他们报案或者到河里去找尸体。

怀意兄，我没脸待下去了，我走了。卫国看看自己的留言，似乎是不满意。他把纸片捏成一团丢到地上，掏出一张新的纸片另写。他写道：怀意兄，只有你才是我的兄弟，所以我要告诉你，我走了。卫国看了一会儿留言,摇摇头,又把纸片捏成一团,丢到地上,重新掏出一张,发了一会呆,然后写道:怀意兄,不要问我到哪里去?我的故乡在远方。他对着纸片又看了一会儿,仍然不满意。他不知道写什么好,拿着铅笔的手开始抖动起来,新的纸片被他戳出了好几个洞,一滴泪掉到纸片上。卫国想我哭了吗?我怎么哭了?真没出息。卫国抹了一把眼角,写道:怀意,请代我向冯尘道个歉,我去海边找工作,谢谢! 你的朋友卫国。

27

卫国提着皮箱爬上一列南下的火车。火车驶出郊外,他透过车窗看见学院的围墙和冒出围墙的楼房,树顶。多么熟悉的围墙,多么浓烈的酒味。卫国闻到了从几公里之外的校园飘过来的酒味。

火车哐当哐当,窗外闪过一座座村庄和一排排树。卫国突然感到脖子上奇痒难耐,用手抓了一下脖子,抓出一根头发。头发愈拉愈长,他用双手把它绷直,发现这是一根微微卷曲的头发,发梢染成黄色。目测,头发长约 0.6 米。谁的头发?卫国看看对铺,是个短发男人,抬头,看见一位女人盘腿坐在中铺梳头。她的身子微微外倾,头发悬在空中,每梳一下,就有几根头发掉下来,落在卫国的头上,肩上。

女人发现卫国瞪着两只涂满生血的眼睛,目不转睛地看着自己,忙从中铺跳到下铺,嘴里不停地说对不起,我不是故意的,我马上给你拈掉。她的手指在卫国的脖子上和肩膀上拈了起来。她拈一下,卫国的脖子就缩一下,好像她不是在他的脖子上拈头发,而是往他的脖子里放冰块。拈了一会,她的手里累积了十几根长发。她把长发缠到牙刷把上,绿色的牙刷把变成了黑色的牙刷把。

火车在她缠完头发的时候到达一个车站,车窗外挤满食品推车,七八根粗细不一黑白分明的手臂从窗口伸进来。她从那些手臂上买了一大堆食品。拿到钱的手臂从窗口退出去,但新的手臂又举着食物伸进来。手臂们坚持着,一直等到火车晃动,才恋恋不舍地消失。

当她确认火车已经启动,便把一只鸡腿高高地举起,递到卫国的嘴边,说吃吧。卫国摇摇头。她说别客气,我叫顾南丹。卫国说不饿。顾南丹说不饿也得吃,谁叫我的头发掉到了你的脖子上呢?这只鸡腿,算是我给你的精神赔偿费。卫国接过鸡腿,放到边桌的饭盒上。火车晃了一下,鸡腿差点儿滚下来。卫国的双手及时护住鸡腿。

所有的人都在吃,包括顾南丹。他们满嘴流油。车厢里充斥着鸡腿、牛肉干、方便面、瓜子和花生的气味。在他们呱哒呱哒的嚼食声中,卫国忽然内急。他弯腰从卧铺底掏出皮箱,提着它往过道走,一不小心,皮箱角挂住顾南丹的裙角。他每往前走一步,顾南丹的裙子就被撩起来十厘米。十厘米又十厘米,顾南丹的红裤衩都几乎暴露无遗了。关键时刻,顾南丹扯下裙角骂了一句"流氓"。卫国对"流氓"这两个字特别敏感,警惕地回头,发现顾南丹的脸刷地红了。卫国本想解释,但他实在是急得厉害,便提着皮箱

137

朝厕所跑去。奔跑中,他的皮箱对过道上的人都进行了合理的冲撞。凡是被皮箱合理撞过的人,都盯着卫国,他们看见厕所那扇狭窄的门,快要让卫国和他的皮箱挤破了。

等到厕所外排起了长队,卫国才提着皮箱大摇大摆地走出来。这一下他轻松从容多了。他慢腾腾地走回自己的卧铺,看见他们还在吃,但是个别同志已经在用牙签剔牙齿了。卫国把皮箱塞到卧铺底下,打了一个饱嗝,伸了一个懒腰,一副酒足饭饱的样子。顾南丹吐出一粒瓜子壳,说我以为你要到站了。卫国说时间还长呢。顾南丹说那你刚才去哪里了?卫国说厕所。正在吃的人们听说他刚上厕所,都离开他站到过道上去吃。顾南丹往嘴里丢了一粒瓜子,说上厕所干吗提着皮箱?卫国说你知道这是一只什么皮箱吗?顾南丹说不就是一只皮箱吗?卫国说它是我爸爸留苏时用过的皮箱。我爸爸,你知道吗?顾南丹说我怎么知道?卫国说卫思齐,著名的核能专家,参加过中国的第一颗原子弹爆炸试验。顾南丹像真的看到原子弹爆炸那样惊讶地张开嘴巴。

这是一张稍施口红的小嘴巴,在它张开的时候,粉红色的舌头上还搁着一粒黑瓜子。卫国的欲望被这张嘴巴挑逗,全身的皮肉在一刹那绷紧。他学着她的样子,也张了一下嘴巴,但是顾南丹没有被卫国张开的嘴巴吸引。卫国想是不是自己张得太大了,像一头河马,搞不好还有口臭。

卫国盯住顾南丹。顾南丹扭头看着窗外。卫国紧盯不放。顾南丹死鸡撑硬颈,坚持了一会儿,最终还是抵挡不住卫国的流氓习气。她抓起茶杯。卫国说去哪里?顾南丹说打水。卫国抢过她的茶杯,说我去帮你打。卫国像一个小孩,兴奋地跑过去,很快就打回了一杯热气腾腾的开水。卫国指着杯里的开水说,你怎么能自己去打水,万一烫伤了怎么办?你看看,你的皮肤那么嫩,哪里经得起烫。你的身材那么苗条,火车稍稍一晃,你就有可能跌倒。顾南丹眉开眼笑,说不至于吧,你是去北海吗?卫国点点头。顾南丹说旅游?卫国摇头。顾南丹说到北海的人大部分是旅游,到北海不到海边住几天,冲冲浪,那简直是白到。卫国说我连海都没见过。顾南丹再次惊异地张开嘴巴,说不会吧,怎么会呢?

让顾南丹不停地张开嘴巴,是卫国期待的效果。他想一路上我要以她不停地张开惊讶的嘴巴为目的。于是卫国开始说一些他看到过的故事和新闻。他说有一个歹人,在酒里下了蒙汗药,把一对夫妇灌醉,抢了他们十万多块钱,然后反绑他们的手,把他们塞进一个油桶……顾南丹的脖子缩了起来,说太可怕了,你别说了,我想下去买一个哈密瓜。卫国说等火车一到站,我就下去买。顾南丹说火车早就到站了。这时,卫国才发现火车已经到了一个小站。他跑下去买了一个大大的哈密瓜,放到边桌上。火车鸣了一声长笛,哈密瓜晃动起来。卫国和顾南丹同时把手按到哈密瓜上。他们的手碰到一起,四只手护卫着哈密瓜。站台渐渐退去。卫国说装进油桶还不算什么,他还用水泥把油桶封死,然后把油桶沉到河里。这成了一桩悬案,但凶手想不到半个月之后,河水突然枯干,油桶浮出水面,有好奇的人戳开油桶,发现里面封着两具死尸。公安局接到报案后,立即展开侦破,最后发现凶手是死者生前的好友。

顾南丹再次惊讶地张开嘴巴,甚至还伸出舌头。她终于伸出舌头了。卫国说所以小顾,出门千万要小心,不要相信任何人。顾南丹说那么我应该相信你吗?卫国说当然,我是什么人?我是好人。顾南丹说好人和坏人又不写到脸上,谁知道?卫国在脑海里搜索另一个故事,想再吓吓顾南丹。但顾南丹不买账,她打了一个哈欠。卫国说想睡了吗?顾南丹说好困啊。卫国说你睡我的下铺吧,省得你爬上爬下的。顾南丹说那就谢谢了。卫国说我们还没吃哈密瓜呢。顾南丹从包里掏出一把长长的水果刀。卫国把哈密瓜破开。他们吃了几瓣哈密瓜就睡觉。

卫国睡到中铺,顾南丹睡到下铺。

戏　看

团长兼导演常见站在舞台的一角喊音乐、灯光、字幕、音响、张生月准备好了没有？大家一一回答准备好了。大幕徐徐拉开，音乐缓缓响起，从舞台的一角，也就是从幕布的一条裂缝往下看，我看到的尽是空空荡荡的椅子。现在是排练，暂时还没有观众。

刚才常见叫的张生月就是我，在这个戏公演之前我是编剧之一，这个戏公演之时就是我的编剧结束之日。我将作为一名观察员，被导演安排在舞台的一角，对观众进行观察。现在我像一位实习生，端坐在舞台的一角，手里拿着一支圆珠笔和一本笔记本。观众席上空空荡荡，我想象上面坐满了观众，我想象他们的表情，我想象他们拍红了的巴掌。

我们话剧团一直没有排出过好戏，十年来眼睁睁看着别人把奖杯拿去，十年后奖杯总也回不到我们这里。所以我们的团长兼导演常见碰到谁人都说给我写个剧本吧。他对我这么说，对灯光师这么说，对作曲这么说，对所有对创作感兴趣的人这么说，给我写一个剧本吧。有一天他召集我们几个剧团的骨干开会，那时天气很热，他不停地用他的手指抓他的手臂。七八个人围坐在办公室,一言不发,每个人的脸上都挂着汗珠,时间和空气好像都停止不动了。那些汗珠尽管那么夸张地挂在每个人的脸上,但总也没掉下来,夸张的依然夸张着。常见抓手臂的声音,在那种气氛中尤其显得突出。我们听到富于节奏的噻噻声,我们看到常见被抓的手臂红得快出血了。

剧本剧本剧本,你们谁给我拿出一个像样的剧本来,常见甩开他的手,跳到办公桌上不停地跳着。他每跳一下,桌子就要抖动一下,地球也仿佛抖动了一下。他的头部不时碰到天花板上。他在跳跃的过程中说你们再不给我搞出一个本子来,我就当不成团长了。

一个星期之后,我和团长常见、诗人袁利刀卷着包袱,去了郊区一个名叫大王滩的地方。这是一个风景区,我们打算在这里弄出一个好本子来。我们没带BP机、大哥大,也没带什么好酒,只带了一张本省的日报。这张报纸的头版头条刊登了一位好村长的感人事迹,我们必须从这篇报道中挖掘出一个好本子。

从进大王滩的那一天起,我们就被剧团的同事们称为三条枪和工程兵。我们三人出发前喝了一碗鸡血酒,并对天发誓:不求同年同月同日生,但求写出好剧本,如不写出好剧本,誓不回家门。带着这样的雄心壮志,我们开始分工。常见负责想题目和概括一个时髦的主题,袁利刀负责结构和设置矛盾,我则重点考虑几个感人的细节,也就是整个戏的血肉,按我们的行话说想出几个"叫彩"的地方。

分工完毕,我们回到各自的房间,每个人都直奔主题,抱着头想各自的问题,就像小时候想爹妈那样想,就像青年时想恋人那样想,就像现在想钱那样想。我不知道他们怎么样想,反正我喜欢躺在床上想。我一想问题的时候,特别是把问题当问题想的时候,胃酸就特别的多,它们溢到我的嘴里,使我不停地想上厕所。我就这样想了一天一夜,总算有了一点眉目,而他们也都拿出了自己的方案。三人一碰头,竟然发觉大家都想得不错,袁利刀说想不到我们都是天才。常见说就按这个思路写,由张生月执笔。

我每天写出一段戏,交给他们修改和斟酌。在他们修改和斟酌的时候,我接着写下一段戏。如此一个星期,我们把戏拿了出来。我们塑造了一位贫困山区的村长,写他如何与贫困、疾病和落后作艰苦卓绝的斗争,在整个村庄就要脱贫致富的时候,他却被病魔夺去了宝贵的生命。其间充满了感人至深的细节,矛盾起伏跌宕,既对村长的思想形成作了铺垫,又对他战胜困难的行动给予了充分的表现。我们认为这是一部能够拿大奖的戏。

我们把这部戏拿给主管部门的领导看。领导看过之后一拍大腿,只说了两句话。他先说了一句:绝了!然后沉默了两分钟,再说了一句:真的绝了!常见同时把这部戏拿给他的妻子看。他的妻子是实验电影院的放映员,看过许多美国大片。他的妻子在餐桌上看完了剧本,说:常见,嘿嘿,你想知道我对你们这个本子的看法吗?常见说想!我们这个本子既想给官方认可,也想让老百姓喜欢,也就是说我们想要两头讨好。他的妻子这时只是一个劲地傻笑,并不急于发表意见。常见伸手去抢剧本,他妻子把剧本收到身后。常见觉得无聊,想:干吗要玩这样的游戏?都三十好几的人了,还躲躲闪闪的。他认为他的妻子不会有什么好的见解,与其征求她的意见,不如睡个好觉。听够了人们哭,听够了人们笑,受够了马车花轿汽车和大炮,该让我听见水声,听见鸟叫,该让我舒舒服服睡个好觉……这么想着,他走进了卧室躺到床上。他的妻子紧跟着冲了进来,把剧本高高地举在手上说,常见,这个剧本哪里还挑得出一点毛病?简直是绝了。常见说真的?他妻子说真的。

我们团很快就拿到了上级拨给的五十万元排练费,全团人高兴得像摸到了大奖。常见突然患了失眠症,怎么也无法入睡。在他无法入睡的两个晚上,剧团得钱的消息在院子里悄悄地流传着,就像那些水管里的水,流进了家家户户。第三天早上,常见家的门前排起了长长的队伍。最先发现这条长龙的是常见的女儿。他的女儿背着书包兴高采烈地拉开大门准备上学,当她拉开大门时,被挤在楼道里的叔叔阿姨们吓得退了回去。

一夜没睡好的常见这时正在睡觉,他听到女儿的叫喊后,从床上滚到地板上,只穿着一条裤衩冲到门口,他想看一看到底是谁在干扰他睡觉?但是当他冲到门口的时候,他的脚软了。他看到他的部下们一个个手里拿着发票,等着他签字报销。他们说这是我的医药费,这是我的差旅费,我们差不多一年没报销了。这些嘈杂之声越来越嘈杂,常见已经听不清他们在说什么了。常见缩回屋子穿衣服,他已经听到了很不客气的拍门声,也顾不上洗脸,他穿上衣服就往外冲,人们给他让开一条道,然后跟着他往办公室走。

二十几个人全拥进办公室,就像一窝马蜂乱哄哄的,什么话也听不清楚,加上天气又十分的热,办公室里一瞬间充满了乱七八糟的气味。常见让他们乱着,乱着的不外乎是工资呀级别呀医药费呀差旅费呀什么的,这些都已经听惯了,也不是一天两天的问题了。他只坐在他平时坐着的座位上,像一个傻瓜,或者说像一个大智若愚的人一言不发。好像是有人发现了这个秘密,便举起手臂说团长呢?团长怎么不说话,我们让他说一说。常见抓了抓头发说你们真的愿意让我说话?大家都沉默了,常见说:说也白说,我没有钱给大家。不是刚到了五十万吗?有人喊道。常见说那五十万,是用来排戏的,谁也不能动。有人说工资都发不起,还排什么戏?常见说你这个人风格也太低了一点,你的风格怎么那么低?我给你们说一说我们戏里面的这个村长是什么样的风格。我们刚写的这个戏叫《村魂》,主人公叫牛高,为了杏花村的脱贫致富,他献出了他的生命。在他身患绝症的时候,他还不忘杏花村的工作。他的手上吊着瓶子,但他还坐在村公所的办公室里为群众排忧解难。村公所的墙壁上钉满了挂瓶子的钉子,就连厕所的墙壁上也钉满了钉子。他就这样举着瓶子走来走去,与生命搏斗了一年多时间。当他的双脚浮肿以后,什么样的鞋子都放不下他的脚了,他开始赤脚走路。同胞们你们想一想看,赤脚走路,是什么样的滋味,如果是夏天,如果是在地毯上走一走,那也无所谓。但是我们的牛高同志他不是在夏天走,不是在地毯上走,而是走过了夏天到冬天,而是从村公所走到农户,走到工地,走到果园。冬天里他的妻子看着他红肿的双脚哭红了双眼。你们一定会奇怪,他的妻子为什么只知道哭而不为他做一双鞋子？其实他的妻子何尝不想为他做一双鞋子呢,只是她太忙了。她要负责全家人的吃穿用,还要为牛高找医药费,还要负责小孩的读书之需。她卖掉了家里所有值钱的东西,卖掉了她的头发。白天下地干活,晚上编竹篮,每天只睡两到三个小时。有过多少不眠的夜晚,她曾经想为牛高做鞋子,但做着做着她就睡过去了。于是做鞋子的任务落到了牛高的八十老母身上。他的八十老母戴着老花眼镜,为他做了一双又一双特别宽大的鞋子。到他死的时候,他一共穿烂了他母亲做给他的四双布鞋。现在他的老母仍然戴着老花眼镜,坐在他家的门口做那种特别宽大的鞋子。没有人能穿这么宽的布鞋,老母就把它们摆在门口。他家的门口整整摆了五双这样的布鞋。在老母的心目中,她的儿子还没有离开她,随时都会回来穿她做的鞋子。你们,如果有良心的话,你们说这个戏感不感动？该不该排？

常见被自己说感动了,他说话的声音变得模糊不清,最后竟歇歔一片。有人跟着他哭泣说,团长,这个故事挺感人的,但是它是真的吗？我们很想知道它是不是真的？呜呜,我们很想知道它是不是真的,呜呜……

哭泣的人名叫李黑,他是剧团的演员,曾经演过好几个戏的主角。他抹了一把眼泪一把鼻涕后,把一沓发票摔在常见的面前说,可是我的妻子现在也住在医院里,因为没钱交药费,医院快停她的药了。这些都是团里几年来欠我工资的欠条和差旅费的发票,我希望你能救我妻子一命。要说感动,我就常常被自己感动。我曾经利用夜晚去蹬三轮车,可是你们知道这个城市不允许三轮车拉客,除非是残疾人。我没有营业执照,只能靠夜间出去拉客,换几个小钱。尽管这样我还是常常有被抓的危险,有好几次,我一边拉着客人走一边在车上睡觉,险些撞到了汽车的轮子下。好歹我也是一个演员,我容易吗,我?

有人开始吹口哨,口哨里夹杂着零星的笑。有人说你这点困难不算什么困难,和牛高的事迹比起来根本不算一回事。人家牛高是为大家,而你只是为你自己。李黑转身揪住说话的人,把他的拳头一点一点地举起来。他的拳头愤怒着慢慢地变大,慢慢地举高,当举到最高的时候,他的拳头突然变得疲软了,从他的肩头滑落下来,像一只受伤的鸟那样滑落下来。他蹲到地上,双手抱着他的脸哭。他说,不是我不想打你,只是不敢打你,打你之后我没有钱替你付医药费。一个人没钱真的窝囊,连真理都不能维护,连尊严都不能维护,连伤害你的人你都不敢打,难道牛高的生命是生命,我妻子的生命就不是生命吗?李黑哭着,用他的手抹着眼泪走出了办公室。

常见面对着二十几只手,也就是二十几沓发票,说:不知道大家最近看没看新闻,说有一农民在拆他家老屋墙壁的时候,发现了当年红军长征时留下的一张欠条,欠条上签着红军首长的名字。那是一张革命的欠条,红军向这位农民的祖父借了三头猪,并承诺革命胜利后一定还他们六头猪。经上级有关部门鉴定,这张欠条属实,于是县政府给这位农民送去了一万五千元人民币,兑现了几十年前的一个承诺。共产党讲话最算话,正如有一首歌里唱的:最爱说的话永远是中国话,字正腔圆落地有声说话最算话。常见竟然唱了起来,他继续唱道,难道你们还怕被谁骗了不成?钱终究会给你们的,不是不给,只是得再等一些日子,也许是一个月,也许是一年。没有我们的剧本就没有这五十万元,在别人那里是物质决定精神,而在我们这里是精神决定物质,只要我们编出了好戏我们就会有大把大把的钱。让我们发扬一点牛高同志的精神,请你们再给我一点点时间,一点点温柔,不要让我如此难受。

团长兼导演常见站在舞台的一角喊音乐、灯光、字幕、音响、张生月准备好了没有?大家一一回答准备好了。大幕徐徐拉开,音乐缓缓响起,从舞台的一角,也就是从幕布的一条裂缝往下看,我看到整个剧院里,只坐着十几个人。他们集中坐在第五排。他们的头发像抹了猪油一样光亮。他们的脸色像患了肝炎那样紫酱。他们是我们厅里的领导和本市小有名气的评论家。他们将带着挑剔的眼光来看我们的这一台戏。这也是我们排练之后的第一次演出。

在两个多小时的演出中,雷厅长始终板着面孔,他周围的人不时把肥厚的嘴唇凑到他的耳朵边,向他汇报观感,但他似乎是没有听见,头部保持与地面垂直,不左不右,不偏不倚。在第三场结束的时候,他上了一趟厕所。在第五场的时候,他咳了两声嗽,不是感冒引起的咳嗽,而是干咳,好像是提醒或者是想引起别人的注意。其他同志从一开始就没有安静过,他们交头接耳,像是看出了许多的问题,又像是对这个戏很不满意。有一位留长头发,中等身材,戴眼镜的评论家中途退场。据我观察他的退场不是一般性的退场,而是带有不满情绪的退场,因为他退场的时候甩了三次头,并歪了两次嘴巴。

戏演到第八场,也就是最后一场的时候,我的眼泪情不自禁地掉了下来,泪水掩住了我的双眼,这严重影响了我对他们的观察。我先是感到胸口发闷,然后泪水就涌了出来,它越涌越多,使我无法收拾,也使我感到快乐,不知道什么原因,我的泪水一流出来,我就感到快乐。后来我觉得只流眼泪已无法表达我的情感,于是哭声悄悄地从我的嘴角跑出来,帮助我表达感情。我的哭泣声越扬越高,最后竟然和戏里的台词打成一片。这一切严重影响了我对他们的观察,但影响归影响,我并没有放弃我的责任,我透过泪水看见他们安静地坐在各自的座位上,没有人流泪。他们好像是一些没有泪水的人。剧终,他们也没鼓掌,他们像是生来就不会鼓掌。

这次演出之后,雷厅长组织看戏的评论家和演职人员开了一个下午的座谈会,大家提了许多修改意见。雷厅长说你们这个戏是一个有能力竞争大奖的戏,但必须加强对情感部分的渲染,我看情还煽得不够,看戏的评论家没有一个哭,我也没有哭。我的鼻子一度发酸,眼泪差一点儿就流了出来,但我看了看他们,他们没有流,我最终也没有流,没有流的原因是因为你们煽得还不够,如果你们把所有的评委都煽哭了,那么你们这个戏就有可能获奖了。你们下一步的任务就是给我煽,拼命地煽煽煽情。当然我的感觉也不一定对,因为我看过很多好戏,看过很多好戏的人是不容易被煽哭的,这就给你们提出了难题。那些评委比我看的好戏还多,他们更不容易被谁煽哭,所以你们的任务很艰巨。

根据他们的意见,我们开始对这个戏进行全面的修改,并加入了许多煽情的细节。雷厅长到排练现场来指导了好几次,他对修改后的这个版本甚为满意。

雷厅长一直在寻找机会,想向省委宣传部罗部长汇报这出戏。在一次全省的影视题材创作规划会上,雷厅长的目光始终跟随着罗部长的身影。罗部长走到哪里,雷厅长的目光就跟到哪里。但罗部长只顾记录和插话,没有注意雷厅长持久而友好的表情,甚至连看都没认真看一眼雷厅长。雷厅长想我就不相信你不上厕所,我就不相信你不拉尿。雷厅长的这个想法持续了一个小时,罗部长终于从座位上站了起来,朝会议室的门口走去。机会来了,雷厅长的心里像打了一阵雷。他从座位上站起来,紧跟着罗部长走出会场。

他们都昂着头看天花板。罗部长闭紧嘴巴,对雷厅长点点头,意思是你来啦。雷厅长说我们抓了一个好戏,如果你有时间能不能指导一下?只要你看,我保证你会哭。罗部长仍然闭着嘴巴,他像是受不了厕所的气味,抖动着身子,抖了一下又一下,然后小跑着出了厕所。雷厅长急忙跟着往外跑。罗部长站在门口等他。罗部长说我真的会哭吗?我已经好几年没哭过了。这样吧,我跟你打个赌,如果我哭了,我再拨一笔款给你们排戏;如果我不哭,你输两瓶茅台酒,这两瓶茅台酒不能用公款报销。雷厅长说什么时候?

罗部长说今晚，就在今晚，顺便演给参加规划会的同志们看一看。

团长兼导演常见站在舞台的一角喊音乐、灯光、字幕、音响、张生月准备好了没有？大家一一回答准备好了。大幕徐徐拉开，音乐缓缓响起，从舞台的一角，也就是从幕布的一条裂缝往下看，我看到整个剧院的前半部分坐满了观众，他们都是来参加影视题材创作规划会的，其中有许多是我的文友。这次我的手里除了笔记本和圆珠笔之外，又增加了新的设备，常见专门给我配备了一台望远镜。他要求我观察得细致一些再细致一些。罗部长坐在第八排，他的左边坐着雷厅长，右边坐着常见。今天下午规划会议差不多结束的时候，罗部长作了总结性发言，顺便邀请到会人员看戏。罗部长对这个戏略略作了渲染，还把他跟雷厅长打赌的事说了出来，到会人员摩着拳擦着掌，咂着嘴，像嗷嗷待哺的婴儿做出饥饿状，仿佛提前闻到了茅台的酒香。他们都做出愿意看一看这出戏的表情，看这出戏是不是像雷厅长说的那么动人？

戏静静地往下演，故事悄悄地发展着，大家的神色都十分严肃，好像有一场暴风雨即将到来，一些人似乎已经做好了哭的准备，他们的手里拿着纸巾，准备随时堵住他们的眼泪。戏演到第四场的时候，我从望远镜里发现罗部长最先哭了，两滴透明硕大的泪水冒出他的眼角，沿着他的脸皮往下缓慢地流。罗部长像一根木桩一样直直地坐着，身子一动不动，生怕惊动了他的眼泪。除了我，没有谁知道罗部长已经哭了，他的眼泪悄悄地来又悄悄地消失。他恢复正常的面孔，好像他的脸上从来没有发生过眼泪。但是只五秒钟的工夫，罗部长干涸的眼角再次湿润，他已无法掩饰自己，由暗自流泪变为抽泣。他从右边的衣袋里掏出手帕，轻轻地擦了一下右眼角，然后把手帕换到了左手，又用左手轻轻地擦了一下左眼角。雷厅长看了他一眼。常见看了他一眼。他们都不说话，彼此知道这是最关键的时刻。终于我看到了雷厅长的泪水，常见的泪水，所有观众的泪水，一阵低沉的抽泣声像瘟疫一样从这个人的身上传到另一个人的身上。我可以肯定地告诉你们，罗部长是这么多观众里第一个流泪的人，他的泪水领导着别人的泪水一起往外流。而且他的泪珠比其他同志的泪珠大。最让我奇怪的是，我竟然没有流泪。我的泪水们，你们跑到哪里去了？

北京来的飞机晚点，我和雷厅长的司机只好站在出口处等。在我们等的过程中，有四五架飞机从云中降落，但它们都不是我们要等的飞机，我们只好继续站着等待。又等了一个多小时，我们才看到曹专家、关专家、郭专家、任专家的身影，他们从出口小心翼翼地走出来，一下就看到了我手里举着的牌子。他们都是戏剧方面的专家，也是各种戏剧奖的评委。我握着他们的手时，就已经感觉到了权威们的力量，我对他们说请多多关照。

我们遵照雷厅长的指示，把他们拉到本市最好的宾馆——迎宾馆住宿。前三天主要由我陪同他们逛一逛风景名胜，只字不提看戏的事。雷厅长要求我把他们陪开心，要让他们对我们有一个好印象。只要他们对我们有了好印象，他们就会对我们的戏有好印象。白天我陪他们上山下海，晚上我陪他们打保龄球。他们都是第一次打保龄球，他们像砸石头一样把球砸出去，大部分的球被他们砸进球槽,偶尔得个满堂红,他们便像小孩子一样双脚不停地跳,双手不停地拍,嘴里发出惊叫。几个小时打下来,他们的腿微微有些发颤,出气也粗了。他们对我说明晚再打吧,小张。我跑到总台去结账,小姐把账单递给我,我的眼睛一下就直了,我们竟然打去差不多两千多块钱。我的口袋里没带那么多钱,心里开始打鼓。我认真地核对账目,没有发现可疑现象。我说小姐可不可以优惠一点?小姐说不可以。我说你们这是暴利,我要揭发你们。小姐说欢迎揭发。我说你知道我们是谁吗?小姐说我不管你是谁。我说我们都是从北京来的,都写过什么什么电影和戏。小姐说这和打保龄球有什么关系?曹、关、郭、任四专家围了上来,他们说什么什么,两千,怎么可能?你们是不是搞错了?你们怎么能够这样对待专家?

　　我看见他们围上来,感觉到有点不好意思。我推开他们,和雷厅长的司机借了一点钱,把账结清。我想这次我真是出丑了,出丑的原因是因为我从来没有接待过这么高贵的客人。我叫司机不要把这件事告诉雷厅长。司机说你是第一次打保龄球?我说是的。他说怪不得你大惊小怪的,两千,有什么奇怪?任专家说明晚别打了。我预感到事情不妙,肯定是刚才的事把他的情绪破坏了。我说怎么不打?你们不打就是看不起我,就说明我接待工作没有做好。如果你们这样雷厅长会批评我的,甚至会影响我的前途,请你们多多关照。任专家说关照什么?我说打球。任专家说与其这样白白花钱,还不如拿钱给我们自己花。我说那个,我们已经考虑了。

第三天晚上,雷厅长隆重招待专家们。酒过三巡,雷厅长对着服务员打了一个响指。大家都被他的响指搞蒙了。几分钟之后,服务员端上一盒蛋糕。雷厅长说告诉诸位一个秘密,今天是关老师的生日。关专家从座位上跳起来,说你怎么知道是我的生日?我没有告诉任何人的,你怎么知道?连同行的其他几位专家也被弄糊涂了,他们说我们都不知道,你怎么知道?你真是太厉害了。

酒桌上,我分别敬他们每人三杯,这也是厅长的旨意。我敬他们时,悄悄地对他们说请你们到时一定要哭,戏不好我们还可以修改,但哭不哭关系到这个戏有没有修改的基础,关系到厅长表不表扬我们。他们都轻轻地点了点头,说这几天多亏了小张。他们的这句话是故意说给厅长听的。

我拿着望远镜、笔记本和圆珠笔,坐在舞台的一角。大幕徐徐拉开,我看见剧院里坐满了观众,曹、关、郭、任四位专家坐在第五排,他们的眼睛睁得很大,眼珠子快跳出来了。我发觉他们的眼睛才是眼睛,是生下来就用来看戏的眼睛,难怪他们会成为专家。尽管他们是专家,但我对我们的这个戏还是充满信心的,特别是第四场,就是铁石心肠的人我想也会流泪。我期待着,他们的表情现在还没有任何变化,没有喜没有愁,但是刚演到第三场,我就发现了一个奇迹,他们的泪水像泉水一样慢慢地涌出来了。他们流泪在我的意料之中,但我没有意料到他们会流得这么早。他们春江水暖鸭先知,比所有看过这出戏的人都提前流泪,差不多提前了一场戏时间。而更让我惊讶的是他们的泪水,是同时涌出来的,几乎一秒不差。

　　这个时刻,我已经忘乎所以。我不知道舞台上正在演什么,我也不知道观众们在干什么。我只是一个劲地想我们的这个戏看来是有希望了。

我为什么没有小蜜

米金德穿着一件白净的短袖衬衣,低头站在普超的办公桌前说,我只不过是伸手在小元的胸前比画了一下,就像这样比画了一下。米金德举起右手,五根蒜白一样的手指做出一个碗状,倒扣在自己的胸膛就像倒扣在小元的胸膛那样比画了一下,然后偷眼看坐在办公桌后面的普超。普超直着脖子,板着一副冻猪肉一样的脸盯着米金德。米金德感觉到一股冷气迎面扑来,于是迅速地低下头,说她想得挺美,她说我碰了她,我根本就没碰她。你也知道我跟她不是没有开过玩笑,怎么这次就当真了?如果你相信她的鬼话,我可就冤死了。

普超从鼻孔里喷出一声冷笑,拿起一支铅笔敲打着桌上的一大摞文件说,知道这在外国算怎么回事吗?米金德摇摇头说,这能算什么呢?普超说这要是在国外,就是性骚扰,可以给你定罪的。米金德抬起那张委屈的脸说,可是我并没有碰到她。普超说如果你没碰到她,她怎么会告你?人家还是一个姑娘,如果你没碰她,她会告你吗?她难道就不要名声了吗?米金德说可是……还没等米金德"可是"完,普超就把手上的铅笔重重地摔到桌上说,你就不要"可是"了,有本事你到外面去找,干吗要调戏自己的同事?米金德急得张大了嘴巴,说我是乌龟王八,如果我调戏她的话。普超的身子往后一靠跷起二郎腿,说你就不要狡辩了,我可不喜欢跟我顶嘴的部下。

米金德的脑袋像是被棍子敲了一下轰轰地响着,甚至还有一点火冒金星。他的双腿不自觉地摇摆起来,声音慢慢地调低。他说你让我不说,我就不说,但是我真的没有碰她。普超被米金德说得有点烦了,搁在扶手上的巴掌一撑呼地站起来,拉开架式准备跟米金德发火。突然,办公室的门被人推开了,普超和米金德同时扭头看着门口。他们看见小元站在那里,像是要把什么事情带进来。米金德对着小元像死鱼那样翻一个白眼,扭头看着普超。普超脸上的怒火在小元的注视下跑得一干二净,甚至还出现了漫无边际的微笑。但是他似乎意识到了米金德的存在,把刚刚露出来的正在向四周扩散的微笑强行地收回去,就像把刚刚借出去的钱收回去那样。

普超对着门外的小元招手说,你来得正好。米金德对普超说,既然小元来了,你是不是可以问问她,我到底碰没碰她的胸口?小元走进来,目光在两个男人的脸上打扫一遍,说你们到底在说什么?普超没有理会小元,提高嗓门对米金德说你碰了。米金德说你能不能让小元自己说?普超说干吗要她自己说?我说就等于她说。我说你碰了你就碰了。米金德无奈地低下头,站在那里一动不动。普超坐回椅子里,说看来你还不太服气,小元你跟他说吧。小元故作惊讶地说,我不知道跟他说什么?普超拉过小元,让她坐到自己的膝盖上,双手把她搂住。小元缩了缩脖子,嘻嘻地笑着。普超把嘴巴凑到小元的耳朵上说,你说,他到底碰没碰你?小元说,碰了。

　　米金德的脸唰地惨白,脑袋又轰地炸开。他怎么也想不到小元会在大白天里说假话,他更想不到小元竟是普超的小蜜。既然他们是这种关系,那我还有什么话可说?米金德顿时觉得自己的身子像有水抬着浮了起来,就像宇航员那样浮了起来。他一抬脚,身子轻飘飘地转过去。在米金德转过去的一瞬间,普超发现了他脸部的细微变化,那是一种不服气的表情。普超对着米金德的背影说,米金德,就这么回事,不要想不通。你都看到了,小元是我的朋友,今后你对她不要太过分。米金德不用回头就想象得出普超搂着小元的那副得意嘴脸。他恨透了普超那种居高临下得意扬扬的腔调快步朝门口走去,但是就在他快要跨出门口的瞬间,身后响起了普超和小元的哼哼声。这种发情的声音使米金德不得不回头看着他们。他看见小元像一个孩子被普超紧紧搂着,他们的嘴咬在一起。米金德突然感到脊背一阵发凉,身上起了一层鸡皮疙瘩。他轻声地说,我什么也没看见,即使我看见了我什么也不会说。

　　说完,米金德跑下楼梯。

　　米金德回到自己的办公室,坐到他差不多坐了十年的那张破椅子上。那张椅子在他坐下来的时候很不争气地摇晃起来,还发出吱吱呀呀的声音。这种声音在寂静的办公室里显得十分嘹亮,所有的人都用奇怪的眼神看着他。只有坐在他对面的朱子良,对他的椅子声无动于衷。因为他正戴着一副老花眼镜,盯着他手上那只从来都没响过的呼机拍打着,似乎是要从那上面拍出一条让他振奋的消息。

同事们怪异的目光把米金德的脸都看红了。米金德竭力控制住椅子的响声,但是他愈想控制椅子就响得愈厉害。这时他才发现自己的身体像装了发动机那样颤抖不已,而且连牙齿也像搁在雪地里那样格格地敲打着。米金德想今天我是怎么了?他正这么想着,一个声音从办公室的角落砸到他的头上:老米,你安静一点好不好?这个声音在米金德的身上加了一把火,使他的身子抖得更厉害。他抬头对着角落歉意地一笑,说对不起,我不是故意的。我有点不舒服,但很快就会好的,给我几分钟,我就会安静下来,很快就会安静下来。米金德絮絮叨叨地,说话的声音愈来愈轻,但是他的椅子却愈来愈响,就连朱子良也被他的声音弄得心神不安。

朱子良把头从呼机上抬起来,脱下老花眼镜,眯起他的小眼睛看着米金德说,小米,你怎么抖得这么厉害?要不要到医院去看看?米金德摇摇头轻声地说,没事,待一会就好了。朱子良说那你站起来试试,只要你的屁股离开椅子,它就没办法响了。米金德双手撑住桌子站起来,椅子的响声消失了,但是他的身子却抖得更厉害,仿佛再这样抖下去他的身子也会发出响声似的。有人建议老朱,你还是带他到医务室去看看吧,你看他的脸,白得都像一张纸了。在大家的怂恿下,朱子良很勇敢地站起来,把手里的那个呼机别到腰带上,扶着米金德走出办公室。

走出办公室,米金德找一张石凳坐下。朱子良说你怎么不走了?米金德说老朱,你都快退休的人了,我怎么好意思让你扶着我走。朱子良说这有什么?谁敢保证自己不生病?米金德说我没生病,我只是感到有点冷。朱子良说大热天的感到冷那不就是病吗?米金德说你让我坐一会吧,坐一会我就好了。朱子良说你真的没事吗?米金德说没事。朱子良伸手在米金德的额头上摸了一把说,那你先坐一会吧,我得弄弄我的这个呼机。

朱子良坐到米金德的旁边,把别在腰带上的那个呼机拿出来继续拍打着。米金德慢慢地平静下来,血色回到他的脸上。他说老朱,我发现了一个秘密。朱子良停止对呼机的拍打,好奇地看着米金德问,什么秘密?米金德说我不敢说,除非你向我发誓。朱子良说连克林顿都没什么秘密了,你还有什么大不了的秘密?米金德说这绝对是一个秘密,说出来可不得了。朱子良说那你说出来听听。米金德摇摇头说,我怕你会说出去。朱子良说我发誓,如果我把这个秘密说出去就让车撞死。米金德说老朱,你怎么发这样的毒誓?万一你漏嘴我可负不起责任。朱子良说怎么会让你负责任?我不说出去不就得了。米金德说你会说出去的,这个秘密除了我谁都会说出去。朱子良说小米,你就那么不相信我?米金德说老朱,我不说给你听是为了你好,有时候知道得越多人越累,多一事还不如少一事。朱子良举起手里的呼机说,小米,如果你不相信我,那我先说一个秘密给你听。听完我的秘密,你再把你的秘密告诉我。米金德说你的什么秘密都不会超过我的这个秘密。朱子良笑了一下说,那不一定,知道这几天我为什么不停地摆弄这个呼机吗?米金德说不知道。朱子良说我跟一个女人好上了,她答应这几天呼我,直到现在她都还没呼我,所以我一直担心是不是我的呼机出了毛病?米金德的眼珠子被朱子良的这个秘密撑得快要爆裂了,他惊讶地看着朱子良,看了好久才憋出一句话来,老朱,你有外遇了?朱子良点点头。米金德说老朱,你怎么就有外遇了?朱子良说我怎么就不能有外遇了?

这时朱子良手里的呼机突然狂声大作。他看一眼呼机,飞快地从石凳上跳起来喊道,小米,是她的传呼,她呼我了。米金德看见朱子良满嘴巴的笑声,他笑着跑进办公室去复机。他一边跑手里的呼机还一边响。

米金德在冰凉的石凳上坐了一会,发现自己的身子已不再发抖。这时他感到肚子里憋着的那个秘密像火一样烧起来,他想我得找个人说说。他抬头看看办公室的门口,朱子良进去之后就没再出来,四周一个人也没有。米金德从石凳上站起来走进车棚,推着自行车出了院门。一出院门,他就像踩什么仇人那样拼命地踩着他那辆破烂不堪的自行车上了马路,车子在他的脚下飞了起来,他的额头上很快出了一层汗珠。但是他一心只想找个人说说,根本顾不上抹一下额头上的汗。他的车子从一辆又一辆自行车旁边飞过,穿过东城区,绕过朝阳门,来到一座大厦前,一口气跑上三楼,冲到一个大办公室门前,对着里面叫了一声:赵然。

办公室里的人全都抬起头。他们看见米金德的衬衣已经湿透,头发上挂着豆子一样大的晶莹剔透的汗珠。他的脖子梗着,胸腔起伏着,嘴巴开合着,像是离开水的鱼,想说什么但又卡在脖子里说不出来。赵然紧张地跑到门边说,出什么事了?米金德把赵然拉到走廊上,伸了伸脖子很神秘地说,我看见了,我全都看见了。赵然说你看见什么了?米金德说我看见普超了。赵然说普超?不就是你们单位的那个头吗?米金德点点头。赵然说你不是天天都看见他吗?米金德说我不是看见他,我是看见他有小蜜了。赵然说你跑得气都喘不过来了,就是为了跟我说这个?米金德说我再不说出来,肚子就要爆炸了。赵然说我还以为出了什么大事,你真是无聊透顶。米金德说关键是他们就在办公室里,就当着我的面亲嘴。赵然说他就不怕你说出去?米金德说所以我就跑过来跟你说了。赵然说跟我说有什么用?你要跟你们单位的人说。米金德说我差一点就说了,如果朱子良的呼机不响,我就说出来了。后来我一想当时幸好没说,要不然他会怪罪我的,那我在单位就没法混下去了。赵然说那你还说它干吗?你就只当没看见,这年头男人有个把小蜜有什么值得大惊小怪的?米金德说你也这么认为?赵然说难道不是吗?米金德说可是有很多男人都没有。赵然笑笑,说那都是一些像你一样没有本事的男人。米金德说原来你也这么认为,我怎么一点也不知道?赵然说我是开玩笑呢,你真是无聊,没事就早点回家,路上小心。

赵然说着转身走向办公室。米金德尾随她走了几步,说也许他就知道我不敢说,才敢当着我的面跟他的小蜜亲嘴。赵然说算你还有自知之明,你以为这是什么伟大光荣的事情吗?他这是看不起你,量你不敢说他,根本没把你当回事。米金德恨铁不成钢地在自己的脸上扇了一巴掌说,他妈个巴子的,不就有个小蜜吗,怎么就那么看不起人。

不知道是不是炎热的天气作怪,反正自从米金德看见普超的那一幕之后,他就一直躁动不安,觉得普超在欺负他,心里一直都不平衡。他突然想去见一个人,但是他的手头没多少钱。他的生活一直都是赵然安排着,所以他基本不知道赵然把钱放在什么地方。赵然还没下班,米金德开始在家里翻箱倒柜找钱。他打开赵然专用的那个柜子,里面除了化妆品没有他要找的东西。他拉开衣柜,把赵然那些挂着的衣服的口袋全掏了一遍,还是没找着他要找的东西。他想她会把那东西藏在哪里?他的目光落在书柜上,心里掠过一丝窃喜。他打开书柜,翻开赵然经常看的那些书,翻一本丢一本,很快沙发和地板上堆满了他翻过的零乱的书籍。

下班后的赵然突然推门进来,米金德被推门声吓了一跳。他下意识地缩缩脖子。赵然的目光落在米金德的脸上。米金德感到她已经把自己看穿了。米金德说你把存折放在哪里?赵然说你找存折干吗?米金德说我的一个同学病了,我去看看。赵然说你别把书弄乱了,钱怎么会放在书柜里。赵然换了鞋走进卧室,从里面拿出一本存折递给米金德,说家里没钱,你自己拿存折去取吧。米金德接过存折,说那我走了。赵然说你走吧。米金德走出家门,赵然把那些散落的书一本一本地放回书柜。

米金德肩膀上扛着一大盒酸奶急匆匆地在楼梯上爬着。他爬到六楼的一扇门前把酸奶从肩膀上放下来喘了几口粗气,伸手在门铃上按了一下。铁门咔嗒一声,一位正在往横里长的中年妇女把门打开,好奇地看着米金德,说你找谁啊?米金德说王微,你不认识我了?王微张大嘴巴,说原来是金德,我们差不多十年不见面了,我都不记得你长什么模样了。王微的身子从门框里让开,说快进来吧,金德。米金德抱起那盒酸奶走进去。王微说来就来了,还买什么东西,你太客气了。米金德说这是你最爱喝的酸奶,我记得你最爱喝酸奶了,一天能喝好几瓶。王微咧嘴一笑,说你还记得我喜欢喝酸奶,真是的。我什么也不记得了。

王微兴奋地搓着双手,不停地跺脚,不知道如何是好。她说金德,怎么突然想到来看我了?米金德说也不知道为什么,突然就来了。王微说你来得正好,我连一个说话的人都没有。米金德撕开那盒酸奶,把一根吸管狠狠地戳进塑料奶瓶递给王微,说喝吧,我最喜欢看你喝酸奶了。王微接过酸奶喝了起来,只一会工夫就把那瓶酸奶喝光。米金德接过那个空瓶,又用吸管戳破一瓶新的递给王微。王微接过酸奶歉意地一笑,说我真能喝,都这么大了,还像个孩子喜欢喝酸奶。哎,金德,你的记性真好,好多同学都不记得我爱喝酸奶了,你还记得。

米金德嘿嘿地笑了一下,说我一直都惦记着你,听说你离了?王微说早离了。米金德说听说是因为他不能让你怀孩子?王微把吸管从嘴里拉出来,说谁跟你说的?米金德说同学们都这么说。王微坐到沙发上拼命地喝着酸奶,喝到最后空瓶里发出嚯嚯的声音。米金德说要不要再来一瓶?王微把空瓶丢到茶几上,说同学们都知道了吗?他们是不是在笑话我?米金德说没有人笑话你,大家都很同情你。王微说我过得很好,不需要他们同情。米金德坐到王微的对面,拿起那个王微丢在茶几上的空瓶子捏来捏去,说我老婆一直不想生孩子,我让她打了三次胎。每打一次胎她就骂我是一头公牛。王微撇一下嘴巴说,算了吧,金德,你也能算是一头公牛?公牛我见多了,如果你是一头公牛,那也是骗过了。米金德说王微你别把人看扁了,你怎么知道我是骗过的?王微突然大笑起来,手在空中不停地打着说,金德,你真幽默。米金德看着王微嘿嘿地傻笑。笑了一会,米金德说,我的顶头上司跟我的一个女同事好上了,有一天我在那个女同事的胸口比画了一下,他就拿我去饱饱地训了一顿,而且还当着我的面跟那个女的亲嘴。王微说你们的领导怎么这么坏?米金德说你说他这是不是欺负人?王微说当然是欺负人啦。米金德说那你说我该怎么办?王微说如果我是你,我就去把那个女的夺过来。米金德摇摇头说,你把我当什么人了?王微说你不是那样的人,那你为什么要在她的胸口比画?米金德说平时我们喜欢开玩笑,她还摸过我的头呢。她能摸我的头,我为什么就不能那么比画一下?王微哈哈哈地大笑,说既然是开玩笑,你还那么认真?米金德说关键是她把我给卖了,她跟领导说我摸了她的胸口。王微说你摸了没有?米金德说绝对没有,我可以对天发誓。王微说那你就找个机会真摸她一下,这样你的心里就平衡了。米金德说他们都已经好上了,我怎么还敢摸她?王微说那你认了呗。米金德说我可真冤啊。

他们正聊着,屋角的电话响了。王微走过去接了一个电话,然后走回来站在米金德的面前说,哎,金德,你看看,我是不是胖了?

165

米金德说这样不是更有弹性吗？王微把手举过头顶，在米金德的面前转了一圈，说别开玩笑了，你说我是不是胖得很难看？米金德偏着头看了一会王微，说你的衣服很宽松，我看不出来。王微转身朝卧室噔噔噔地走去，说我买了好多高档服装，现在都窄了，你帮我看看。

米金德的目光跟着王微走进卧室。王微没有掩门，当着米金德把那件宽松的衣服脱下来，光着身子在衣柜里找时装。米金德的眼睛被王微白晃晃的身体一下照亮，就连卧室也亮堂起来。米金德扑到门边望着卧室，嘴巴不停地做着吞咽状，像是很饥饿的样子。王微拿起一条裙子，挡在自己的胸前，转过身对着米金德说，这件怎么样？你帮我看看，这件裙子怎么样？米金德手扶门框把头伸进卧室。王微说你进来看吧，别站在那里像一头长颈鹿似的。米金德缩了缩脖子走进卧室，站在王微的面前看着那条裙子说，不怎么样。王微把裙子拿开，挂到衣柜里，又弯腰在里面找着。这时米金德的眼珠子快要跳出了眼眶，他睁大眼睛在王微的身上扫来扫去，说我怎么也想不通，这么好的身体，怎么会怀不上孩子？王微从衣柜里又拿出一条裙子，在胸前比画着说，这条呢？这条裙子怎么样？米金德答非所问，说这么好的身子怀不上孩子，问题一定出在男人身上。王微说讨厌，到底怎么样？这条裙子。米金德说挺好的。王微把裙子套到身上，在穿衣镜前转了两圈，自己觉得也挺满意，就从卧室走了出去。

米金德跟着她走出来，说王微，我们能不能聊聊？王微说我们不是正在聊吗？米金德说他们都有小蜜，就连差不多退休的朱子良都有小蜜。我老婆说现在的男人有个把小蜜算不了什么,她说只有像我这样没本事的男人才没有小蜜。王微说如果我是你,就找一个给他们看看。米金德说我也是这么想的,人家有,我为什么不能有?王微说那你找一个呗。米金德用手从身后搂住王微,说你在没有试装之前,我一直不知道找谁。但是刚才你一试装,我就下定决心要找你。王微被米金德的这个举动逗得大笑。她把米金德的手拿开,说别说笑话了。米金德被王微拒绝之后,脸像涂了红墨水突然全红了,就连脖子也没有白的地方。他支支吾吾地说我不是说笑话,我是真的,你不知道我说出这句话来费了多大的力气。王微说这也太快了吧。

　　王微坐在沙发上,米金德低头坐到王微的对面一声不吭。王微说生气了?米金德说王微,你是不是觉得我特别可笑?我这样做,你会不会看不起我?王微说我们已经十年不见面了,我只是感到有些突然。米金德说你不会笑话我吧?王微说怎么会呢?哎金德,你能帮我办件事吗?米金德说什么事?王微说你能不能帮我妈找一份工作?米金德略略有些惊讶,说你妈还没退休吗?王微说退了,但是她不服老,认为她还能工作。米金德说她是干什么的?王微说她干了几十年的校对,她一看见错别字就想工作。米金德说这得找找出版社或报刊社,看看他们需不需要校对人员。王微说我一个单身女人,求别人不太方便,我怕他们误会。米金德说你要是去求他们,他们肯定会有想法,你就别去求他们了。王微对着米金德抛了一个媚眼,说那这事就拜托你了。米金德说我帮你试试。

米金德拿着王微母亲的简历和照片跑了好几个单位,找了一大串朋友都没有为她老人家找到一份工作。米金德感到很失败,没脸去见王微。他坐在办公室里拿着一沓别人散发给他的名片无聊地翻阅着想,我真没本事,这么一点鸡毛蒜皮的事都办不成,王微一定不理我了。但是像是有什么感应似的,米金德的呼机突然响了起来。他低头一看,竟然是王微的传呼。他拿起话筒给王微回了一个电话。他说王微,真对不起,我没给你妈找到工作。王微说我呼你不是这个意思。米金德说那是什么意思?王微说今晚我想去做美容,你能不能陪陪我?米金德说就是打着灯笼也找不到这么好的事情。王微在电话的那头咯咯地笑起来。

王微和米金德打一辆的来到一家美容院。王微躺在床上让一位小姐给她按摩脸部,米金德坐在一旁陪王微说话。米金德说我没把你的事情办好。王微说我还以为你混得不错,没想到这么一点小事就把你难住了。米金德说现在到处都在裁员,要找个工作没那么容易。王微说是吗?那我怎么打一个电话就找到了。米金德说你帮你妈找到工作了?王微说你不给我打电话,我就知道你没戏了。米金德尴尬地笑笑,说你真有本事。王微说其实我是随便跟你说说,不是非要你找到工作不可,我又没怪你,干吗不来找我?米金德说我一直想帮你,没想到让你见笑了。王微说你真想帮我吗?米金德说希望你能再给我一个机会。王微说那现在我就把机会给你,你到总台去把我今年的美容费交了。

米金德说了一句"好的",从凳子上站起来走出去。他来到总台打听,王微的全年美容费是三千多元。好在今天他带了一些钱,要不然就没面子了。他掏钱的时候,手在口袋里犹豫了一下,但是他还是咬咬牙把钱掏了出来。收银接过钱,递给他一张发票。他拿着那张发票看了老半天,心口痛了好久。痛过之后,他把发票揣进怀里,还用手按了按。他想只要交了这三千元,想办的事估计也差不多了。

王微做完美容,米金德打的送她回家。的士停在楼下,王微从车里钻出来,米金德也跟着钻出来。王微说你钻出来干吗?米金德说我想上去坐坐。王微说太晚了,改日吧。米金德说你就这样把我打发了?王微在米金德的脸上飞快地亲了一口说,乖,听话。米金德用手捂住王微亲过的地方,呆呆地站在那里,心里涌起一阵说不出的狂喜。王微转身跑进楼梯,快步朝楼上走去。米金德听着王微的脚步一层一层地上去,直到他再也听不到脚步,直到他看见王微的灯亮了,才恋恋不舍地离开。他带着一种狂喜的心情来到马路上,走着走着,他禁不住飞奔起来。

米金德拍拍办公桌,朱子良把头从呼机上抬起来。米金德压低嗓门,很神秘地说老朱,你今晚有没有空?朱子良说你要干什么?米金德说我想请你吃饭。朱子良先是惊讶,紧接着就笑,他笑得眼睛眯成一条缝。他说金德,你中奖了?米金德得意地摇摇头。朱子良说我跟你共事十几年,这还是头一次听到你说请客。朱子良说这话时声调有些高,办公室的同事都扭头看着他们。米金德对着朱子良做了一个鬼脸,在稿子上写了一行字,举起来让朱子良看。朱子良看见米金德的手里举着十一个字:我想让你见见我的女朋友。朱子良也写了一行字举起来:什么时候有的?上床了吗?米金德看了一眼朱子良手里的字,在稿纸写道:刚交上的,上了。他把这行字举起来递到朱子良的面前。朱子良看了一眼,向米金德竖起大拇指。米金德把那张纸久久地举着,让朱子良看了它几遍,生怕他没记住。

除了朱子良,米金德还喊了另外几个同事。他们跟着米金德浩浩荡荡地来到饭店的包厢。王微还没到,同事们似乎要狠狠地宰一次米金德纷纷抢着点菜。他们点了一些野味,最后大家还一致同意点一只龙虾。他们点菜的时候根本不征求米金德的意见,好像请客的不是米金德而是他们。他们每点一样菜,米金德的心里就抽搐一下,心里一抽搐脸部也跟着抽搐,搞得他脸部的肌肉一跳一跳的。等大家点完菜,米金德的脸都已经跳得不像脸了,惨白而且扭曲。等待上菜的时间,大家开始调戏米金德。他们说金德,一个晚上能来几次?米金德嘿嘿地傻笑着,那绝对是一种一个晚上能来四五次的表情。有人偏要米金德说出确切的数字,不停地追问米金德到底多少次?米金德仍是笑而不答,弄得同事们羡慕不已。他们不停地感叹,金德,想不到你这么厉害?米金德的脸上挂满了幸福。他的表情跟那些不断端上来的野味和龙虾交织在一起,人们经不住这种气氛的诱惑,还没等王微出现就开吃。

包厢的门推开,王微提着一个小包,穿着一套深色的裙子站在门口。米金德站起来,对着王微点头说来了。所有正在埋头吃着的人们啊全都抬起头,用怪异的目光看着王微。有人指指米金德身边的那个空位。王微走到米金德身边坐下,朝诸位点点头。朱子良说小王,金德都跟我说了,我真羡慕你们啊。王微有些莫名其妙,说你羡慕我们什么?我们不过是同学,有什么好羡慕的?有人说恐怕不只是同学吧?王微对米金德说你是不是跟他们吹牛了,我们不是同学又是什么?全桌人哄堂大笑,而且笑得十分暧昧。王微避开他们色眯眯的目光,看着餐桌上的那些菜,原本想笑的脸色沉了下去。她气呼呼地站起来,说你们笑什么?这有什么好笑的?说完她提着小包一摇一摆地走出去。同事们都看着王微宽大的臀部浪笑。朱子良沿用他的老习惯,指了指王微的臀部竖起大拇指向米金德表示崇高的敬意。米金德发觉王微生气了,惶惶不安地站起来对着王微走出的背影说哎,你怎么走了?王微没有回头,只留给大家一个生气的背影。

王微出了饭店大门,拦住一辆的士钻进去。米金德追到的士门前,说王微,今晚这宴席是为你摆的,你怎么走了?王微说上车说话吧。米金德钻进的士。王微叫司机把车开走。米金德说你怎么连我一起拉走了?他们还等着我回去喝酒呢。王微发出一声冷笑说,你挺阔气的,点了那么多野味,竟然还点了龙虾。米金德说都是他们点的。王微说他们点的就让他们买单,你跟我回去。米金德说这怎么行,说好了我请客。王微说知道这一桌要花多少钱吗?米金德说不知道。王微说至少三千多。你就那么有钱?米金德说我也想不到他们点得那么狠。但是我这样跑了,他们会怎么说我?我还怎么做人?王微说别管那么多,先逃过这三千再说。米金德沉默了一会,说师傅停停车,我要下去。车速明显减慢,王微瞪了一眼司机,说别听他的,别停。车子往前一窜又快了起来。米金德说,王微,你这不是断了我的前途吗?我求你让我下去,三千就三千,我认了。王微对司机说停停停。司机把车停在马路边,王微说你滚蛋吧,今后不要再来找我。米金德打开车门,看见王微动真格的就没敢下去。他犹豫一会,把车门重重地碰回来。

　　米金德跟着王微回到家,仿佛还惊魂未定。王微给米金德倒一杯茶,说你先压压惊,我得运动运动。米金德坐在沙发上喝茶,王微穿一套健美服跟着电视里的一位健美老师跳减肥操。米金德看见那套健美服深深地勒进王微的肉里,凡是健美服没勒着的地方,白嫩的肥肉一个劲地往外冒。王微每跳一下,她那些多余的肉就像硅胶一样在皮肤里滑动,特别是胸部,别提有多调皮了,就像两只小兔子在她的身上奔跑。米金德看得一愣一愣的,把杯子的热茶全泼洒在自己的裤子上。但是好景不长,他的呼机突然响了起来,那是饭店里的那帮同事呼的。米金德站起来想复机,正在跳着的王微用手势制止他。米金德不得不又坐下。他刚一坐下,呼机又响了起来,一声接着一声,似乎是不把他的呼机弄爆炸了誓不罢休。米金德被呼机搞得坐立不安,一会站一会坐。王微说你能不能把它关了?米金德说我想给他们复个机,解释解释。王微气呼呼地走过来,夺过米金德的呼机把它关掉。米金德的目光在王微正冒着热气的鼓囊囊的胸部游荡了一会,一头扑进王微的怀里。他感到自己就像王微身上的热气快要被蒸发了,他只想在蒸发之前像抓救命稻草那样在王微的身上抓着。

　　王微被米金德抓痛了,只让米金德在自己的怀里捂了几秒钟就把他推开。米金德硬着头皮还想往王微的怀里撞。王微双手护住自己的胸口,说你有钱也不能这样花,三千块钱请他们吃一顿值得吗?如果你想花钱,还不如给我这套房子重新装修装修。米金德在房子里走了一圈,说重新装修大约要花多少钱?王微举起一个巴掌,说不多,五万。米金德说这房子不是挺好的吗?装修它干吗?王微说你难道不想住得舒服一点吗?米金德的心里被王微的这句话撩拨得痒痒的,他说让我试试吧。

这个晚上,米金德睁着眼睛躺在赵然的身边翻来覆去。他想我原本只是想试试能不能像普超那样,能不能像老朱那样,眼看我就要像他们那样了,只差一步我就像他们那样了,但是没想到王微会跟我来这一手,五万元,我去哪里找五万元?原来干这种事情没相当数量的经济基础还不行。但是老朱他会有五万吗?老朱怎么会舍得花五万元?只能说老朱的运气比我好,他一定是找到了一个物美价廉的。可是王微她怎么连一点感情都不讲?她就那么值钱吗?值得我去为她花那么多钱吗?米金德,你就算了吧,你就赶快收手吧。这么漫无边际地想着,米金德叹了一口气。

赵然说你唉声叹气是不是那儿不舒服?米金德说没什么,我只是想想事情。赵然翻了一个身,说有件事我差点忘记告诉你了。米金德说什么事?赵然说你的一个同事给我打了一个电话,说你在外面有女人了。米金德警觉地坐起来,说是谁说的?赵然说你紧张什么,我根本就没信他,说别的还像人话,说你在外面有女人,凭什么?那不是作践你吗?米金德说我的那些同事都很坏,他们唯恐天下不乱,经常故意作弄人。他们想叫我请客,我没请他们,他们就故意打电话给你。米金德不停地解释。赵然根本就没听,她在米金德的说话声中睡去了。米金德松了一口气,想难道我连让赵然怀疑的条件都不具备吗?难道我真的在外面就找不到个把女人吗?一股苍凉浮上米金德的心头,他突然明白原来自己是这么不重要。

第二天早晨,米金德早早地来到办公室,把地板扫了把开水打了把所有同事的办公桌全都抹干净了,同事们才陆续到来。每一个人进来的时候,米金德都朝他们点点头,但是他们都故意不看米金德,不跟他打招呼,就连头也不跟他点。他们好像商量好了似的,全都挂着一副看不起他的表情。米金德知道这是昨晚没去买单带来的恶果。

如此沉默了几天,同事们渐渐地把请客的事淡忘了。米金德一直没敢跟王微联系,但是王微还一直装在他的脑海里。一天中午临下班的时候,无聊的米金德拿起一盒别针玩弄,由于他心不在焉,那盒别针掉到了办公桌下,别针散落一地。米金德蹲下去慢慢地捡那些别针。刚好这时下班的铃声响了,同事们纷纷走出去,办公室里只剩下朱子良和小元。朱子良把头从呼机上抬起来,扫了一眼办公室,没有看见蹲在办公桌下捡别针的米金德,只看见跟他背对背的正在关电脑的小元。朱子良就说怎么都走了?小元说下班了。朱子良说我怎么没听到铃声?小元笑了一下,说那是因为你对工作太投入了。朱子良把椅子转过去面对小元,说小元,交男朋友了吗?小元说干吗问这个?朱子良说别浪费时间了,我要是你就赶快交朋友,要不然老了后悔莫及。小元谦逊地笑笑,说我才不急呢。朱子良不解地摇摇头,说你会后悔的。小元说我才不后悔呢。朱子良的身子往小元的身边略微倾斜,说知道吗,就连米金德都有情妇了,你怎么还不找男朋友?小元突然大笑起来,说你说什么?米金德有情妇了?你是不是搞错了?像米金德那样的男人也会有女人喜欢?朱子良说有,我见过那个女人,长得挺丰满的。小元说那女人不是白痴就是神经病。

　　小元嘻嘻哈哈地走出办公室,朱子良跟着她走出去。办公室的门被他们关上。一直憋在桌下的米金德满腔怒火地站起来,他的头咚的一声撞到办公桌上,瞬息起了一个小包。他摸着头上的小包生了一会闷气,然后抓起话筒给王微打了一个电话。他说王微,我要见你。

　　米金德请了半天事假,专门在家找赵然收藏起来的定期存折。他把家翻了个底朝天,最后在一个瓷瓶里找到了它们。他把存折拿出来数数,一共三张。三张存折加起来也还是一个可怜的数字,米金德的心突然软了。他从三张中抽出一张放进自己的衣兜,其余的两张放回原处。

　　王微也请了事假在家等米金德。她在等待的过程中对自己进行了一番精心的打扮,还画了口红,吹了发型。做完这一切,米金德还没出现,她开始有些期盼了。当米金德怀揣着那张存折出现在她面前时,她显得空前绝后的兴奋。她双手抓住米金德的膀子,在米金德的脸上亲了一口说,钱带来了吗?米金德惭愧地从衣兜里掏出一张存折递给王微,说我就这么一点,离你的要求还很远,但我实在是找不出更多的钱了。王微接过存折扫了一眼,说一万元,这么点钱你也拿得出手?我就那么便宜?米金德尴尬地笑着,不停地用手抓着自己的头皮,好像能从头皮上抓出钱来。王微拿着那张存折挥舞着,说金德,你也太没本事了,这么多年,就混了这么一点钱?你连五万都拿不出,我真是把你想得太有能耐了。米金德的脸被王微说得一点一点地热,最后变得热辣热辣的。米金德说除了工资,我没有别的收入,在钱这方面我一直都不太行。王微说既然没有钱,还想入非非干什么?好好地陪老婆不就得了。我还以为凡是想入非非的人手里头都有花不完的钱呢。米金德说我一直没敢来见你,就是因为离你的要求还差得太远。我想这点钱肯定不能解决什么问题,但是它是我的一点心意。你不能因为这么一点钱把自己卖了,我也不能因为这么一点钱就指望你能成为我的什么人。你刚才这么一说,我就不敢再想入非非了。我只是想,如果你方便的话,每天路过我们办公室的时候,弯进去跟我说说话,打一声招呼,让他们都知道你是我的朋友。在不损害你形象的情况下,你是不是故意做得亲热一点?让他们都知道我米金德也还是有人关心的,甚至于是有人爱的。王微说你就这么一点要求吗?米金德说就这么一点要求,如果你嫌烦的话,那就给我打打电话,打打电话我就知足了。王微伸手像摸孩子那样在米金德的头上摸了一把,眼眶里噙满泪花。她说金德,我想不到你这么可怜。我真的想不到……王微把存折还给米金德。米金德执意不收。王微说我不缺这一万元,你拿回去吧。米金德说你要装修房

176

子,这是我的一点心意,真的它是我的一点心意,不带任何不健康的想法。你不收下就是看不起我。王微把存折收回去,说那我就先替你保管着,金德,其实我不是贪你的钱,我误解你了,我以为你也像别的男人那样,手里头有花不完的闲钱。米金德笑笑,说面包会有的。王微在米金德的脸上亲了一口说,金德,原来你还懂幽默。

这之后,米金德再也没来找王微。王微也没给米金德打电话。米金德每天都坐在办公室里写材料,填各种各样填也填不完的表格。半年过去了,他想也许这一辈子我再也不会去找王微了。一天上午,米金德正在埋头填表,办公室的门突然推开。有人叫道:米金德,找你的。米金德抬起头,看见王微怀抱着一束玫瑰,笑眯眯地从门口一步一步地向自己靠近。米金德在同事们五彩缤纷的目光中站起来,他被那个笑容和那一大束鲜红的玫瑰迷醉了。那个笑容和那束鲜花在他的眼里渐渐地模糊,他的身子摇晃起来,激动得想晕过去。但是他用手撑住桌子,告诉自己一定坚持住。王微走到他面前,把鲜花放到他的桌上,看见他闭着眼睛,说你怎么了?金德。米金德说没什么,王微,我只是有点头晕。王微伸手摸摸他的额头。米金德坐到椅子上,说谢谢你来看我。王微的脸上堆满笑容。她把笑容近距离地呈现在米金德的面前。米金德想从来没有人这么对我笑过,从来没有。

王微跟米金德说了一会话,摆摆手走出办公室。她走出去的时候,办公室里响起了一阵兴奋的嘘嘘声,就像足球场上踢进球时的那种嘘嘘声。这声音给了米金德莫大的安慰。

冬天就要开始了。在这个季节更替的星期天,赵然待在家里清洗衣物。米金德站在阳台上淋花。赵然是个细心的人,她在把每一件有口袋的衣物丢进洗衣机之前,都要搜一搜口袋。当她搜查米金德的一条西裤时,从里面搜出了一张发票。她拿着那张发票看了看,发现是一张美容发票,上面写着王微的名字。赵然把米金德的西裤摔到地板上,对着阳台喊:米金德,这是什么?

米金德听到喊声,丢下洒水壶从阳台跑到客厅。赵然拿着那张发票在他的面前晃了晃,说米金德,原来你在外面真养女人了。米金德看着那张发票吓得全身像筛糠一样。他说这是一个误会,我没有养什么女人。赵然说那这个王微是什么人?米金德说她是我的同学。我们只是一般的朋友。赵然说一般朋友怎么会帮她交美容费?米金德说当时她没带钱,我先帮她垫上。赵然说那这钱她还了没有?米金德说还没有。赵然说你把我给你的存折让我看看。米金德把手伸进衣兜捏着那本存折,犹豫着没敢拿出来。赵然一跺脚说,你拿出来让我看看。米金德拿出存折递给赵然。赵然打开存折一看,脸上立即黑了。她把存折砸在米金德的头上,说你这个骗子,几千块钱全花光了,你还说没养女人。米金德低头不语。赵然对他大声喊道:离婚,我要离婚。米金德说赵然,尽管我花了一些钱,但是我还是爱你的。我求你别离。赵然说爱我干吗还在外面养小?米金德说我跟她只是朋友关系,我们又没有做出什么见不得人的事情。我是爱你的。赵然说谁还相信你的鬼话。

这么多年来,我没有甩你是以为你诚实,以为你没什么本事,不会有什么非分之想。哪知道你这么一个呆头呆脑的人,竟然还背着我干这种事。现在你连诚实都没有了,我还爱你什么?米金德说你知道我没本事,干吗还怀疑我?赵然说铁证如山,我还能不怀疑吗?米金德说但是我真的没跟她干什么。我从来就没想到过要和你离婚。你在瓷瓶里收了三张定期存折,我只拿走了一张。我要是不爱你的话,我怎么会才拿走一张?赵然扑向电视柜,拿起那个装存折的瓷瓶砸到地板上,瓷瓶破烂了,两张定期存折飘出来。赵然抓起存折,说你竟然连定期都拿去给她了,你这个千刀万剐的。米金德看着那些破碎的尖利的瓷片,心里掠过一阵快意。他想我也许要跪到那上面,才能对得起我的过错。他的双腿一软跑到瓷片上。赵然哭着冲进卧室,嘭的一声关上门。

赵然在卧室里哭了一场,哭够了哭累了哭得要上卫生间了才从里面出来。她看见米金德还跪在瓷片上,他的膝盖被瓷片戳穿有殷红的血渗透裤子流到地板上。赵然说活该。说完活该,她又说这是何苦呢?反正要离,你跪多久都没有用。你还不如把王微的照片拿给我看看,我倒要看看她长得怎么样?疼痛难挨的米金德顺着这个台阶从瓷片上艰难地站起来,身子晃了一下。赵然看见他的膝盖全红了。

米金德站了一会,一摇一晃地走到书柜前拿出一本相册,然后又一摇一晃地走到赵然的身边。他翻开相册指指里面的一个人说这是王微,我们只是同学,我们只是朋友,我们什么都没干。赵然看看相片上的王微,说米金德,这么多年来我对你好不好?米金德说好。赵然说我长得比不比王微漂亮？米金德说你比她漂亮。赵然把相册高高地举起来狠狠地掷到地板上,提高嗓门说那你干吗还要找她？你干吗不找一个比你老婆强的？你看看她长什么样子？你这不是寒碜你老婆吗？米金德哀求道,我只想学学普超,学学朱子良,但是我只学了一点皮毛。除了接吻,我和她什么也没干,我可以对天发誓。赵然说这就够了。你发多少誓都没用了。我们离吧。米金德说如果这样就离了,我真是冤枉啊。

赵然和米金德真的就离了。离婚那天,米金德的嘴里不停地喊着冤枉啊冤枉。

离婚之后的若干天,米金德在办公室的走廊上碰上普超。普超拍拍他的肩膀用赞赏的口吻说米金德,不错。米金德发出一声苦笑,想他是说我的工作不错呢或是说其他方面不错？普超拍完米金德的肩膀就往前走。米金德追了几步,说主任,我想问一个问题。普超停下来,说什么问题？米金德说难道你就不怕你夫人发现吗？普超说怎么会被发现？有本事玩就有本事不让她发现。米金德百思不得其解。普超得意地笑笑,继续往前走。米金德站在长长的走廊上想我还真是一个没有本事的人,我和王微什么也没干,就把家庭给破坏了。人家干了那么多,家庭还是好好的。我真是一个没有本事的人。

一个周末的下午,王微打电话给米金德说我的房子装修好了,你过来看看吧。米金德颇感意外,但是他还是骑着他那辆破烂的自行车以最快的速度来到王微的楼下,然后一口气冲进王微家。他看见王微一丝不挂地站在客厅里在等待他的到来,他的目光顿时呆了,胆都被吓破了。王微张开双臂拥抱米金德。米金德的身体像放在冰箱里那样抖动起来。王微抚摸着米金德,为他宽衣解带。米金德喘着气用颤抖的声音说,现在就来吗?王微说你等的不就是这一天吗?米金德在王微的鼓励下稍微定了定神。两人紧紧拥抱着一起滚到崭新的木地板上。但是米金德怎么也想不到,当他期待的这一刻来临的时候,自己竟然不行了。王微一次一次地鼓励他,他还是不行。最后弄得王微很恼火,她踹了米金德一脚说,你滚蛋吧。米金德说给我一点时间,给我一点心理准备,我会行的。王微说你想入非非的,我还以为你很厉害,没想到原来你不行。你滚吧。你连这个都不行,还想找什么小蜜。真是的。

  米金德无地自容地站起来穿好衣服。王微为他打开门。这一刻他才发现其实王微正如赵然说的那样长得很丑。米金德想连这么一个丑女人都看不起我,我还有什么想头?他缩了缩脖子,打了一个冷战,看着王微新装修的房子说,你这房子装修得真漂亮。王微说别废话了,你走吧。米金德说真对不起,我也想不到我的身体会是这样。米金德说着走出王微拉开的门。他的脚后跟刚离开,那扇门就响亮地撞过来。米金德无力地靠在铁门上,用手拍拍自己的下身说,老弟,你怎么就这么不争气呢?

一个不劳动的下午

　　冷风呼呼地叫着,在枯黄的树枝间扫荡,那些老弱病残的树叶,像一群叽叽喳喳的麻雀,掉落到地上,随风跑来跑去。树枝却一动不动,仿佛一根根直立的铁杆。整整一个冬天,风似乎没有停过,该弯腰的植物早已弯下了,剩下来的直立的树,现在一动不动地直立着。

　　这是一九七二年谷里生产队冬天的景象,队长陈裕德带领全体社员匍匐在风里锄地。他们的锄头飞过头顶,翻开浸透草香和酒气的泥土。他们捣毁蚂蚁的家园,斩断土里的蚯蚓。汗水从他们的毛孔刚一冒出,就被风吹干。

　　太阳从黑云的背后慢慢地游出,它给锄地的人增加了一层热量,风因此杀了威势。队长陈裕德迎风站立,眼睛好像落进了沙子。他用右手不停地揉他的右眼,一边揉一边宣布吃午饭的时间到了,大家休息一会。

　　坡地上骤然响起一阵夸张的嚼食声,社员们席地而坐,酸菜的气味从各人的嘴里漏出,在人群中飘荡。陈裕德还在揉他的右眼,他把他的右眼揉得像红彤彤的太阳。酸菜的气味如一把刀刮他的肚子,他的食欲已经全面放开。但他右眼的泥沙还没弄出来,无法腾出手来照顾嘴巴。

有人说队长还没吃饭,中午可以多休息一会。一些吃完饭的人顺势躺到落叶上,身体刚刚触地,鼾声跟着响起。几个妇女走到队长面前,翻开队长的眼皮,鼓着嘴为队长吹沙子。她们一个一个地轮番为队长吹,但队长一合眼皮就说沙子还在里面。妇女们感到为难,只好散开。她们说要一个年轻的眼睛亮的手脚轻一点的人,才能把沙子从队长的眼皮里吹出来。大家的目光落到冬妹身上。不等别人开口说话,冬妹便自觉地从树叶堆里站起来。她拍拍手上的泥土,然后走向队长。

陈裕德感到有几根软绵绵的手指落到他的右眼皮上。他闻到了冬妹身上的汗香,呼吸变得紧张、急促。他想让那粒沙子永远待在眼睛里,让冬妹就这么近地站着,永远吹下去。但他的妄想很快被冬妹粉碎了,冬妹说好啦。陈裕德眨了几下眼皮,感觉到眼睛里已无异物。竟然好了,他试探着睁开眼,看见冬妹大而亮的眼睛悬浮在他的眼前。冬妹的眼睛像刚从水里捞出来似的,任何人的目光都可以穿透它,直看到拥有这双眼睛的心灵。

坡地静悄悄的。陈裕德觉得这种寂静如一张网,宽大得没有边沿,慢慢地笼罩他,压迫他的胸口。他想做点什么事情,最好是大家都感兴趣的事情,但一时他又想不起做点什么。他用手抓抓头,拼命地咳嗽。他以为别人会注意到他的咳嗽,抬头四望,发现大家都板着面孔,木然地坐着、躺着。他发出来的微弱的咳嗽声,很快就被风吹散了。

有人在翻挖过的地里生了一堆火,一群人围坐在火堆边,火苗随风左右摇摆,青烟盘旋而上。陈裕德看了看坡地上金黄色的树林、衰草,想如果在坡地上放一把火会怎样?陈裕德放开嗓门喊道:起来,大家都起来,把前面的坡地烧光了,再挖土。

社员们从地上纷纷跳起来,他们喊叫着把火苗引向山坡。只一瞬间,那些干燥的落叶和树枝像浇了汽油,腾起一团团火焰和烟灰。靠近火苗的社员渐渐后退,他们抽着鼻尖,贪婪地吸进树木被烧之后发出的刺鼻的香味。火朝着山坡蔓延,它离社员们愈来愈远。

金发听到他的锄头一声怪叫,双手被震麻了。他知道锄头磕对了什么硬东西,便小心地刨开泥土,发现土里埋着一把铁锈斑斑的马刀。

社员门暂时忘记了山上的火,都围过来看金发手中铁锈斑斑的马刀。金发突然觉得自己像个英雄,把马刀举过头顶,对着太阳眯着双眼细心地看,但是他和社员们都没有看到太阳的反光,马刀已经锈得不像马刀了。金发想我一定要把它磨亮。金发嘴里喊一声杀,随即右手一个下劈,社员们尖叫着散开。

金发想给自己捡到的马刀找一个恰当的位置,走到一棵碗口粗的树下,想如果马刀能砍在树上,那就威风十足了。他举起马刀朝树砍去,马刀被树弹回来,马刀一点也不锋利了。金发站在树下环顾左右,他发现社员们都在笑他。他朝野火烧过的一个土堆走去。那个土堆是满庆祖父的坟。金发把马刀插在满庆祖父的坟头。

满庆当时正蹲在火堆边烤火,他蹲在火堆边差不多睡熟了。他和他父亲的成分都是地主,所以他不敢参与放火,那场大火和那些跑来跑去的人都与他无关。差不多熟睡了的满庆突然被喧哗声惊醒。他睁开眼,看见天空灰蒙蒙的,上面飘扬着细小的烟尘,有几只鸟从烟尘中飞过。满庆没有发现什么新奇的事情,正准备闭眼再睡,但他被一浪高过一浪的喧闹吸引,揉揉眼,看见祖父的坟上插着一把马刀。满庆觉得那马刀不是插在祖父的坟头,而是扎在他的心口上。

满庆从火堆边站起来,紧了紧裤带,同时还抹了一把鼻涕。他的眼珠子闪来闪去,警惕地注视众人。他开始朝祖父的坟墓走去,步子由小而大,渐渐地变成小跑,然后一个箭步蹿上祖父的坟头,把马刀拔出来,狠狠地摔到石头上。社员们都听到了当的一声响。

金发捡起马刀,在满庆祖父的坟头敲了一下,说你这个地主仔,你狂什么你?你再狂哪天拿你去批斗。满庆不说话,眼睛里仿佛有两团火喷到金发的身上。金发想爬上土堆,被满庆推了下来。金发扬起马刀,作一个欲砍的姿势。满庆偏偏脖子,说你砍呀。满庆说着,一屁股坐到祖父的坟上。

社员们都围过来看金发和满庆,听他俩互相对骂。满庆说金发的妈是骚×,和别人在大路上干。金发说满庆的妈是烂货,满庆不是地主仔,是野种。他们把对方的十八代祖宗,以及野史一一数落出来。社员们就围在他们的周围笑,有人还喊打,快打。但是金发和满庆谁也不敢动手,他们只是骂。社员们或蹲或站,大都露出兴奋的表情。金发突然调过头,对着那些发笑的社员说,谁笑我操谁的妈。于是笑声稀薄了,社员们又做出严肃、劳累和呆板的表情。满庆似乎也发觉了问题,从坟头跳下来,一声不吭地走出人群。

这时,社员们听到山坡上传来队长陈裕德紧急的呼喊声。

社员们看见山坡上的火愈燃愈猛,火已经超出了它的燃烧范围朝着村庄赴去。从山下往上看,那些火苗似乎要烧到了天上。火所到之处,草木成灰。一些高大的树木被火苗卷走了枝桠和树梢。火把树上该燃的东西燃烧完毕,便化着浓烟逃窜。谷里生产队的耕牛在火光中奔跑。

满庆看着那火被风高高地卷起来,风有多高火就有多高,火在风中呼呼地响,嘈杂的响声从天而降。满庆的心像被什么吊了上去,双脚不停地摇晃,一线尿松松散散地漏出来,湿透他的裤裆。他看见社员们手里拖着树枝,争先恐后地朝山坡上跑。满庆也想跟上他们,但他的腿软绵绵的不听使唤。他想那火快要烧到村口了,二十多幢房屋就要被火吞噬了。如果村庄被烧,我们到哪里去睡觉?到哪里去找饭吃?我们快要没有家了?

满庆这么想着,全身都散了架,他蹲在地上呜呜地哭。黄凡从土堆里钻出来,一边走一边扎裤带,他刚刚拉了一泡尿,感到十分轻松。黄凡看见满庆伏在地上像一堆牛屎,朝满庆踹了一脚,说还不快去救火,你哭什么?满庆没有反应,依然伏在地上。黄凡又踹了他一脚,说你死啦?满庆抬起头,脸上尽是泪水、火烟和泥土。满庆说我怕,我走不动了。

黄凡用手提起满庆。满庆的双腿摇摇晃晃,像打摆子。黄凡说火是队长喊烧的,你怕什么?满庆说那些房子快要完蛋了。黄凡说完就完了,反正是大家一起完,国家总不会让我们饿死。满庆说你们都不害怕,你们都不懂得哭,这么大的事情,总得有个人害怕,总得有个人哭。我没有参与放火,但我总觉得那火是我放的。我有罪我害怕。黄凡推了满庆一把,说怕你妈个×,快去给我救火。你的眼泪没有用,眼泪又灭不了大火。

黄凡和满庆每人拖了一把树枝,沿着大火烧光的山坡往上跑,坡地上散落火星、灰烬,他们的胶鞋底发出刺鼻的臭味。看看要跑到火堆里去了,山坡上突然滚下一颗石头,石头在灰烬里跳跃,带起许许多多的火星。黄凡被石头撞了一下,往后连连退了几步,倒在山坡上。满庆看见黄凡的右小腿处被石头砸烂了,一股殷红的血从那里冒出来,伤口上沾满火灰。

满庆背着黄凡往山上走,他已经感觉到了火的气浪,脸上的汗水被大火烤过之后,一阵一阵的辣。有几个人从火堆边退下来,他们手里的树枝被火烤干,有的还着了火。满庆分不清他们谁是谁,他们的脸上沾满了草灰,没有一丁点皮肤是原来的皮肤。满庆听到他们说,大火快烧到家门口了,你还不去救火,你背他干什么?满庆说他受伤了。他们说受伤了也不能耽误救火,先把他放在地上。满庆放下黄凡,在他的伤口上敷了一把黄泥,然后跟着那几个人走。

队长陈裕德想不到火会这么猛烈。最初他只是想烧一把火,给社员们提提神,找点事情做。金发和满庆在坟头争执不下的时刻,他看见冬妹朝山坡的草丛里走去。他避开众人的目光,悄悄尾随冬妹,想火已经烧起来了,社员们又在看金发和满庆吵架,现在是最混乱的时候,是猎获冬妹的最好时机。

冬妹蹲在草丛里方便,周围是大火噼噼啪啪烧坡的声音。她正要站起来,突然看见队长拦在她的前面。队长嘿嘿地干笑,眼睛里冒出淫荡的光芒。冬妹说队长,队长。冬妹一边说一边往后退,队长扑向冬妹。冬妹被草绊倒在地上。队长抱紧冬妹,伸长脖子去啃冬妹的脸。冬妹一闭眼,在队长的左脸上狠狠地咬了一口。队长放开冬妹,双手捂着脸往山坡上跑。这时,他看见火苗已经蹿起了楼那么高,火势愈来愈猛。队长感到事情不妙,便朝山下喊快来救火……

金发最先冲到队长的身边,他看见队长双手捂着左脸,就说队长,你受伤了。队长说为了救火,我跌了一跤。金发说队长才是真正的英雄。队长看见金发挥舞着那把锈迹斑斑的马刀,朝火海里冲去。

更多的社员冲进了火海,他们用手里的树枝拍打火苗。村庄里的老人和孩子送来了镰刀、砍刀和铁锹。部分社员抢过农具,在村庄前开一条断火的路。有的割草,有的砍草,有的人用木棍把草撩走。这条断火路是村庄的最后一道防线。所有的老人和孩子在村庄前站成一排,他们说如果火苗跨越了断火路,我们就用身体挡火,家园快灭,身体算不了什么。

队长陈裕德看见金发站在一块巨石上,他的周围布满了熊熊烈火。队长想金发站到那个地方去干什么?他是不是想让社员们看见他多么勇敢。那个地方危险,火快把他团团围住了。队长朝金发喊快下来,危险。金发好像没有听见,他像一只被猎人围困的兽物,在石头上转来转去,寻找出路。

满庆用树枝扫开一个小小的缺口,冲到石头边,拉住金发的手。金发从石头上跳下来。当满庆回过头时,他刚打开的缺口又被火封住了,他想救金发,反而和金发一起被火围住。一团树枝在火的外边舞动起来,像一阵小小的旋风。满庆看见那是哑巴田伍。田伍为金发和满庆打开了一个缺口,他们双双跳出火海。田伍看见他们跳出来,得意地笑了一下。他的笑没有声音,但表现在他的脸上。金发和满庆同时向他竖起了大拇指。

田伍看见大拇指,便弯腰把他脚边的一团东西提起来,那是一只被烧熟的野鸡。田伍把野鸡丢给孩子们,四五个孩子一人扯一块,塞进嘴巴里。孩子们说好吃,可惜没有盐。金发、满庆、陈裕德等都闻到了野鸡的肉香。

十几个人拖着树枝疲惫地从山的西面走过来,他们说西面的火已经全部灭了。这时太阳已经下山,东面的火显得更加明亮,火光照亮天空,也照到满是烟灰的扑火的社员们身上。

队长想中午十二点,我叫社员们放火烧山,大约下午一点,满庆和金发在满庆祖父的坟边争吵,同时有许多社员围观,只有冬妹悄悄进入草丛方便。两点多钟,村里的老人孩子送来镰刀等农具,大火逼近村庄,社员们不顾劳累开辟一条断火路。四点钟金发被火围攻,满庆拼死相救,哑巴田伍再救他们,同时田伍还从火堆里捡起野鸡一只,丢给孩子们撕咬。金发和满庆已释前嫌,他们像没有发生过争吵一样。就连冬妹,似乎也忘记了刚才的不愉快,她一

189

边割草一边抬起头来擦汗,还不停地对我笑。她是不是在笑我左脸上的牙齿印?五点多钟,在西面灭火的社员全部撤向东面,他们和所有灭火的社员一道,分散在各个点上,我再也看不见他们,只听到大火噼噼啪啪的声音和社员们互相呼喊的声音。太阳已经落下高山,一个下午就这么过去了。这个下午社员们没有劳动,他们的锄头全都罢在土地上。

队长陈裕德用双手拢了拢头发,头发上满是草灰,他突然感到自己老了,白发如雪。东面的火仍然不减威风朝着村庄逼近。村庄前的断火路愈开愈宽愈开愈长,社员们丝毫不敢松懈。队长看见冬妹的头上沾满茅草,她的背上胸口上屁股上全部湿透了。冬妹弯腰割草,根本无暇回顾。队长夺过她的镰刀,说我替你割一会。

冬妹坐在割净茅草的断火路上喘气,她看见还有几十米,火头就要烧到他们面前了。队长割草的动作太慢,冬妹想来不及了。冬妹从地上跳起来,去夺队长手里的镰刀。队长扬起手,不让冬妹,说不用割了,火路已经够宽了,火燃不过去了,与其累死还不如烧死。冬妹不听,仍然去抢队长手里的镰刀。队长把镰刀丢到地上,紧紧地抱住冬妹,他们同时倒在草地上。队长用自己的嘴巴去咬冬妹的嘴巴。冬妹嘴里发出一阵呜咽,双脚在草地上弹来弹去。队长被她压到下面,她又被队长压到下面,他们就这样滚下了山坡。

火苗一下就把他们包围住了。满庆迎着往上刮来的火冲下去。满庆想去救队长和冬妹,但是火浪太大,满庆被推倒了。满庆从地上爬起来,想再一次冲进火里,却被金发死死地拦腰抱住。金发说你救不了他们,你冲进去只会送死。

满庆和金发站在火光之外,眼睁睁看着队长和冬妹被火活活烧死。在大火即将烧着他们的一瞬间,满庆看见他们紧紧地抱在一起。后来,他们就像那只被烧死的野鸡,蜷缩在灰烬里。金发看见满庆的泪水从眼窝里哗哗地流出来,洗尽了脸上的尘土。金发说你怎么啦?这火可是队长喊烧的。满庆说野鸡,他们像那只被烧死的野鸡。你为什么不让我救他们?

第二年春天,新任队长金发带领全体社员在冬天翻挖过的土地上播种。凡是去年大火烧过的地方现在全都芳草萋萋。生产队肥壮的牛群甩着悠闲的尾巴,在草地上吃草。看着满山遍岭的青草,社员们都说那个下午好玩。

把嘴角挂在耳边

我的孙女久玻璃在跟病痛作了几十年艰苦卓绝的斗争之后,终于于八十一岁的时候选择了安乐死。她的死,使我在这个世界上再也没有亲人。她是一个同性恋者,尽管活到了八十一岁,却没有为我生下一个重孙。她从一生下来就憎恨男人,特别憎恨男人的毛发,所以在她逝世之前,经常把我身上的毛发剃掉,包括眉毛汗毛,以至于在她的时代里,我看不到久家的一毛一发。而她本人则经常顶着一个光头在人群中晃来晃去,好像那是一件无比光荣的事情。

如果她不死,我怎么能够出门?我已经几十年不出门了,已经完全彻底地忘记出门是一种什么模样。只有电视和网络还告诉我一点世界的假象。我之所以说它们告诉假象,是因为电视和网络上的人们表情过于严肃,所有的花朵都开一种颜色。这在我年轻的时代是绝对不可能的。

既然说到花朵,我就不得不往窗外看了一下,时间大约是冬天,街道上绿树依然绿着,高楼的缝隙里开放着大朵大朵的红花,它们吃饱了化肥,显得硕大和鲜艳欲滴,顶着它们的枝条已经感觉到过重的负担,甚至还发出微微的尖叫。枝条在尖叫声中悄悄地折断。电视上说,冬天里到处都开满了鲜花,而北方的大雪总是要到春末才会缓慢地到来。

我的孙女为我买了一辆轮椅,让我坐着轮椅穿梭于久家的各个房间。我的所有行为,包括手淫都得得到她的认可。我像一只自由的小鸟在久家的房间里飞翔。但是她就是不让我从轮椅上站起来。她说我的爷爷呀,你连自己多少岁都不知道了,你怎么还想站起来?你一站起来,就有可能摔倒,一摔倒就有可能骨折,一骨折就有可能影响心脏,一影响心脏就有可能死亡,一死亡我就有可能难过。我的爷爷呀,你就这么坐着吧,好好地享福吧。

每当我试图偷偷地站起来,她便重重地拍一下我的肩膀,让我跌回到轮椅上。而她在拍我之后,仿佛耗尽了气力,左手扶着我的轮椅,右手捂着她的胸口大声喘气。从那时起,我就知道她已经患上了严重的心脏病,当然还包括一些稀奇古怪的连我也叫不出名字的病。

好在她已经死了。她死了我才有出门的机会。出门之前,我从药柜里拿出一瓶生发油,一看是金黄色的,不符合国情,便把它丢回药柜。我从众多颜色中选出黑色,涂到我的头顶上,一撮黑发长了出来。生发油所到之处,头发茁壮成长。我涂了一下眉毛,眉毛长了出来。我涂了一下胡须,胡须长了出来。我在镜子里反复打量自己,并且尝试着从轮椅上站起来。其实我把站想象得太严重了。我的腿还很硬朗,不用试就站了起来,就像中国人民从此站了起来。甚至我想,愿意的话我还可以结婚。

我是应久玻璃的朋友杜渎之邀而出门的。杜渎比我的玻璃小五十多岁,她一直恋着久玻璃。久玻璃一死,她就给我打了电话,盛情邀请我参加久玻璃的追悼会。

　　我如约到达殡仪馆,一位只穿着裤衩的男士伸手挡住了我的去路。他像打量怪物一样打量我的毛发。我发现他的脸和头像久玻璃一样也是光溜溜的。他问我找谁?参加谁的追悼会?我说我是久玻璃的爷爷。他说凡是参加久玻璃追悼会的人,全都输入了电脑,久玻璃的爷爷头上寸草不生,有风度很得体,你的胡须那么长,怎么会是久玻璃的爷爷?我的目光绕过挡道者宽大的身体,到达追悼会现场,看见许多人围着一个玻璃棺材哭,他们都穿着三点式服装,一律光头,头部朝下。但他们的泪水却向上飞,飞到一定的高度,便纷纷地下落,就像雨点砸在厚实的地毯上。地毯很快被泪水浸湿,只要有脚步在地毯上走动,就会从地毯上挤压出一摊泪水,泪水汇集在一起流向门外。它们绕过障碍物,很快就要到达我的跟前了。我对着哭泣的人群喊杜渎。我的喊声十分响亮,吓得正在哭泣的人们暂时停止了哭泣。他们全都扭头看着我,一张又一张脸悬挂在空中。我一点也不熟悉这些悬挂着的脸。时间一秒一秒地过去,在悬挂的凝固不动的脸中间,突然活动了一张脸,她向我走来。我看清楚来者正是我叫喊的杜渎。

　　杜渎的装扮和久玻璃一样,她也剃了一个光头,甚至比久玻璃的还光亮。在她走向我的时刻,我已经从她的头皮上看到七八盏吊灯的反光。她用一种怪异的目光打量我,说你的毛发怎么这么长了,简直就是返祖。我从她的语调中,听出了她对我毛发的极度厌恶。这和我死去的孙女毫无区别。

跟着杜渎来到棺材前,我隔着玻璃棺材打量棺材里的久玻璃。我发觉棺材里躺着的根本不是久玻璃。这时我的嘴巴突然咧开,脸上的肌肉空前地紧张,一种久违的表情出现在我的脸上。我对着正在埋头哭泣的那些人笑了一下。他们被我的笑声吓坏了。他们仰头遥望我笑着的脸庞。有几个胆小的扭头往门外跑去,逃跑中不断地回头,脖子相继撞到门柱上。殡仪馆的负责人看着我的脸,身上像装了一个微型发动机迅速地抖动起来。当然被我的笑声吓得双腿哆嗦的不止他一个,几乎所有的人都抖动着双腿,期待着我怪异的表情尽快消失。

我指着玻璃棺材说,错了,你们全哭错了,这不是我的孙女久玻璃。人群里哄了一声。他们的目光从我的脸上转移到棺材上。殡仪馆的一位工作人员走到棺材前,从不同的角度打量里面躺着的人。他轻轻地说了一声确实错了,我们把电钮按错了。他说话的时候,悄悄地按了一个按钮,玻璃棺材缓缓地缩回墙体,另一个棺材从墙壁里伸了出来。伸出来的棺材里,睡着我的孙女久玻璃。那些刚才哭着的人对杜渎说他们已经哭过了,如果要他们再哭一次,必须另外付钱。杜渎说你们都给我滚吧。那些人陆陆续续地滚了出去,追悼室里只剩下我和杜渎。杜渎说久爷爷,你刚才的表情很特别,我不但不怕反而很喜欢。我说你真的喜欢?杜渎点点头。我又笑了一下。杜渎在我笑的时候捏了一把我的老脸。我说那他们为什么害怕?杜渎说他们都是一些职业的哭泣者,从来没有看见过你这种表情。我指着我正在笑的脸说在一百多年前,人类把这种表情叫作笑。

丧事之后的第二天,杜渍提着一个密码箱来到我的寓所。她把密码箱丢到久玻璃的床上,说久爷爷,从今天起,我就住到你家了。也不征求我的意见,杜渍就那么肯定地把密码箱丢到久玻璃的床上,并且立即脱掉她的外衣,露出坚挺的乳房和镶着花边的内裤。这种三点式的装扮是时代的风尚,人们常常穿着它聚会、上电视、讲课和参加各种典礼。她一脱掉外衣,双手就搭到我的头上,要给我剃头。我顺势下蹲,头发从她的手里滑出。她没料到我会跟她来这一手,愣了一下。我跑进另一个房间,她紧跟着追了进来。她张开双臂把我拦到一个角落,想让我束手就擒。她一边向我靠近,一边说久爷爷,你太不像话了,撒泡尿照一照你自己吧,看看你的头发有多长,胡须有多长,你就像一只猴子,就像我们的祖先。她这样一说,我就感觉到我的孙女久玻璃又回来了。我一感觉,时间就滑过去一大截,杜渍因此而拥有了充分的时间,她的手再次抓住了我的头发。同时,她发出了一声惊叫。她说如果你不是久玻璃的爷爷,我连碰都不想碰你,我讨厌男人,特别讨厌毛发。杜渍因为受到我毛发的刺激,身上起了一层鸡皮疙瘩。

尽管讨厌,杜渍还是坚持拧着我的头发往外走,就像拧着一团空气往外走。牵一发而动全身,我突然变得轻飘飘起来。紧接着电推剪的声音像飞机一样在我的头顶盘旋,我的头发和胡须成片成片地被砍伐,荒山秃岭。直到浴室里的喷头响起来,我才重获自由。杜渎在理完我的毛发后,迫不及待地跑进浴室,冲洗我在她手上和身上留下的毛发和气味。她一边冲洗一边发出干呕声。我想如果稍微晚一点冲洗,她会真的呕吐起来。

一阵冲洗和干呕之后,浴室归于平静。杜渎隔着帘子叫久爷爷,你进来。我说你穿好衣服了吗?杜渎说,哇,久爷爷,你对异性还这么敏感?现在都什么时代了?这是一个同性恋的时代,你怎么还对异性感兴趣。况且你比我大一百多岁,我是你的孙女,你难道会对我怎么样吗?我说当然不会。我撩开帘子看见杜渎睡在浴池里,水表上浮着零星的泡沫,一团热气直往上飘。

我坐在浴池边的凳子上。杜渎看了我一眼说,把头发剪了,久爷爷才像一个绅士。杜渎用沾满泡沫的手摸了一下我的光头。我的头皮顿时一阵冰凉,一团泡沫堆在我的头顶,它们一个一个地炸开,最后变成水沿着我的耳朵根往下……杜渎说久爷爷,你能不能再做一次那天的表情?我对着她笑了一下。这一笑,使平静的水面波浪汹涌,杜渎从浴池里跳出来,带起一大片水。水和泡沫溅在地毯上和我的身上。杜渎带着满身的水珠跑进久玻璃的卧室,她身后的地毯上留下一道弯曲的水线。她背对着我开密码箱,无数条由水珠串成的水线从她光洁的脊背流到丰满的臀部,最后沿着大腿、脚踝聚集到地毯上。她脚下的水渍以她的脚后跟为圆心,形成一个圆逐步向外扩展。

杜渎从皮箱里拿出一样东西,然后沿着弯曲的水线走回来,她的身后又留下了一道水线,这条水线和刚才的那条水线有重复的地方,但大部分地方不重复。由于杜渎身上的水珠滴得差不多了,所以走回来的水线只是一条淡淡的水线。在杜渎即将到达我面前时,我才看清楚她的手里拿着一台微型摄影机。她把镜头对着我说久爷爷,你再做一次刚才的表情。我动了动面部的肌肉,拼命把嘴角往耳朵方向移动。但面对镜头,我的肌肉突然死了,有的人死了他还活着,有的人活着他已经死了。我一次一次地积蓄力量,想表现一下我的笑容,但始终没有表现出来。活了一百多岁,我到现在才知道,笑是那么的不容易。

杜渎的录像带空转了好长一段时间,没有等到我的笑容。她把摄影机丢在地毯上说,久爷爷,你真没用。我说笑是需要基础的。杜渎说你需要什么基础?我可以给你。我说需要好环境和好心情,连我自己都不知道什么时候会笑,它必须是不自觉的,是发自内心的。杜渎说久爷爷,你不用紧张,我们慢慢来。

杜渎抱着一本字典来到我的身边,问我"笑"字怎么写?我在她的手心里写了一个大大的"笑"字,她开始在字典里寻找这个字。找了一会儿,她合上字典,说字典里根本没有这个字。我告诉她这个字早在一百年前,就从字典里消失了。她说能不能不读"笑",而读"个个天"。我笑了一下,说这不是一回事。杜渎惊叫着扔下字典,说久爷爷刚才你又笑了。你能不能再笑一下?她飞快地拿起摄影机,再次把镜头对着我。我哼了两声,还是没法笑起来。

在我睡眠的时候,杜渎把摄影机架在我卧室的一个角落。她想捕捉我梦中的笑容。但是这个夜晚我没有做梦,其实我已经几十年都做不出梦了。

第二天早晨,我刚睁开眼睛,就听到枕边传来一声温柔的问候。我的枕边一夜之间,堆满了各式各样的玩具。玩具猴向我发出第一声问候,紧接着大象、小白兔、蛇、布娃娃、乌龟、麻雀一齐向我说早上好!我知道这是杜渎的杰作,但是我并没有为她的这个创意发笑。我掀开被子,玩具全都滚到了床下,它们发出凄惨的求救声。躲在床角想给我一个意外欣喜的杜渎,听到玩具的求救声后,飞快地从床角站起来扑到床边。她捡起那些跌得七零八落的玩具,拍着它们跌痛的脑袋伤心地哭了。她说久爷爷,它们向你问好,你却把它们掀到了床下,你好狠心。你知不知道,它们和我们一样也有生命。

我说过,我已经几十年不出门了,所以并不知道人们的眼泪那么泛滥成灾。杜渎断断续续地哭着,手里抱着一大堆动物。这使我想起我年轻时代流行的一首歌曲——《谁的眼泪在飞?》现在是杜渎的眼泪在飞。我说,好了,好了,别哭了。杜渎的鼻子一抽一抽地,勉强收住哭声。这时我才有时间发现杜渎的着装发生了翻天覆地的变化。她的身上裹满了衣服,纽扣直扣到脖子处。这样一着装,杜渎就变得像一个出土文物,与流行的装扮格格不入。我不知道她为什么要这样着装,也懒得去问她。她抽了一会儿鼻子,把玩具一一摆在沙发上,然后转过身来对我说,久爷爷,我给你跳一段舞。这时我才听到卧室里一直飘荡着轻微的音乐,并且是那么的突出那么的刺耳,而在杜渎还没有说跳舞之前,我一点儿也听不到。

杜渎随着音乐的节奏跳了起来。她跳的舞蹈有一点像一百多年前的忠字舞,但是她的手上却加入了许多花哨的动作。她一边跳舞一边往身上添加衣服,最后她越穿越多。快要结束舞蹈的时候,她往自己的身上套了一件肥大的棉衣。她穿着棉衣做了一个定格。音乐随着舞蹈的终结而消失,杜渼的脸上冒着汗。在这个以裸露为时尚的时代,杜渼想用穿衣舞来挑起我的笑容。可是她的效果适得其反,我是穿过棉衣的人,在看了她的舞蹈之后,我不但不想笑,反而伤感起来。

杜渼调整一下摄影机的角度,拉开我卧室的落地门,冲到阳台上。早上的凉风从门缝灌进屋子,我被冷风一吹,打了一个喷嚏。杜渼听到我打喷嚏,以为是我笑了,回头看着我。当她发现我不是在笑,而是在打人人都会的喷嚏后,她把转过来的头调回到正常的位置,身子扑到阳台朝楼下张望。风很大,她穿着的棉衣被吹起来,像长在她身上的翅膀。她站到阳台上,展开双手作飞翔状。她说久爷爷,你再不笑,我就从这里跳下去。现在我才知道杜渼是一个多么固执的姑娘,只要她的腿稍微晃一晃,或者风突然改变方向,她就会从阳台上消失。我的身上急出一身冷汗,我说杜渼别这样,我马上笑,我立即就笑。你看,我笑了。哈哈哈……

杜渼跳下阳台,扑进卧室,在我的脸上迅速地亲了一口。她说这是我第一次亲男人。你们要知道,在我的夫人逝世后,我这块老皮肤已经干旱了一百多年。一百多年来,它第一次得到异性的亲吻。我摸着被杜渼亲过的地方,感到全身舒畅,每一个细胞都发出了快乐的呻吟。

杜渎把摄影机和录像带收进她的密码箱。她说久爷爷,你就要出名了,赶快收拾一下,我们到电视台去。

杜渎只管说着,并没有看我。等她收拾好了,我还站在原来的地方呆呆地看着她。她拍了一下手掌,吐了一下舌头,说你还想要我站到阳台上去吗?你知道我想干的事情没有谁能阻挡得了。我并不是想阻挡她的行动,只是犹豫。她几大步跨到我的面前,脱掉我的睡衣,让我只穿着一条裤衩。我说就这样去吗?她说就这样去。

我们从暖烘烘的车子里钻出来,跑进电视台大楼。电视台大楼里的暖气比车子里要好,温度适中,湿度也恰到好处。我坐在接待室的沙发上,有一位大腿修长的姑娘为我送来了一杯热开水。杜渎走到一个窗口前,与窗口里的人交涉。他们说话的声音很轻微,我努力地想听出他们的说话内容,但我的耳朵都听累了,还是一无所获。我只好用眼睛盯着那位给我倒开水的姑娘的大腿。她的大腿没有杜渎的白,是一种深棕色,但特别修长匀称,这和她的高度有关。我朝姑娘笑了一下,她耸耸肩膀,张开嘴吐出舌头,好像是被吓着了,但没有发出惊叫声。尽管是吓着了,她还是不敢离开接待室,这里有她的工作。她只是把她的头扭向窗外,避免看到我的表情。

等了一会儿杜渎从窗口边气冲冲地跑回来说,他们竟然不信,他们认为我的神经有毛病。杜渎夺过我手中的杯子,脖子一仰,喝下那杯白开水,然后用手抹了一下嘴角说,我说得喉咙都冒火了,他们还是不信。我说我们回去吧。她说哪能回去,我已经打电话叫他们的主任下来。

　　主任穿着一条花裤衩,带着五个人来到接待室。其中有一位还是经常在电视上出现的女播音员。主任说杜渼女士,你能不能把录像带交给我们,等我们看过之后,再决定播不播。杜渼说录像带我不能交给你们,最好是现在你们看一看录像。主任说好吧,我们也不希望漏掉好新闻。

　　主任带着我们来到一间编辑室。他们都用一种奇怪的目光打量我。他们把录像带放进机子,然后快进寻找我的笑容。当屏幕上出现我的笑容时,他们所有的人都捂住脑袋,缩着身子感到浑身难受。主任说快,快关掉。女播音员似乎是比男人们更能忍受这种表情,她走过去把机子关掉,屏幕上的图像消失了。主任看了我一眼说,这明明是一种神经质的抽搐,哪里是什么表情？我的身上鸡皮疙瘩都起了。我看见除了女播音员之外,他们所有的人身上都起了一层鸡皮疙瘩。主任对我说这表情是你做出来的？我说是的。主任说今后就别再做了,多难看。我对着主任和他的同事们突然哈哈大笑起来。他们再次抱住脑袋,身子瑟瑟发抖。有两个人还把头钻到了桌子底下,让屁股指向天花板。主任说快,快把他赶走,我受不了。

　　门外冲进两个彪形大汉,他们好像是有所准备。两个彪形大汉一人架住我的一条胳膊,把我往门外推,就像推着一位即将被枪决的囚犯。我扭头对着主任大声喊道,你们都是数典忘祖之辈,连这种友善的表情都不知道。一百多年前,人类就是用这种表情化解矛盾,获取爱情,平息战争。你们怎么连这个也不知道？哈哈哈……面对这群无知之徒,我除了笑还能怎样呢?

一回到家,我就把自己反锁到卧室里。杜渎不停地拍打门板,说久爷爷,让我进去吧,至少让我把摄影机放进去。你可别想不开。

我发出一声冷笑,走到镜子前看自己的这张老脸。其实这是一张不错的脸,只是人类以大腿衡量美丑之后,我对它突然疏远了,也就是我不太像我年轻时那样,天天在镜子里看它。我对着镜子做了几个笑容,自己被自己的笑容感动得想哭。这是一种多么迷人美妙的表情呀,可惜没有更多的人能够理解它。这种表情使我想起我的老伴,想起一百多年前我和她的一次深情拥抱。应该说我刚被侮辱而产生的一点怒气,现在全让我镜子里的笑容冰释了。

那么就让我打开门吧,杜渎,你进来,我准备把所有的笑容都做出来,你可以从不同的角度拍摄我不同的笑容,预备,开拍。不,在开拍之前,我必须跟你有个约定。我用手挡住杜渎的镜头。杜渎说久爷爷,只要你肯笑,什么约定我都能接受。我说你不能再让我出去笑,我都这把年纪了,不愿受侮辱。笑是一种境界,不需要别人相信。杜渎打了一个响指,说OK。

杜渎从不同的角度拍摄我不同的笑容,这都是我发自内心的笑。拍了大约半个小时,杜渎沿着摄影机的三脚架滑落到地毯上。她身上的骨头好像突然被谁抽掉了,显得有气无力。她有气无力地坐着,说太迷人了,太美妙了。

杜渎用手撑了好几下,才从地毯上站起来。她把摄影机和录像带装进她的密码箱,然后换了乳罩和内裤。她对我说久爷爷,我要离开你一段时间,这是我的手机号码。你的食品我会叫大众公司给你按时送来,如果生病,你就拨急救电话。

七天之后的一个傍晚,我正在用餐,突然听到门铃声。我还没有站起来,就知道来人是杜渎。打开门,果然是她。但是让我想不到的是,她的头上长满了头发,我吓得往后倒退一步说,杜渎,你怎么也返祖了?杜渎说不知道怎的,现在我对毛发一点也不反感了。我身上的坏习惯越来越多。我说这不是什么坏习惯,而是在慢慢找回你消失了的东西。

杜渎用一种央求的目光看着我,说久爷爷,你必须跟我出去一趟。我说去干什么?她说有几百人在一个小礼堂里等着看你的笑。我说让他们看录像带得了。她说录像带他们已经看了不下一百遍,他们对这种表情已经深信不疑。但是,今天下午,我在给他们讲课的时候,突然有人提出让我笑一笑。你知道我是不会笑的。我感到很为难。他们说连你自己都不会笑,还在这里讲什么课。我说我可以把我的师傅叫出来。他们说除非把你的师傅叫出来,否则我们不相信。我好不容易才把这支队伍建立起来。如果你不去,我一个星期来的努力全都白费了。我说什么队伍?她说一支笑的队伍。我说我们已经有过约定。杜渎看着我,说你真的不去?我说不去。杜渎又问了我一声,真不去?我摇摇头。杜渎说那我就不客气了。

杜渎走到墙壁,双手撑到地上,头朝下,两脚朝上靠到墙壁上,做了一个倒立。她说久爷爷,你不答应我,我就不下来,我就永远这么倒立着。我一看见人倒立,心里就一阵紧张。我患有恐倒症。我发出一阵惊叫,闭上眼睛,尽量不去看杜渎。可是杜渎却在那里喋喋不休地说着。她说久爷爷,快来看呀,多好玩啦,我现在一直倒着。我的头朝下,我的脚朝上。快睁开眼睛看啦……

我躲进卧室,但杜渎的声音还若断若续地传来。我担心她这么倒着会出事,会引发心脏病,会突然死亡。如果我没有看见她倒立,我会心安理得,但我已经看见她倒立了,我就不能心安理得。即使我闭上眼睛,她也还倒立着。她还倒着,我的内心就一阵一阵恐慌。我对着门外喊,杜渎,我答应你。我听到咚的一声,大概是杜渎的脚从墙壁上放下来了。但是我还不敢睁开眼睛。杜渎说久爷爷,睁开眼睛吧,我已经不倒立了。我睁开眼睛,看见杜渎靠在卧室的门框上看着我。我说你怎么知道我有恐倒症?杜渎说我跟久玻璃是最好的朋友。我拍拍脑袋,想我怎么把这给忘了?只有我死去的孙女久玻璃知道这个秘密,我怎么把这事给忘了?我突然怀念起久玻璃来。但是杜渎没让我有更多的时间怀念,她说久爷爷,我们走吧。

我跟着杜渎进入一个礼堂,礼堂里坐着黑压压的人群。他们大都奇装异服,有的只穿上衣,有的只穿长裤,头发长在他们的脸上,胡须挂在他们的嘴边。只有我和杜渎的装束是庄重的。杜渎穿着一条红色的裤衩,我穿着一条绿色的裤衩。

当他们看见我们进来的时候,全都起立拍打着自己的手掌。一股强劲的喊声夹杂在掌声中。当然还有一些尖厉的口哨,在这些嘈杂的声音里划来划去。我感到耳膜快被那些尖厉的声音划伤了。

　　杜渼站到讲台上,双手往下一压,仿佛她的手压着一个开关,她一压,礼堂里的人就闭上了嘴巴。杜渼说你们都把手放到椅子的套环里去。有人抗议。杜渼说为了看到真正的笑容,请你们暂时委屈一下。现在我才知道杜渼一直背着我在向人们传播笑容。有三个胸脯结实的男人在礼堂的走廊上巡视,他们认真地检查每一个人的手是否已经伸进座椅的套环,并且是否被套牢。杜渼说不把手套牢,就别想看到真正的笑容。许多人赶忙把手伸到套环里,礼堂一片喊喊喳喳的响声。看得出,在座的人对笑容充满期待。他们宁愿绑着自己的手,也要看一看我的笑容。这种行为使我有一点感动。

　　趁大家都在套手,杜渼离开讲台来到我的身边。杜渼说久爷爷,只能依靠他们了,只要他们相信,就会一传十,十传百,你的这种表情就会在人类死灰复燃。我说,他们不是看过录像吗?干吗还要把他们的手套起来?杜渼说我也没有百分之百的把握。

　　走廊上的那几个人在检查完毕后,坐回到自己的位置,他们自觉地把手伸进套环。我发现那些套环都是铁制的,他们的手一伸进去,套环就往座椅里一缩,伸进去的手被牢牢卡住。这时,杜渼把我引向讲台。我清了清嗓子,说看到大家这么虔诚,我的心里实在高兴。我咧嘴一笑,礼堂里像丢了一颗炸弹,顿时混乱起来。坐在前排的,身上都起了一层鸡皮疙瘩,脖子都缩到了肩膀里。一些大胆的喊道:这是什么表情？我们受不了啦,快把他赶下台去。好些人用脚敲打地板,敲打地板的声音形成一股声浪。有人挣扎着想把手从铁环里脱出来,他们的身子扭来扭去。一些着装规范的女士,在摆动她们身子的时候,也摆动着她们的乳房。我想他们只是一时不适应,再坚持一会儿就能领悟到笑的美妙,所以我继续面带微笑,还向他们挥了挥手。

几个挣脱铁环的人率先冲上讲台,我的头被他们按到讲桌上,胳膊被他们往后翘起。我感觉到我的胳膊快翘到天上了。有人对着我的腿弯踹了一脚,我双腿一软,跪下。大批的人开始围上来,他们说这只是一种病,是肌肉的抽搐,是神经官能症,并不是什么美好的表情。有人一边踹我,一边骂我是骗子,还有人在我的头上吐了许多唾沫。唾沫从我的额头往下流,挂到我的鼻梁上。飞流直下三千尺,疑是银河落九天。疼痛渐渐地从我的身上消失,喧哗声也慢慢地减弱以至于无声。我只看见他们的嘴在动,却听不到任何声音。

突然,一声尖厉的狂叫划过礼堂的上空。杜渌像一只母狼,眼睛发出绿光,张开的嘴里露出尖牙利齿。她狂叫一声向我扑来,锋利的牙齿扎进他们手背,鲜血染红杜渌的牙齿。那些抓着我的手一只一只地松开,在空中甩动着,似乎要把疼痛甩掉。这些从小到大都没有看见过鲜血和暴力的人,被杜渌的这个举动吓坏了。他们退到他们认为安全的地方。我想站起来,却没有站起来的力气。杜渌拉了我一把,我摇摇晃晃地站起来了,双腿还没有伸直,杜渌

207

就把拉着我的手松开,我重新跌坐到地板上。一些刚才无法靠近我的人,现在从后面冲上来,形成一个圆圈,把我和杜渎围在中央。他们越围越小,想再一次袭击我们。杜渎背对着我转来转去,不让他们靠近。在他们的手快要抓到我的时刻,杜渎伸长脖子,张开沾满鲜血的嘴巴大叫一声。她的声音确实和狼的声音一模一样。我从小就听过狼嚎,一听到杜渎的声音,就感到无比亲切。但是近一百年来,狼已经绝迹,像杜渎这样的年龄是不可能听到狼嚎的。没有听过狼嚎的人竟然发出和狼一模一样的声音,我只能把这理解为无师自通,或者杜渎本身就有返祖的基因。

围攻的人听到杜渎的号叫,吓得往后退了一步。我揉揉膝盖从地板上站起来,对着围攻的人大笑。我的笑声使他们瑟瑟发抖,身上全都起了鸡皮疙瘩。他们一下变得软弱无力,全都朝着门外奔逃。我对着他们奔逃的背影大笑。我的笑声就像秋风,他们就像落叶,礼堂里秋风扫落叶。

杜渎在我的身上发现二十多处软组织损伤。她用一种最新喷剂,喷到我受伤的软组织处。尽管我的身上长满了毛发,杜渎并没有叫我剃掉,也不表示反感。而她本人的头上,头发正在茁壮成长。

很快我的身体就恢复了健康。杜渎为这一次活动感到内疚,她说都怪我,都怪我。我笑了一下,说你是好心办坏事。她说久爷爷,你能不能教我?我说你坐到我的对面来,现在我就教你。杜渎搬了一张空沙发,坐到我的对面。我说其实笑很简单,你只要把嘴角咧开,也就是把嘴角挂到耳边,就可以了。杜渎试了试,没有成功。我就示范地笑了几次。这几次笑,我充满了深情,发自内心。杜渎好像从我的笑容里看到了什么新情况,她的喘气声越来越粗,眼睛痴迷地望着我,嘴里喃喃地叫着久爷爷,久爷爷。她一头撞到我的怀里,说久爷爷,你的笑迷死人了,你快抱抱我吧,我受不了啦。我把她紧紧地搂在怀里。这时我看见她慢慢地咧开嘴角,脸上第一次出现甜美的笑容,笑容里蕴藏着两个醉人的小酒窝。我已经一百多年没有看见这么迷人的笑了。我抱着年仅三十的我的准孙女杜渎说,宝宝,你已经会笑了。杜渎说,我会笑了,你的这种表情就不会失传了。

痛苦比赛

我对着仇饼、马哈哈和肖丽一挥手说你们看了吗？今天的报纸。我像过去问朋友们"吃了吗？"一样问"你们看了吗？"我挥手的时刻，手中的报纸哗啦哗啦地响起来，像是一面白旗在风中飞舞。他们说看什么，现在的报纸有什么好看的？我说报纸上登了一则征婚广告，现在我来跟你们复述一下，当然我必须向你们申明，我并不认识这个名叫阳爽朗的女人，只是觉得这个征婚广告非常特别。

说这些废话的时候，挥动自己手臂的时候，我正站在十八层高的地方大厦楼顶。那时我们刚喝完一箱啤酒，从铺满报纸的地板上摇摇晃晃地站起来，带着满肚子的坏水和心眼一样细小的醉意来到护栏边。我们四个人八只鼠眼一齐往楼下看，看见轿车们色彩丰富的坚硬的背，看见一辆警车闪着红灯呼啸而过，看见渺小如蟑螂的行走的人群，电线成群结队不怀好意地划破灰蒙蒙的天空，远处的一列火车像儿童们手中的玩具在楼房的夹缝中无声地快速地滑翔。我们站得高看得远，女人们肥美的长腿和高耸的胸脯，男人们的头发或秃顶扑面而来清晰可认。

一阵风抬起一张我们刚才坐过的报纸,它像一位老熟人来到我的脚尖。我踢了一下报纸,它没有走开的意思。我又踢了一下,它不但不走反而在风中飞了起来。我仿佛看见一个女人飞了起来,于是一把抓住,看了一会便对仇饼、马哈哈和肖丽说你们看了吗?今天的报纸。阳爽朗要找的对象,可以没有端正的相貌,没有高大的身材,没有文凭、工作和人民币,但必须拥有痛苦。她决定明年三月八日上午九点在市人民大会堂举行一次应征者痛苦比赛,胜者获得她的爱情,联系地址建设路72号,电话5337788。

仇饼、马哈哈和肖丽的嘴巴慢慢地张开,他们嘴巴张开的程度和我说话的速度成正比,和他们所拥有的信息成正比,最后他们的嘴巴都张得和乒乓球一样大。我看见三个乒乓球挂在我的面前。不⋯⋯马哈哈的乒乓球最先破碎,不,不,不太可能,现在哪还有这么傻的姑娘。在说话的过程中马哈哈的手臂逐步变长,一直延伸过来抓过我手中的报纸。哧的一声,报纸被他断为两截。他的目光像饥饿的嘴巴,很快地在他抓过去的半张报纸上舔了一遍。

仇饼说真是岂有此理,不用比赛,我就是阳爽朗的最佳人选。我说我也是。肖丽说我也是。我们说肖丽你又不是男的,怎么也是?肖丽说她的征婚广告上又没注明女选手不准参赛,它注明了吗?我的痛苦就不是痛苦吗?而且我的痛苦一点儿也不逊色于你们的痛苦。仇饼说马哈哈,你怎么看?马哈哈摆动着他的头部说这不是真的,这是个货真价实的骗局,你们千万别被骗了。

我们决定对阳爽朗进行调查。这个晚上我们相约来到马哈哈的办公室。马哈哈是《方方面面》杂志的编辑,他的办公室里有一部白色的免提的经得起时间考验的电话。我们把马哈哈围在中间,就像围住一个重要人物。尽管天气有些凉了,马哈哈的额头上还是咕咚咚咚地冒出了一层细汗。我们谁也不敢说话,生怕因为说话影响了大家的情绪。准备拨电话之前,马哈哈不停地搓着他的手掌,他的手掌因为搓着发出沙沙声。这种声音就像空气无孔不入,从我们的左耳到达我们的右耳。我说马哈哈请你别搓你的手掌了,再搓下去就要搓出火来了。马哈哈清清嗓子说,那么我就不客气啦,那么我就拨电话啦。肖丽说拨吧拨吧,反正天要下雨娘要嫁人。

马哈哈在我们的注视下,庄严地抬起他的右手。我想起森林般的手臂庄严的拳头神圣的时刻……眼看右食指快要触到按键了,他忽然回过头来,说那我真的拨啦?但必须声明,拨过之后我们哥几个就得有难同当有福同享,无论发生什么事情,无论贫穷或是贵贱,无论祸福或是疾病,无论好的或不良的后果大家都得共同承担。仇饼用双手蒙住眼睛,说马哈哈你再等几分钟,让我考虑考虑。马哈哈的手指悬挂在电话上方,好像他面对的不是电话按键而是核武器按钮。悬挂的手指等待着仇饼的再考虑,但是等啊等啊考虑仍然没有成熟。肖丽推开马哈哈坐到那个重要的位子上,她的手指在电话按键上跳了几跳。我们终于听到了一串期待已久的标准的声音:您好!这里是阳爽朗征婚办公室,留言请按1,征婚请按2。我们看见肖丽的手指在2键上按了一下。参加比赛请按1,不参加比赛请按2。肖丽按了一下1。领导请按1,商人请按2,

一般职工请按3,无职业者请按4。肖丽按了一下4。电话里又传来一声您好！马哈哈说爽朗在吗？电话说阳经理不在,我是她的秘书,有事请讲。马哈哈说我要找爽朗。秘书说你是不是征婚的？如果是征婚的找我就行了,不必找阳经理。马哈哈说我不是征婚的,我是她的大舅。秘书说请等一下。

电话里传来一声："大舅,你好!"听得出这是一个情感的声音,声音有血有肉鲜活跳跃,像磁铁一样吸引我们的心脏。我们的心脏因为磁场的干扰一度停止跳动。我敢肯定从出生到现在我们还没有听到过这么好听的声音。这个声音把马哈哈和我们快到嘴边的话吓了回去,像缩头乌龟再也不敢出来,使我们嘴里的口水飞流直下却无话可说。大舅,大舅,我是爽朗,我是爽朗,你有什么事？你怎么不说话？大舅……电话在彼此的沉没中挂断。

我们谁也没有发出声音,办公室像这里的黎明静悄悄,连一张纸片落地都能听见。和阳爽朗的声音对比起来,我们有自知之明。谁敢在听完阳爽朗的声音之后发音？谁敢？所以我们谁也不敢说话。谁说话谁没有自知之明,谁说话谁暴露缺点。仇饼冲到阳台上,对着楼下的马路喊阳爽朗……我爱你,我爱你群山巍峨,我爱你秋日的硕果,我爱你的征婚广告,我爱你呼唤大舅的声音朝气蓬勃。马哈哈在仇饼呼喊声中用拳头擂一下电话,然后转身拍一下墙壁。一张长期挂在他头顶的奖状,在他的拍击下匆匆地脱落,稀里哗啦地堆到地板上。玻璃的破碎破坏了我们对阳爽朗声音的美好回忆。我们在一瞬间从遥远的地方回到原来。我说从声音判断,阳爽朗长得不错。马哈哈说那不一定,就像有的歌手,你宁愿

213

听她唱一千首歌,也不愿见她一面。

我提前半小时来到建设路72号的对面。前后左右看了一下没有发现情况,我把目光锁定在72号门口。这是一个极其普通的门口,没有招牌没有看门的老头,只有两扇漆成绿色的铁门敞开着。偶尔进出一两个人,他们的脸色、服装都和这个门口一样平凡。我想我不能浪费目光,得寻找优秀读物。我开始注意那些骑车的女人,她们在这个上午表现一般。我转身,看见电线杆上贴满了专治性病的广告。一口气看了两遍,忽然听到有人在身后叫我。叫我的人是马哈哈和肖丽,他们刚从的士里钻出来。马哈哈手里拿着一副象棋,他一边跑一边看手表。他说晚啦,我来晚啦。

马哈哈把象棋摆在电线杆下。我们蹲在马路边开始专心致志地下象棋。我们的头上是性病广告,风儿偶尔吹动那些纸片,就像吹动我们的头发。从马路上匆忙而过的人流中不乏棋坛高手,他们对我们的偶尔一瞥使棋艺平常的我们心里没底。我们身在棋盘心在72号。尽管肖丽看不懂象棋,但她还是一副不懂装懂的样子,与我们并肩蹲在马路旁。马哈哈高举着他的一颗"马"说将军。肖丽一挥手挡住马哈哈的手臂,使马哈哈的那颗棋子无法下落,让我的棋子延年益寿。马哈哈说肖丽你要干什么?肖丽说他来了,他来了。肖丽轻轻拍着巴掌,激动得差不多跳起来。马哈哈说谁来了?谁来了也得等我们把这盘棋下完。肖丽说仇饼来了,你们看他紧张得大腿都分不开了。

新民路的邮递员仇饼推着他的自行车往建设路72号走来,现在他准备跨地段投递邮件。报纸和信件把他的邮包塞得鼓鼓囊囊的。他好像看见了我们,故意打了两下铃铛。我们仍然装着下棋,但是说句心里话,我们的眼睛已不属于我们,我们已把它全部奉献给了仇饼,就像有一根线把我们的眼睛和仇饼的身体连在一起,高山和大海连在一起,就像藕的丝连在一起,因此仇饼动一下,我们的眼睛就动一下。

仇饼用一个邮递员的口吻对着楼上喊阳爽朗……阳爽朗的挂号。二楼的阳台上伸出一个女人的头,头对着楼下问谁的挂号?仇饼说阳爽朗的挂号。头缩了回去,楼道里传来一阵脚步声,我们想象着阳爽朗的奔跑。女人很快来到仇饼的面前。仇饼从邮包里掏出我们事先准备好的那封挂号信。那封信上写着我们几个的名单和地址以及电话号码。我们跟仇饼有约:如果阳爽朗长得漂亮就把信拿给她,算是我们正式报名参赛;如果阳爽朗长得不怎么的就不给,也就是我们不参加她的痛苦比赛。我们今天到这里来就是想看一眼阳爽朗。

趁那个女人伏在自行车后架上签字的时机,仇饼回过头来看我们。我们三人同时向他摇头。女人签完字,看见仇饼在看我们,她也顺着仇饼的目光往这边看。她看见什么了?我们想大不了她看见几个人在马路边下象棋,在马路边下象棋是司空见惯的画面,要看你就看呗,只要你不把信拿走,我们就让你看个够。女人看过我们之后伸手等仇饼拿信。仇饼说你就是阳爽朗同志吗?女人说不是,我是她的秘书。仇饼说这封信必须得阳爽朗亲自拿。秘书说为什么?你是新来的邮递员吗?过去阳经理的挂号信总是由我拿的。我们的仇饼急中生智,说这是一封从美利坚合众国寄来的信,比较重要,所以得由阳爽朗同志亲自拿。秘书"啊"了一声,说那我去叫阳经理,你得等一会儿。仇饼说没问题,你快去叫你们的阳经理吧。

那人返回大院,仇饼不停地向我们摆头摇手。他想推着自行车跑掉。我们全都愤怒了,一时间愤怒的脸、恨铁不成钢的脸、翻脸不认人的脸、想打人的脸——呈现在他的眼前。他不得不抬起自行车的后架,重新支好自行车,对着楼上又喊了一声阳爽朗……挂号。听得出他的这一声喊是为了给自己壮胆。他的喊声刚落地,楼上就传出"来啦来啦"的应答。我们在电话里听过这个声音,我们的心脏咚咚的好像快马加鞭。阳爽朗就要出场了,我们还是低下头吧。

阳爽朗从漆成绿色的铁门走出来,仇饼后退了两步。我们想仇饼你为什么害怕?为什么要后退两步?刚这么一想我们就看见了阳爽朗。我们也差不多后退了两步。不看不知道,一看吓一跳。阳爽朗长得极像一位节目主持人,鼻梁和嘴巴巧妙搭配,身材呀乳房呀臀部呀三围呀什么的都特别标准。她的皮肤很白,就像纸那么白。由于她的上衣领口开得低,我们的目光在白纸上画来画去,画最新最美的图画。她的眼睛微微眯着,好像是在笑又好像是在挑逗谁。我们压低目光,看见阳爽朗裹着肉色丝袜的匀称的腿,腿的流线就像进口轿车的流线,看上去特别流畅特别爽心悦目。我们的目光顿时流氓起来。仇饼看得目瞪口呆,竟然忘了把信递给人家。阳爽朗说真有美国的来信吗?我跟美国毫无关系,怎么会有信件？是不是我的征婚广告让美国人感兴趣了？仇饼说我不知道，我不知道，这事与我没有关系。仇饼把信递给阳爽朗，他的嘴角流出一串口水。他像饥饿的人突然闻到烤面包的香味那样流出了口水。他用手抹抹嘴角，说对不起，我不是故意的。阳爽朗说什么故不故意的？仇饼说口水，我是说口水，我不是故意让它流出来的。阳爽朗嘻嘻地笑了两声，一排整齐的牙齿露出来，使我们有了看见秘密的快感。她拿着信转身走了，也没有证实是不是美国来的，她就拿着信走了。

仇饼推着车子向我们这边跑，几大步就来到我们面前。我们看见他的脸上吓出了一层细汗。他用帽子擦着脸，想把那些汗擦干净。我们谁也不跟他说话，眼睛看着对面二楼的阳台。马哈哈对着阳台唱：姑娘姑娘/你漂亮漂亮/警察警察/你拿着手枪/我不能偷也不能抢……马哈哈反复地唱这几句，唱得我们都会唱了，最后我们也跟着他唱。

中午，马哈哈请我们吃饭。他破例点了几个好菜，并要了一瓶好酒。尽管菜好酒好，我们的胃口却不怎么好。马哈哈说吃呀，你们怎么不吃？我们在他的督促下又吃了一点儿东西。但这离马哈哈对我们的要求还很远，他把筷条往桌子上一拍，桌子发生地震，汤和酒洒在桌布上。他往仇饼嘴里灌了一杯酒说，你，今天不给我好好地吃，今后别再想要我请你。还有你闻达，马哈哈把手挥向我，今后你别想要我给你发表文章。还有你肖丽，马哈哈的手臂转向肖丽，这是我们男人的事你凑什么热闹？我们不想吃是因为阳爽朗,你没胃口又是怎么回事呢?马哈哈夹起一块鸡肉塞进肖丽的嘴巴,肖丽摇头想把那块鸡肉吐出来,但是马哈哈有一只铁钳一样的手,它紧紧地卡住肖丽的嘴巴,让她欲吐不能。肖丽只好伸长颈脖像吞食毒药一样咽下那块鸡肉。

马哈哈又夹起一块鸡肉准备塞进我的嘴巴。我一偏头躲掉了,于是他把鸡肉指向仇饼。他的手一挥,挥到哪里鸡肉到哪里。仇饼伸手抓住马哈哈的手腕子,让马哈哈手上的鸡肉一点一点地往后弯过去,一直弯到马哈哈的嘴边。仇饼说你吃呀,你怎么不吃?马哈哈瘫坐在椅子上,骂了一声他妈的,说这就是痛苦,没有人吃你的鸡肉就是痛苦,我准备了一桌丰富的菜却没有人吃,这不是痛苦又是什么?我要拿这个痛苦参加比赛,你们说阳爽朗会满意吗?我们发出一串冷笑。马哈哈说你们笑什么?谁再笑我就揍谁。仇饼说我们不是故意笑你,而是你这个痛苦实在算不了什么,要说痛苦你们在座的没有谁比得上我。你们知道吗?你们听说过吗?我妈妈生我那天还在地里劳动,我现在一闭上眼睛就能感受到那时的痛苦。我妈妈快要生我了,还站在凛冽的寒风中和村民们一起挥动着铁锹修水利。尽管当时我还没生下来,但我已经提前听到了铁锹碰击石头的声音,已经感受到了外面寒冷刺骨的天气。妈妈挥一下铁锹,我就动一下身体。她挥动多少次我就动多少次。当时她只想做一个好村民,却没有发现我正在慢慢地往下掉。就在我从她的身上掉下来的时刻,她还在挥动铁锹。如果不是她的铁锹差不多戳到我的脑袋上,她还会把铁锹挥舞下去。你们想一想,我一生下来脑袋就跌到石头上,就像鸡蛋碰到石头上。

谁要是说这不是痛苦谁就试一试。

马哈哈不停地喝酒。他把酒杯重重地放到桌上,说仇饼,谁家没有几笔痛苦的历史,要说过去,你这点儿痛苦只能算是小儿科。马哈哈抬起酒杯想喝酒,但杯子里已经没有酒了。他说小姐拿酒来。我们全都反对他再喝。他举起空酒杯,几滴可怜的酒滴进他的嘴巴。他用舌头舔舔嘴唇,说我爷爷的痛苦那才叫痛苦……在一次赌博中,我爷爷输了很多钱,他一气之下把赢钱的人杀了。爷爷因此被关进监狱,你们不会知道那有多痛苦。作为一个重犯,他被单独关在一间铁笼里,没有谁跟他说话,没有人跟他赌博。他不能行走不能过性生活……我爸爸说他从早到晚就对着铁笼子说话,他说只要让我过上一天自由的生活,我愿马上死掉。可见,自由是多么的重要。爷爷被关了一年多时间,管事的才允许我奶奶去看他最后一面。当我奶奶走到他面前时,他竟然不认识奶奶了。他说你是谁?是人或是猴子?说你是人嘛,你和我又不一样,你的头发比我的长,你的奶子比我的大;说你是猴子嘛,你又能说人话,又能直立行走。你到底是什么?我奶奶说我是你老婆。爷爷说老婆?老婆是干什么用的?他连老婆都不认识了,你们说痛不痛苦?然而他的痛苦没就此结束,第二天他就被押送刑场执行枪决。在枪决之时,别人问他你还有什么话要说?他说让我再吸几口新鲜空气吧。他在用力吸气的时候枪忽然就响了,据说他最后说了一句"能不能让我再吸两口?就两口……"可是,子弹没给他机会。

马哈哈盯着我们,似乎在期待我们对他的这个痛苦进行评价。我们全都沉默,不敢发出一点儿声音,就连那些餐具也谦虚谨慎戒骄戒躁。马哈哈得寸进尺,逼我们回答。他说闻达,你先说一说,这个痛苦算不算痛苦?我说阳爽朗的痛苦比赛肯定不是要你比赛你爷爷的痛苦,而是要你自己的。仇饼说哈哈,想不到你家也有痛苦的光荣历史,但我从你身上一点儿也看不到这种光荣的传统,真是一代不如一代。马哈哈一拍桌子,桌子和我们一起颤抖。马哈哈说放你妈的狗屁,我爷爷他们痛苦就是为了我们不痛苦,干吗一定要比赛痛苦?再说,痛苦也不是什么光荣的事,我退出。

他带着满肚子的酒水离开我们走出餐馆。他每走一步就打一个饱嗝,明显的吃饱了喝足了幸福了。仇饼说你们看他那副熊样,明明没痛苦偏要说自己如何如何痛苦,痛苦是能随便装的吗?说这话时,仇饼撇了撇嘴,好像全世界只有他才配拥有痛苦,好像只有他的痛苦才是最正宗的,并以此为荣。我说我的痛苦可多啦,没有住房,没有工作,没有恋人,经常生病,不会英语,不会开车,买不起车子,请不起客。肖丽说千言万语汇成一句话,痛苦就是没有钱。仇饼说总算讲到了点子上,比马哈哈的痛苦切题。其实,世界上没有无缘无故的痛苦,也没有无缘无故的不痛苦。仇饼像老师一样教导我们鼓励我们。

第二天,马哈哈把我带到建设路72号。我们仍然站在昨天站着的地方,朝阳爽朗的二楼阳台张望。马哈哈像在观察地形,来来回回地走着。我说你到底要干什么?马哈哈指着二楼说前面就是一座碉堡,现在我要冲上去把它炸掉。马哈哈拉开上衣的拉链,露出一个被绳子扎紧的纸包。我说你真要炸掉它?马哈哈说我可不是闹着玩的。我伸手拉住他的上衣，他像一条狡猾的鱼滑出去。我的手里只剩下他的外套。他甩开膀子以最快的速度冲向对面。我说马哈哈你要冷静，千万要冷静，昨晚你刚讲退出比赛，今天怎么突然想搞爆破？马哈哈说你别管我，如果得不到她，我就不活了……我看见那个疑似炸药包别在他的皮带上，现在正得意地晃动着。

刚冲进第一间办公室，马哈哈就被阳爽朗的秘书张笑和追赶而来的我阻挡。在制服马哈哈的过程中，我和张笑有多次的合理冲撞，甚至我的胳膊肘还碰击了她的乳房。马哈哈大吼一声挣脱我们的手臂，说你们谁动一动我就引爆炸药。我们只好一动不动地站住，眼睁睁地看着他推开第二间办公室的门。

马哈哈冲到阳爽朗的办公桌旁时，阳爽朗的头已钻到了桌子底，但她那丰满厚实的臀部还露在桌子的外面。马哈哈在她的臀部拍了一巴掌，突然大笑起来。他的笑声响彻办公室，震动窗帘和吊灯，办公室里能够摇晃的这时都在他的笑声中摇晃。窗外匆忙划过警车的尖啸，它暂时掩盖住马哈哈的笑声。尖啸过去，马哈哈一声断喝，你给我出来。阳爽朗从桌子底爬出来，她的头上沾满了蜘蛛网，脸像刷了三次石灰。马哈哈说你不用害怕，前提是你要答应嫁给我……阳爽朗说我不认识你。马哈哈说现在我们就开始认识。说完，他朝我招手。我走到他的身旁。他拍拍我的肩膀，说你把我的情况跟她说一说，我再弱智也不能自己夸自己，自己夸自己肯定会被别人耻笑。

我说站在我们面前腰里别着炸药包的人名叫马哈哈，是《方方

221

面面》杂志社的记者、编辑,他大学文凭,是杂志社的骨干。他写的稿子全国人民爱看,他唱的歌曲同事们爱听。他很有责任心,有时为了一个字词会查三四遍字典,有时为了撤换一篇好稿,他会加班一个通宵。当然他加班会有一点儿奖金,但他绝不是为了奖金加班。他家有的是钱,他从来不为钱发愁。他经常请我们下馆子,出入舞厅咖啡馆。他喜欢读书,不抽烟不吸毒,没有艾滋病,未婚。他是我的老师,我的所有文章都是他帮我发表的。

我每说一句就看马哈哈一眼,生怕出什么差错。我在介绍他的时候,他的手始终没有离开那个炸药包。我的声音、嘴唇和双腿在抖动。我说我的话完了。马哈哈鼓了鼓掌,他的脸全面地舒展,每一个毛孔和每一条纹路都十分活跃。怎么样?马哈哈眉头一扬说,条件不错吧。阳爽朗说一定得跟你结婚吗?马哈哈说一定得跟我结婚。阳爽朗说如果我不同意呢?马哈哈说那我现在就把我自己给炸了,得不到你,我就不活了。阳爽朗说可是我已经登了征婚广告,你如果真的喜欢我,就应该参加比赛。马哈哈说我不想比赛。阳爽朗说不想参加比赛,我怎么能够嫁给你,我怎么向那么多的应征者交代?马哈哈往前迈出一大步。阳爽朗举起双手说你别激动,我们还可以商量,要说爱你其实也很容易。马哈哈拍着别在他皮带上的纸包,说我并不反对你搞比赛,只是我的痛苦肯定比不过别人的痛苦,如果一定要我参加比赛的话,你得跟评委打个招呼给我打最高分。这是两万块钱,算是我对你这个活动的赞助。

马哈哈终于从皮带上取下那个纸包摔在桌子上,两万块钱破纸而出四分五裂。阳爽朗像一个濒临死亡的人突然抓住了救命稻草,哇的一声哭了。她哭着说你把我的细胞全部吓死了,你以为你的两万块钱就比天大比地大比谁的恩情大,呸!谁要你的臭钱。她从屋角站起来,走到桌旁把那堆钱扒到地板上。

我在星湖路租了一间房子,马哈哈、仇饼和肖丽是我的常客。自从那次求爱失败之后,马哈哈已经好长一段时间没来我这里了。朋友们都说马哈哈正在寻找素材,准备迎接比赛。

有一天仇饼买了一箱啤酒来看我。我环顾一眼空空的四壁,说在我的屋子里没有任何一样食物配得上你的这箱啤酒。仇饼似乎是不相信,也跟着我看了一眼四壁。不过,我说,昨天晚上我打死了一只老鼠,我已经用电炉把它的肉烤干了。仇饼一拍手掌说我最爱吃老鼠肉了。我在用啤酒、大蒜、生姜、辣椒焖老鼠肉的过程中,向仇饼复述了马哈哈求爱的经过。我想仇饼一定会在听完这个故事时发出一串笑声。但是故事讲完了,锅里正腾起一股热气,邻居的收音机调高音量,我预料中的仇饼的笑声却没有响起来。他正严肃认真地看着我,眼珠子像死了一样。他说你会不会也把我的故事说给马哈哈听?我说你的什么故事?仇饼从上衣口袋里掏出一沓稿子。我问他那是什么?他把稿子塞回口袋,说我希望你暂时保密。我说你把我搞糊涂了,我不知道要为你保密什么?仇饼说你保证不对马哈哈说?我说保证。仇饼说你用什么保证?我举起菜刀砍掉椅子的一角,说如果我出卖你的秘密就同这椅子一样。仇饼说你真是我的好兄弟。仇饼握了一下我沾满油盐酱醋的手,还在我的额头做了一个亲吻的动作。做完这些附加的动作,他才掏出稿子,让我帮他看一遍。这是仇饼准备参加痛苦比赛的演讲稿,内容是痛说家史,从他出生的那一刻写起,一直写到现在,大都是一些陈谷子烂芝麻鸡毛加蒜皮。我说先喝酒,喝完酒再说。

我和仇饼坐在纸箱拼成的餐桌旁,除了每人手里拿着一瓶啤酒外,纸箱上只有一碗正冒着热气的老鼠肉。一张当日的报纸铺在纸箱的上面,报纸的上面是碗,碗的上面是肉,肉的上面是筷条,筷条的上面是我们的嘴巴。我们相互碰了一下酒瓶,玻璃碰撞的声音像金属碰撞的声音在屋子里摇摆出一条波浪。我们尽量张大嘴巴,全身的每一个细胞都张开,像女人或者男人张开胸膛,那些啤酒的泡沫以及它丰富的味道正沿着瓶口向我们的嘴巴缓慢地流动。

突然,我们听到了敲门声,在啤酒还没到达我们嘴巴的时候,我们竟然听到了敲门声。我们把啤酒瓶从嘴巴里拔出来,磨动着干巴巴的充满期待的嘴唇,张着耳朵听门外的动静。门外传来了第二次敲门声,我们的耳朵都被敲门声锥了一下。我们猜想敲门的人一定是马哈哈,只有马哈哈的嗅觉才这么敏锐,他总是在最关键的时候出现在我们的面前。

拉开门,果然看见马哈哈站在门外,他的头发结成了几个疙瘩,脸上灰溜溜的,一只衣袖挽着,一只衣袖不挽着,像是刚刚出狱的模样。我们把他让进屋来,他坐在那张我刚刚砍去一只角的椅子上,说我在寻找痛苦,我爬到新闻大厦的楼顶,想从上面跳下去,但是我只朝下面看一眼就不敢跳了;我也曾试图割手腕子自杀,但我只用刀片在手腕子上划出一条路子,就不敢再割了。你们看看我的手腕子。马哈哈举起那只挽着袖子的手臂,那是他的左手臂。我们看见他的左手腕子确实有一道口子,现在口子已经结痂。

我们邀请马哈哈跟我们一同吃老鼠肉。我们三个人谁也不说话,只有吃老鼠肉的声音夸张地响着。很快我们每人喝掉了一瓶啤酒,马哈哈的脸上再也不灰溜溜了。他说闻达你为什么不参加比赛?你有的是痛苦,比如你没工作,每天靠吃老鼠肉度日,这就是最好的痛苦。我举起啤酒瓶,说可是我还有啤酒啊,世界上比我痛苦的大有人在,我这点儿痛苦算得了什么。马哈哈,其实你也有痛苦,比如你为什么不能做副总编?马哈哈一扬手,差一点儿就碰翻了仇饼手里的酒瓶。马哈哈扬着手说这哪里能算痛苦?比我业务强的好几个编辑都还轮不到,这哪里能算痛苦?不瞒你说我也曾经考虑过这一点,但一想想那些老编辑,我的心里就平衡了,就像你抓住啤酒瓶就想起劳苦大众一样。你们,马哈哈用瓶子分别跟我和仇饼碰了一下,谁能给我找出一个痛苦的故事来,我付你们五千元稿费。

仇饼的眼睛像电压过高的灯泡突然加倍明亮。他说多少稿费?马哈哈举起一只巴掌说五千。仇饼一拍胸膛,说我卖给你,但必须一手交钱一手交货。马哈哈说你的故事要让我满意,我才买。仇饼说包你满意,不满意不收你的钱,我实行"三包"。闻达你把我的稿子拿给他看一看。我把仇饼交给我的稿子拿给马哈哈。马哈哈问我这个稿子怎么样?我说你自己看吧。

不知不觉中,我们已把一箱啤酒喝完。马哈哈打着啤酒饱嗝摇摇晃晃地走了。仇饼斜躺在我的地铺上。不瞒各位,我现在睡的还是地铺,因为我没有多余的钱来买床架和席梦思。仇饼躺了一会儿,突然从床上弹起来,好像是做了什么可怕的梦,不停地摇着头说马哈哈呢?马哈哈到什么地方去了?这个没心没肺的马哈哈抢走了我的阳爽朗,都什么年代了他还敢抢人?我用我刚洗过碗的冰冷的巴掌拍一下仇饼的额头。他从梦境回到现实,问我"这是什么地方?我怎么会在这里?"没等我回答,也不需要回答,他接着说马哈哈真不是个东西,不就是有几个臭钱吗。我说不是东西的是你。仇饼扬手拍了自己一巴掌,说对,对,不是东西的是我,为了五千块钱,我竟然把我的心上人给卖了,我竟然把我最爱的人卖给了他。仇饼坐在床上不断地自责,他的拳头像雨点一样落在他的脸部、胸部,偶尔也落在我的地铺上。但是不管他的拳头落在什么地方,都没有引起我对他痛苦的响应。他似乎也发现了这一点,于是他的拳头照着我的鼻子扑过来。我感到鼻尖里像捂了一盆酸菜,酸菜撑得我的鼻子快破了。我用手捏住快破了的鼻子。血从鼻孔流出来,它新鲜酸咸可口。

仇饼说你像一根水泥电线杆,没有一点儿同情心。我用手不停地把鼻血转移到墙壁上,墙壁上的血有的站着,有的躺着,它们像是谁写的血书。仇饼说为什么不说话?电线杆。我感到一阵心酸,好像全身的每一个细胞都酸了。我要让我的血酸起来,让我的头发酸起来,在谁都可以施我拳脚的时代,在我连席梦思都买不起的现在,我只想让我的血快一点流干。我想我干吗要说话,说话又不能换取稿费,我干吗要说话?仇饼看出了我不说话的决心,他双手抓住头发从地铺上站起来,为我献上一团卫生纸。他的手里捏着卫生纸,心里想着他刚才的拳头。他说,我生气,是因为你没有表现出作为一个朋友应有的同情。我说你怎么知道我没有同情?仇饼说你没有哭也没有笑更没有叹息,你像一根电线杆那样眼睁睁地看着马哈哈把我的心上人抢走,在我自责的时候你也没有安慰我,能够证明你同情我的一切都没有发生。

我捂着鼻子无话可说。我想一想刚才,确实没有做出同情他的相应动作。没有相应的动作即使我一百倍地同情他,他也看不见摸不着。我就这样捂着鼻子看着仇饼。仇饼被我看急了。他说你去把肖丽Call来。我说你自己去Call吧。仇饼说看在那箱啤酒的份儿上,你去吧。我捂着鼻子,看在刚才仇饼送我一箱啤酒的份儿上,下楼去Call肖丽。可是那箱啤酒,那箱啤酒已经被他们喝完了呀,现在它已经从我的住处消失了呀。

肖丽来到了我的住处。仇饼扑通一声跪到肖丽的面前。他的双手抱住肖丽的双脚,头部正好埋在肖丽的双腿间。肖丽被仇饼的举动吓得跳起来。其实肖丽并没有跳起来,说她跳起来是我的想象,因为她的双腿已被仇饼紧紧抱住,根本没有跳的余地。肖丽发出一声尖叫,说仇饼你这是干什么?仇饼说我这是向你求婚,肖丽,我爱你,真的,我爱你。肖丽说起来吧,别让闻达看你的笑话。鉴于刚才被打的教训,我必须开口说话。我说我是无关紧要的人,我不会笑话你们,你们爱怎么做就怎么做,这事与我无关。为了表明真的与我无关,我把脸扭向墙壁,我用眼睛打量那些鼻血,鼻血翩翩起舞,灯光里蚊虫飞动。

　　我的身后出现冷场。我不敢看他们。冷了一会儿,肖丽突然发出一串长长的冷笑。肖丽说你不是爱阳爽朗吗?仇饼说从今天起我爱你,以前的爱一笔勾销。肖丽说可是我并不爱你。仇饼说那你爱谁?是爱马哈哈吗?肖丽摇摇头。仇饼说是爱闻达吗?肖丽仍然摇头。仇饼松开抱住肖丽的手,说生活在这个世界上,你总得爱一个人吧,我们三个中你总得爱一个吧。肖丽说我爱阳爽朗,我和你们一样准备参加阳爽朗的比赛。肖丽从她的口袋里掏出几张稿子,高高地举着说,你看,这是我的比赛讲稿。我看见肖丽的讲稿差不多碰到了灯泡,她的讲稿在灯泡的照耀下一片光明。

　　仇饼从地板上一跃而起,伸手抢肖丽的讲稿。肖丽把讲稿收到身后。仇饼的膝盖上沾满尘土,他每跳跃一下,膝盖上的尘土就往下掉落一点。他把膝盖上的尘土抖干净了,仍然没有抢到肖丽的讲稿。忍无可忍的时候,仇饼挺身而出抱住肖丽,除了还没有接吻之外,抱在一起的他们简直就像一对恋人。肖丽嘻嘻哈哈地笑着,把讲稿递给我。仇饼并没有因为讲稿的转移,放弃对肖丽的拥抱。我把讲稿拿到仇饼的眼前舞动,说:仇饼,讲稿在这里。仇饼试探性地看着我手里的讲稿,目光飘浮,生怕丢了芝麻捡不到西瓜。我又说了一次:仇饼,讲稿在这里。仇饼的脸上露出讨好人的表情,好像是想把我手里的讲稿讨好到他的手里。我把讲稿放到他的眼睛上、鼻子上、嘴巴上,不停地挑逗他,但是他坐怀不乱,始终不为讲稿所动。他的手这一刻开始收缩,我想肖丽已经感觉到他的力量了。

没有办法,我只有朗诵。我开始声情并茂地朗诵肖丽的讲稿:

这个世界上有太多美丽的东西,凡是美丽的我们都想拥有,比如蓝天、花朵、金钱、服装、别墅、汽车……但是我最想拥有的却不是这些。是什么呢?你们谁也猜不到。

我出生在一个艺术之家,爸爸是歌舞团的小提琴手,妈妈是艺术学院的声乐教师。我们家就住在艺术学院里面。很小的时候我常常趴在窗口看艺术学院的学生唱歌跳舞,他们的歌声无比优美,舞姿是那么的美丽动人。我十分羡慕他们,羡慕他们能唱好听的歌,能跳好看的舞,能穿最美丽的衣服。我想我长大后一定要像他们那样,做人要做他们那样的人。可是后来因为我的身体条件局限,具体地说是我的手臂不够长,五官不够整齐,所以没有能够成为一名光荣的艺术学院的学生。但是我仍然喜欢看他们排练。随着年龄的增长,我发现那些女学生比男学生长得漂亮,她们就像鲜花开放满三月,万紫千红总是春。

每年暑假开学,我的眼前就会出现一批新生。当然每年的夏天,我所熟悉的一批学生也会离开校园。许许多多我喜欢的女生从我的眼皮底下溜走了,肥水流向外人田。我愈来愈喜欢她们,也很失落。我想如果我是一个男人的话,我会多么幸福。如果我是男人,我会把她们中间最美丽的那位拿来做我的新娘。但是我是个女人,这种可能性天生就注定没有。

我不是一个男人,这便是我最大的痛苦。

仇饼终于放手。他扑到我的怀里抢过讲稿说,想不到世界上还有这么生动的痛苦。他仿佛没有过瘾,埋下头自己读了起来。读着读着,他双手一扬把讲稿撒在地上。他说我受骗上当了,马哈哈买我讲稿是假,要我退出比赛是真,他想减掉一个竞争对手。你们说是不是?五千块钱就想把我打发了,有那么容易吗?更何况我还不一定拿得到这五千块,至少目前它还是个泡影。我要把我的讲稿要回来,既然肖丽不爱我,那我就得参加比赛。仇饼说话时,双手像翅膀不停地拍打臀部,嘴巴像音乐喷泉喷出大小不一质量各异的唾沫。他裤子上的尘土这一刻也高高在上,钻进我们的鼻孔,让我们大打喷嚏。

仇饼请求我和肖丽跟他去马哈哈那里要回讲稿。看看时间已经不早了,我们说明天再去要回来不迟。仇饼坚持现在去要,他怕晚了马哈哈不让他反悔,即使让他反悔也怕马哈哈抄袭他的痛苦。他说只要我们愿意跟他去,他可以再买一箱啤酒给我,甚至还可以请我们上一趟酒楼。

就这样我们跟着仇饼出发了。夜已经很深,街道上冒着凉气,冷风吹着我们的额头,三个人分别打了三个寒噤。茶馆的灯光比白天明亮,几辆的士正在茶馆门前等待。肖丽朝前面长长的马路伸长脖子说,仇饼闻达,有种你们不打的士,跟我走到马哈哈的宿舍。她这么一说,我就感到胃里发酸,唾液脱口而出。仇饼说今天你怎么了,是不是想写诗歌了? 肖丽说你们走过这么长的马路吗? 我们说没有。这就对了,肖丽说,你们每天都从这条马路经过,可是你们不是用脚经过,而是用车轮子。今夜你们就让脚回到脚,权当是长征一次。仇饼说你这么一说,我的牙齿就发酸,但我不知道这和牙齿有什么关系? 仇饼捂着发酸的半边脸庞,朝马路上吐了一泡口水。看得出他的这泡口水充满仇恨,当然他的这种仇恨还意犹未尽,如果允许,他还会在马路上撒上一泡尿。

我们最终采纳了肖丽的意见,沿着南湖路朝马哈哈的和平路进发。肖丽一边走一边哼唱流行小调。我和仇饼比赛着往马路上吐口水,看谁吐得远。肖丽看见我们比赛,她一下就来劲儿了,也学着我们的样子加入我们的比赛。走着吐着笑着,我们突然被三个手执扫帚的大汉拦住。他们像梁山好汉拦住我们的去路,并要我们为他们扫地。他们问我们这路你们铺过没有? 我们说没有。他们说那么现在你们给我们扫一扫,把你们吐的口水扫干净,把你们丢的垃圾扫干净。你们一直往前扫,扫多远走多远,否则你们就别想往前走一步。我们往前往后看了一眼,没有发现可逃的机会,只好接过他们的扫帚,就像接过雷锋的枪,老老实实地扫地。我们一边扫一边往前走,走在自己扫干净的大道上。我们从马路的角落和缝隙里扫出蟑螂、老鼠、甘蔗渣、红薯皮、奖券、矿泉水瓶、碎玻璃、餐巾纸、烂球鞋、瓦片、塑料管、玩具手枪、子弹头、项链、手表、金戒指、钞票、避孕套、春药瓶、围棋子、小说封皮、半边影碟……我说一二三,肖丽仇饼快跑。我们丢下扫帚拼命地往前跑。风声滑过我们的耳朵,铁栅栏跑出我们的眼角。

我们跑到马哈哈的单位,嘴巴里能够喘出来的气已经不多了。其实我们早知道身后已没有人追赶我们,只是我们奔跑的脚步怎么也停不下来,我们在暗暗地比试。我们站在马哈哈的门前喘气,把那些粗糙的气喘干净了,才敲他的门。我们同时举起三只手,同时敲到马哈哈的门板上。房子里没有动静,表面上看里面好像没有人,马哈哈好像没有睡在里面。于是我们再敲,相信马哈哈不会有我们这么坚决的意志。我们刚刚跑完步因此身体健康;我们深夜来访表明意志坚强。门终于被我们敲开了,马哈哈伸出脑袋,眯着眼睛看我们。他说你们是干什么的?我就一个人睡,你们敲,敲什么?我们没有回答他,三个人一齐往他的房间里挤。他哎哎地叫着,说原来是你们,你们要干什么?你们给我出去。

我们是专门找他来的,怎么会出去?肖丽啪地拉亮电灯,我们看见马哈哈竟然一丝不挂。肖丽发出一声尖叫,双手迅速盖住自己的双眼,好像是掩耳盗铃。至于她的手指分没分开,因为当时比较混乱无法考证。马哈哈未等我们的眼睛适应环境,啪地关掉电灯,他把灯绳都拉断了。他伸长脖子发出号叫,出去,你们先出去。我们被他赶出房间。房间里传出打扫战场的配音。配音完毕,我们在马哈哈的台灯照耀下,重新回到房间。这时我们看见床上躺着一个女人,说她是女人是因为我们看见她一头长发。她面对墙壁盖着被子,只让我们看见她的头发。仇饼说你都那个了,还买我的讲稿干什么?马哈哈说这是两回事,我们不是爱情,她是来跟我讨论讲稿的,我们讨论得太晚了,就把她留下来了。被留下来的人此时发出均匀的鼾声,从她的鼾声里我们还感觉到她刚才的劳累。

仇饼说那个讲稿我不卖了。马哈哈说我正想还给你。仇饼说为什么？马哈哈说文字一窍不通，也没有太多深刻的痛苦，不过还可修改。马哈哈把讲稿递给仇饼。原先我们以为很难办的事，就这么轻而易举地解决了，我们已丧失待下去的理由。马哈哈扫视我们，希望我们尽快离开此地。如果再不找出新鲜的话题，我们还有什么理由待下去？千钧一发之际，仇饼发言了。他快速地翻动讲稿，说这样的讲稿你还不满意？你认真看过了吗？马哈哈说看过了。仇饼说既然你不买，为什么要在我的讲稿上画那么多红线。马哈哈说那是帮你修改，我是编辑，一看见病句手就痒。仇饼说可是我的讲稿是完美的，你何必多管闲事？你不买就不要改嘛。马哈哈拍拍大腿做出一副痛苦状，说你们看，你们看，他明明错了，还不让别人修改，难道你想永远错下去吗？闻达、肖丽，其实我真傻，我到处去寻找痛苦，痛苦就在眼前。我明明为他做了一件好事，他竟然冤枉我，这不是痛苦是什么？马哈哈从椅子上站起来，在房间里走来走去，一只手的手指插入头发，另一只手的手指解开刚刚扣好的衬衣纽扣。他的手渴望做点儿什么。

仇饼把讲稿放进衣兜，说反正这稿子你已经看过了，你已经记住了它的情节，已经摸清了我的痛苦，讲稿的内容已经不知不觉地深入你的骨髓，谁敢保证你在比赛的时候不受我的讲稿影响？原来你根本就不想买我的讲稿，只是想骗来看一看以便抄袭。马哈哈的手终于有了去处，一只手抓住仇饼的衣领，一只手握成拳头。我们已经听到他捏拢的手指发出叽里嘎啦的声音。仇饼说你想打我吗?马哈哈放下拳头,说我不参加比赛了,这样你们满意了吧,我不参加什么狗屁比赛了。床上传来一阵响动,女人把正面形象对着我们。她说马哈哈,你真的不参加比赛了?马哈哈说参不参加与你无关。女人说嗨,怎么与我无关?只要你参加比赛,我就死给你看。女人说话时已经开始用她的头敲打墙壁。她敲打墙壁时发出的咚咚声一声比一声清脆,墙壁在她的敲打下掉落数粒粉尘,大有马哈哈不退出比赛誓不罢休的决心,当然也有催促我们离开的含义。这时我们才发觉这个女人长得一点儿也不比阳爽朗差,我们在走出房间时还不停地回头看她。我们几乎是退着走出去的。

我们走到大街上时,天已经完全彻底地亮了,店铺里开始冒出食物的热气。拉蔬菜的人力车上,踩车者的脊背弯成括号,他的脊背起伏着,每起伏一下车子就前进一步。仇饼指着人力车叫马哈哈,你们快看,他真像马哈哈。我附和他发出淫荡的笑声。肖丽说他怎么会像马哈哈?仇饼说现在马哈哈的姿势和那个踩车的姿势是一样的。肖丽好像是明白了仇饼的意思,说你们真不健康。这个踩车人的姿势确实让我们刚刚离开马哈哈又想起了马哈哈。我们说了一会儿马哈哈的闲话,在《方方面面》杂志社门口吃罢早餐。我问仇饼还有什么地方可去吗?只要有地方可去,我就不会发困。肖丽说我也是。仇饼说都回家去睡大觉吧,你们不用上班,我还得上班。肖丽说我不想回家。我说不想回家就到我那里去。肖丽和我钻进一辆红色的士,车轮刚一转动我就睡着了。

我和肖丽第一次同躺在一张床上。我们隔得那么近,连她的气味都历历在目。我说你是第一次睡地铺吧,你就那么相信我?肖丽说有力气你就上来,不必费那么多口舌。我试了试觉得力气不足,便暂时没有动她。我还在尝试的时候她的鼾声就响起来了。

一直睡到下午,我们才起床。她站在窗前梳理头发,光线照亮了她的半边脸庞,她的皮肤发出阴天里特有的蓝光。窗外又驰过一辆警车,它的号叫吸引肖丽的脖子,灰尘和噪音扑面而来。我打燃火机,准备让肖丽的讲稿付之一炬。她听到打火机的嘎嗒声,眼睛对着我,双手扑到我的手上,说你要干什么?我说把它烧了,这个讲稿对你已毫无意义。她说你以为我会跟你结婚?你能养活我吗?你有多少存款?我说我们不是相处得很好吗?她说你以为睡过了就一定结婚吗?我说但是阳爽朗也不可能跟你结婚,也不可能养活你。她说重在参与,你干吗不参加比赛?我不停地打着火机,火苗一次比一次蹿得高,它燃烧我的眉毛和头发,一股焦味环绕着我。我说宁要手里的麻雀,不要天上的天鹅,比我痛苦的大有人在,我干吗要去凑这个热闹。肖丽说那你是把我当成麻雀啦?我说我这个人比较现实。肖丽说我比你更现实,谁都不会得到阳爽朗,我只是想说说我的痛苦。但是一个人的痛苦毕竟有限,一个人的痛苦不是痛苦,四个人的痛苦那才叫痛苦,干脆我们几个联合起来参加比赛,这样也许会获胜。我说如果这样获胜还有什么意义?阳爽朗又不能分成四块。肖丽说我这个人从小就争强好胜,喜欢刺激喜欢比赛,这样吧,如果我们获胜,我就嫁给你。我说真的?我说真的时眼睛一亮,几乎看到了光明。肖丽说真的。我说

235

那马哈哈怎么办？肖丽说他已经有了女朋友,他的女朋友不会放过他,我们就算是为仇饼做一件好事吧。我说这个主意不错。一个人做点儿好事并不难,难的是一辈子做好事。

我把肖丽的意思转达给仇饼和马哈哈,他们都举双手赞成。只是马哈哈提出如果赢的话,我们之间还进行一次比赛,也就是大家齐心协力先把阳爽朗夺过来,然后哥们儿几个再分享胜利果实,这叫肥水不流外人田。我提醒马哈哈,你的女朋友怎么办？马哈哈说她只是一般性的朋友,并没有提到结婚的高度。

一个星期天,我把他们约到我的住处。大家还未讨论讲稿,仇饼和马哈哈便吵了起来。无论我和肖丽怎么劝解,他们都骂不停口。他们说如果不赢就权当是玩一把,但最不好处理的是万一我们不小心赢了,阳爽朗跟谁就成了问题。马哈哈坚持他的主张,如果赢了,我们三人再进行一次比赛。我说我不比赛,要比你们自己比。他们对我的态度均感到意外。马哈哈说这是何苦呢？我说一个人活在这个世上总得有一点高风亮节,我协助你们完全是为了朋友,而肖丽更是大公无私,即使赢了她也不会得到任何好处,所以我建议你们向我和肖丽学习。仇饼说既然这样还不如各干各的,免得除了应付比赛外,还欠你们一份人情,还得向你们学习。我从来不向别人学习,我一向别人学习就感到累。

马哈哈马上反驳了仇饼的意见。马哈哈认为在强手如林的比赛中,光凭一个人的实力是不可能取胜的,一个人的痛苦算不了什么,必须联合起来才有出路,才有可能取胜,与其让别人夺走阳爽朗,不如哥们儿联合。他的意见得到肖丽的立刻响应。仇饼似乎是被这些理由打动了,他用手拍打着脑袋说,但是,我们必须订一个协议。马哈哈和仇饼凑在一起订协议,他们热烈地讨论着那只没有射下来的雁是烤来吃或是煮来吃?经过长达一个小时的争论,双方一致同意:如果比赛获胜,仇饼和马哈哈再来一次比赛,由我和肖丽为他们裁决,谁胜谁获得阳爽朗。鉴于我的高风亮节,如果获胜也不能亏待我,允许我跟阳爽朗接吻一次,接吻时间不得超过五分钟。不管是仇饼、马哈哈或者肖丽都不得嫉妒。至于肖丽,我们确实没有更好的办法报答她,只好让她彻底地大公无私。

仇饼要求把上述意见形成文字。我找来纸笔,交给他们。他们的眼睛这一刻都扩大了,扩大的眼睛里还微微布着血丝,生怕一不小心被对方算计。他们正一点一横一撇一捺地写着,突然看见一个人高举水果刀冲进来。要知这个人是谁?且听下文分解。

首先我告诉你们,举着水果刀冲进来的这个人是个女人。我想你们也许猜到她是谁了?她不是别人,是马哈哈的女朋友梁艳。我们以为她想用水果刀戳马哈哈,于是我们三人全都紧密团结在马哈哈的周围,用我们的血肉筑成一道屏障,阻止梁艳的刀向马哈哈戳来。梁艳看见我们四人抱成一团,突然没了主意,她的手明显地抖动起来,刀子几乎脱手而出。她说马哈哈,如果你不退出比赛,我就把我的手腕子割了。梁艳真的把刀口对着她的手腕子,来回割着。由于刀口不太锋利,刺刀没有马上见红。她像在用一把不锋利的刀杀鸡那样,慢慢地割着。一滴血在我们的等待中冒出来,就像早晨的太阳升起来。马哈哈扒开我们冲上去,夺过梁艳手中的刀,低下他骄傲的头颅,带着下流的哭腔说我不参加比赛了,听见没有?我不参加比赛了。

马哈哈捏着梁艳割伤的手腕子,手挽手地走了。走下楼梯时,马哈哈不停地给梁艳抹眼泪,他们的背影十分恩爱,让我顿时想起了朱自清先生的《背影》。在我的眼中他们的背影愈来愈远,愈来愈高大。如果只从背影来判断,他们无疑是最甜蜜的一对。

为了不破坏马哈哈和梁艳的爱情,我们只好把马哈哈从应征小组里开除。我们三人不存在分歧,于是直奔主题,讨论我们的讲稿。我们以仇饼的痛苦为框架,补充我和肖丽的痛苦以及我们的虚构。讲稿从仇饼出生在某个冬天修水利的工地开始,说仇饼的母亲还在举着铁锹的时刻,仇饼从他母亲的裤裆里钻出来一头砸在石头上,这好比鸡蛋碰石头,暗示了仇饼未来的命运。然后我们把我靠吃老鼠肉度生活的痛苦嫁接到仇饼的身上,说仇饼童年时是如何如何的苦,因为家乡自然条件恶劣,仇饼从一生下来就吃不饱穿不暖。仇饼三岁时学会捉老鼠充饥,有一次他在捉老鼠过程中跌破了膝盖,由于没有钱买药,仇饼任凭膝盖感染,一直等到膝盖长出新肉了,他才又能够行动。他能行动之后的第一件事,就是到田地里去捉老鼠。一个多月不捉老鼠的他,看见田地里到处都是捉老鼠的人群,一些野狗混杂其间。仇饼好不容易从地洞里捉到一只老鼠,他高兴地举着。但是在他得意的时候,一只野狗跑过来把他手里的老鼠叼走了。他撒手去追那只野狗,跑过了一山又一山,野狗再也跑不动了。仇饼卡住野狗的脖子,把野狗吞下去的老鼠又挤了出来。仇饼就在这样艰难困苦的环境中长大。长大后的他又遇到了新的痛苦。我们把肖丽的痛苦加了进去,只不过把肖丽做不成男人的遗憾,改成了仇饼今生不能成为女人的痛苦。在这一节里,我们特别强调仇饼从一生下来就想成为一个女人的强烈愿望。他羡慕女人能够穿漂亮的衣服,不用为找不到对象烦恼,不用挣钱也会有钱花,就像现在,如果是一个女人就不会绞尽脑汁写讲稿。而这么多男人参加比赛(我们设想有很多人参加比赛),仅仅是为了博取一个女人的喜欢,具体地说就是为了博取阳爽朗的喜欢。可见,做一个女人是多么幸福。

　　如此一来,仇饼的痛苦就像那么一回事了。我们对这个讲稿百分之百的满意,甚至觉得冠军非我们莫属。我们当然会把这个好消息告诉马哈哈。他在电话里听到我对讲稿的叙述后,激动得就像赌徒听到谁向他发出赌博邀请那样。他说一定要跟我们聊一聊,讲稿还可以改得更好。这个讲稿又煽动了他参加比赛的情绪。

　　我们不敢在我住的地方碰头,生怕梁艳再次找上门来割手腕子。仇饼说可以在他的宿舍,但马哈哈不能参加比赛,只能对讲稿提建议。我和肖丽则认为如果马哈哈对这个讲稿有新的贡献,可以让他入伙,但要以不破坏他和梁艳的爱情为前提。马哈哈听了我们的意见后,哈哈大笑,笑得话筒都快震破了。我仿佛看见他的唾沫从话筒里飞出来。马哈哈说谁都阻挡不了我参加比赛的步伐。我说那梁艳怎么办?马哈哈说我怎么会跟她结婚?现在我正式告诉你们,我爱的人是阳爽朗。我说其实梁艳长得相当不错,某些地方比阳爽朗还优秀。马哈哈说问题是阳爽朗已经吊足了我们胃口。

马哈哈看完讲稿后问仇饼家里还有什么人？仇饼说家里还有父亲、母亲、妹妹和外婆。马哈哈说现在你的家里还有没有困难？仇饼说怎么没有困难？现在家里最大的困难是没有钱，我的钱只够供我妹妹读书。马哈哈皱着眉头，整个脸的重心落在眉头上，让我们感到他的眉头里会蹦出一个惊天动地的主意。

这样可能会更好一些，马哈哈不负众望，眉头终于舒展了，我们在这个讲稿的后面再加上一段仇饼家没有钱的痛苦，这不仅是仇饼一个人的痛苦，也是大家的痛苦，容易引起共鸣。但是怎么没有钱？为什么没有钱？得由仇饼自己虚构。

仇饼在屋子里走来走去，想一下子把痛苦憋出来，但是痛苦啊它总是不到来。仇饼不停地上厕所，喝水，叹气，搞得我们都为他一阵阵急。他喝水的时候，发出咕咚咕咚的声音，我感到那些水不是喝进他的肚子里，而是进入了我的肚子。我不得不跟着他上厕所。我说仇饼你就快一点儿吧，我受不了啦。仇饼抓起大茶缸又猛喝了一气，茶缸里的水被他喝干净了。他把茶缸砸在地上，说有一天我家的后墙突然倒塌，我妈当时正在墙根下剥玉米……玉米你们知道吗？玉米又名苞谷，是别人用来生产玉米锅巴的那种玉米。我妈当时正在墙根下剥玉米，她的一条腿被压断了，妈妈从此瘫痪。为了给母亲治病，我们家花了不少钱，借了许多债，以至于单位的同事一看到我串门，就说仇饼又在借钱啦。父亲要下地干活，照料母亲起居饮食拉撒的重任落到了妹妹的身上，妹妹因此辍学。而我为了节约开支，每天省吃俭用，身体状况愈来愈差，送邮件时常常从自行车上跌下来。想吃肉了我就重操旧业,在城市的角落和阴沟里打老鼠。你们说这样可不可以?

说真的,我们听得耳朵都竖起来了,想不到仇饼还有编故事的才能。马哈哈一拍大腿说就这么定啦。他的"啦"音还没有拖完,门外传来了敲门声。据判断,敲门人有可能是梁艳。马哈哈不让开门。我们都不敢大口出气。这里的房间静悄悄,敲门人的脚步声慢慢离去。仇饼打开房门想看个究竟,一道寒光从门缝闪入,梁艳像前次那样高举着一把水果刀直冲进来。马哈哈未等她割自己的手腕,就把水果刀夺到手里。失去了水果刀的梁艳双手抱着头,蹲在地板上哭。她哭着说马哈哈你真是狼心狗肺,我这么爱你,你却不爱我。当初为了追我,你是怎么说的?现在你把我骗到手了,把我给糟蹋了,你就不爱我了。你摸着你的胸口想一想,还有谁会像我这样爱你?你叫我喊我从来不敢不喊,你叫我用嘴巴我就用嘴巴,你说从后面来就从后面来。如果你说要我的心脏,现在我就可以剜给你。你到底还有哪一点儿不知足?你说我哪一点儿对你不好?马哈哈被梁艳说得眼睛圆瞪嘴巴大张脸色发青。马哈哈把水果刀插到书桌上,水果刀左右摆动着。马哈哈说我是来帮忙的,我已经决定退出比赛了,你吊什么嗓子?你……梁艳改蹲式为站式,走过来拉住马哈哈的手,好像刚才哭泣的人不是她。她擦干脸上的泪痕,在马哈哈的脸上连吻了四五下,那声音比放鞭炮还响。

梁艳摇着马哈哈的膀子说我们回去吧,饭我都为你煮好了,你说过这个世界上我煮的饭菜最好吃。我煮好了饭左等右等不见你回来,我想你一定又在骗我了。我打着的士转了好几个大圈,才找到你。现在饭菜都凉了。只要你回去,只要你不参加比赛,不去追那个什么爽朗,饭菜凉了我还可以热。你知不知道我做了你最爱吃的菜。你猜一猜是什么菜?马哈哈低着头一言不发。我说是水鱼炖蛤蚧。梁艳说不是。仇饼说白灼虾。梁艳说不对。肖丽说扣肉,马哈哈最爱吃扣肉。梁艳摇摇头,脸上露出一丝得意之色,说不……对。那是什么呀?我们不停地想,口水填满我们的口腔,仇饼甚至咂了咂嘴巴。马哈哈一拍书桌,说不用猜了,是土豆烧牛肉。梁艳说对啦对啦。她双手甩动两脚跳跃。他们手挽手跳跃着走了出去,他们的背影依然是那么动人。走到楼下,梁艳突然挣脱马哈哈的手跑回来,从仇饼的书桌上拔出那把水果刀。她一边拔一边说这刀是我临时买的,光买刀我就花了不少钱。我们说把这把刀留着,下次不用买了。梁艳说那是不可能的,我买一把马哈哈就会丢掉一把,况且下次我不一定用刀了。

　　仇饼让我对讲稿进行全面的润色,而肖丽则着重练习好普通话。我们决定比赛时由肖丽上场,所以她必须练习好普通话,练习好声调、节奏、吐字。我们每人打了一次电话给马哈哈,马哈哈在电话里果断地说不参加比赛。一个如此好色的人,一个如此暗恋阳爽朗的人,怎么会突然归隐呢?我们对他的退出表示极大的怀疑。但是怀疑归怀疑,马哈哈似乎是铁下了心肠,他连我们的聚会也不参加了,不知道梁艳如何把他调教得这么乖乖的。仇饼为此松了一口气,他失去一个竞争对手当然应该松口气。他在我和肖丽面前不断地打哈欠,打过哈欠之后忽然对着屋顶咆哮:马哈哈,你也有今天。

后来我去《方方面面》杂志投稿,私下和马哈哈谈了一次。谈话时他好像提不起精神,头发凌乱面色青黄,五根手指像平时那样插在头发里,久久不肯出来。手指为什么不肯出来呢?因为他还没有把话说完。他说如果是你,你也会感动,会退出比赛,会不爱阳爽朗。梁艳其实是一个很漂亮的姑娘,不知道你平时注没注意,她长得很像美国影星黛米·摩尔。那天从仇饼那里回来后,我跟梁艳看了一盘黛米·摩尔主演的影碟,每当黛米·摩尔一出场,她就定格。她让我认真地看一看,她和黛米·摩尔谁长得漂亮?我说不用看,当然是黛米·摩尔长得漂亮。梁艳把嘴巴凑到我的耳朵边,当时我的耳朵麻酥酥的,她嘴里哈出的热气全部喷到我的耳朵里,你想一想那不麻酥酥才怪呢。我突然有了一种幸福的感觉。她央求我再认真看一看,她说我不要求你非说我漂亮不可,我只要求你公正地看一看,要看细部,也就是眼睛是眼睛,鼻子是鼻子地看。出于礼貌,我真的认真地看了一下她们。我发现她们确实有些相像。随着剧情的发展,黛米·摩尔身上穿得愈来愈少,她的许多部位浮出水面。她每露出一个部位,我们就定格一个部位,然后梁艳也露出那个部位,天哪她们的部位竟然一模一样。当时我一下就兴奋起来,我想阳爽朗仅仅长得像电视台的一个节目主持人,而梁艳却长得像美国明星。谁都爱美国明星,我没理由不爱美国明星,也就是说我没有理由不爱梁艳。我说黛米不光漂亮还很敬业,前不久,为了演一部影片,她竟然剃掉了自己的头发。

我这么随便说说,梁艳却把这句话深深地记在心里。第二天中午,她哼着歌曲走进我的房间。我说是什么使你这般高兴?她右手在头上一拔,一个光头展现在我的眼前。她的手里提着假发套,像提着一颗人头,简直一幅血淋淋的场面,但梁艳竟然还站在我面前笑。她说我也要改变一下形象,争取被你喜欢。我说头发呢?你那么好的头发呢?她说我已经把它剃掉了。我说现在它在哪里?梁艳说我把它卖了,我用卖它得到的钱,为你买了一条表链。梁艳从她那一千多元的真皮提包里掏出一条表链。我说我们又不是没有钱买表链,你干吗要剃掉头发?你干吗要全盘照搬黛米·摩尔?你可以吸收其精华弃其糟粕嘛,何必生吞活剥全盘西化。梁艳说不是你叫我剃的吗?现在剃了你又有意见。你真的在乎我的头发?我说在乎。这时我才确定我已经真的爱上梁艳了,我们从同居发展到爱情了。梁艳说没关系,一个月头发就会长出来。梁艳把表链系在我的扣眼上。闻达你看一看,就是这条表链。马哈哈从上衣口袋里掏出表链让我看。马哈哈说现在我一看见这条表链,就会想念梁艳的那头秀发。

马哈哈在掏表链时把他的手指从头发里退了出来。我知道他的话说完了。我也知道他为什么在说这段故事时喜欢把手指放在他的头发里,是因为他在怀念头发。我祝贺他改邪归正。他要我跟着他去宿舍。我们来到他宿舍的窗口,他要我别出声。我们像两个小偷蹲在窗口下。他悄悄告诉我梁艳不希望有人知道她剃了头发,因为是朋友,他才让我躲在窗外偷偷地看一眼梁艳的光头。我们的眼睛贴着墙壁慢慢往上移动,额头移过了窗台,眼睛移过了窗台,我们看见梁艳的光头,还有……梁艳竟然还没穿衣服,她赤身裸体站在镜前梳妆。马哈哈及时发现问题,他把我的头按下窗台,嘴里不停地说你这小子占便宜了,你占便宜了,你得请客。我说请就请,我刚得了一笔稿费。我把钱从口袋里掏出来,向马哈哈炫耀。

我们去了附近的一个酒家。吃饭的过程中,马哈哈问我,你都看见了,你说一句公道话,她到底像不像黛米·摩尔?我说像,像极了。他似乎不太相信我的诚意,每吃一口菜或喝一口酒就问一句:她到底像不像?我说像像像……我们用"像"字来开我们的胃口,美美地吃了一餐。

马哈哈真的改邪归正了,他天天守着梁艳,要看着梁艳的头发一天一天地生长,就像一个园艺工人看着自己的花木生长。我们找了许多借口叫他出来玩一玩,他都用结结巴巴的语言拒绝。他对我们说梁艳的头发没有长好之前,基本不出去应酬。这样在一个多月时间里,我除了送稿到他的编辑部跟他聊一聊外,很少跟他在一起。我把大部分的时间献给肖丽,她几乎是与我"三同"(同吃、同住、同劳动)了。

有一天马哈哈突然跑来找我,说不好了,出事了。我问他出什么事了?他说我们的总编李环绕要我参加痛苦比赛。我说你可以不参加,出身不由己,道路可选择。他说不参加说不过去,我已经推了好几次,我愈是推辞他愈是不放过我,就像你愈是不想做劳模他愈要让你做,你愈是想当官他愈是不让你当那样,他喜欢反其道而行之。我说你可以用梁艳去搪塞。马哈哈说这也没用,我已经试过了。李环绕要我代表《方方面面》杂志参加比赛,并且要拿最好的成绩。我对他说这会犯重婚罪的。他说拿最好的成绩是为杂志社争光,到时可以不跟阳爽朗结婚。他的目的是为杂志做广告,以扩大发行量。

一个星期前,李环绕拿着一张晚报在手上挥动着,说你们知不知道这件事?一个女人在晚报上登广告,说谁痛苦嫁给谁,要搞一场轰轰烈烈的痛苦比赛。晚报除了登广告外还作了追踪报道。我说我知道。李环绕问还有谁知道?办公室里保持高度的沉默,没有一个人敢吱声。他们知道半年没有召集大家开会的李环绕,现在不会从嘴巴里吐出什么象牙。他肯定要惹是生非。我看见大家保持沉默才知道说漏了嘴。我说我也是听说,具体情况不太清楚。李环绕把报纸摔到桌上,说我们的记者素质太差了,这么好的新闻不去炒,而让晚报大版大版地报道,我们明显不如人家,这样下去我们的杂志不倒台才怪呢。

为了对这一盲视进行弥补,李环绕把阳爽朗请到我们杂志社,为我们全体记者编辑作报告,并回答我们的提问。然后,我刊将以头条位置配巨幅照片报道此事。阳爽朗恨不得多有一点出风头的机会,她打扮得像一个新娘似的来到我们杂志社,就坐在离我们几米远的地方。知道吗?就离我们几米远,说到这里时马哈哈咂咂嘴巴,像是吃到了什么美味可口的佳肴,拼命地吞咽口水。我看见他的喉头蠕动了好一会,又才喷出崭新的话来。马哈哈说连她的气味我都闻到了。我生怕她认出我来。但是她没有认出我,也许是找她的人太多的缘故,她竟然没有认出一个曾经威胁过她的人。

她会不会也忘记曾经强奸过她的人？人啊人,怎么那么容易遗忘？

阳爽朗就离我几米远,我真是大饱眼福。与其说我听她作报告,还不如说我是看她作报告。她说的什么内容我全不记得了,长达一个小时的报告,我只记住一句:像你们这些记者编辑,生在新社会,长在红旗下,从出生到工作都没受什么苦,你们如果参加比赛,不是倒数第一也是倒数第二。她刚这么说的时候,大家还能够接受,但是她反复地说这个问题,搞得我们都有一些烦了。特别是李环绕,我看见他的脸色一阵青,一阵白,又是打喷嚏又是打哈欠,又是甩手又是摇头。他的臀部在椅子上磨动着,想站立又不敢站立。我把他的这一系列动作想象成他对阳爽朗按捺不住的热爱。他的这种心情我是能够理解的。你们想一想,一个年轻美丽的姑娘就坐在他的面前,好像唾手可得,其实咫尺天涯。他是整个编辑部最靠近阳爽朗的人。他有这个特权。在我们编辑部里,如果以职务大小来决定爱情,那他无疑是最先能够享受到爱情的人。但是他已经没有年龄优势了,已经结婚生子了,尽管他有权有钱。他肯定和在座的年轻人一样,对阳爽朗抱有不健康的想法,只是名不正言不顺。像他这样的人优势在于偷偷摸摸,可是阳爽朗偏偏是一个喜欢大张旗鼓的人。这一切决定了他必须打哈欠打喷嚏,甩手加摇头。但是五秒钟之后,我改变了这种看法。

李环绕站起来了。他挡住我们的视线。我们看见他的脊背宽阔肥厚,头发苍劲有力。他面对阳爽朗背对我们说那未必,小阳,我现在向你庄严地承诺,我们《方方面面》杂志社在痛苦比赛中一定会拿好成绩,为杂志社争光,也为你争光。办公室里响起噼噼啪啪的掌声。掌声响起来,汗珠流出来。阳爽朗说好样的,有志气,我等着。

第二天李环绕为找一个有志气的人伤透了脑筋。他分别找了莫小成、雷德汉、黄一峰谈话,他们都不愿做有志气的人。最后李环绕找到了我。我说我已经有女朋友了。李环绕在找了四个人而又没有一个人买他账的情况下,拍响了办公桌,说我找你是看得起你,是觉得你除了相貌堂堂之外,还口齿伶俐,你竟然不买我的账。那么这样吧,我也不能太独断了,如果独断有效,我也不会把这样的好事让给你们,我自己就可以试试。但是我不想做一个独断的领导,这件事还是由全编辑部的人来决定吧。

李环绕召集大家无记名投票,选举参加比赛的人。也许是我的运气太差,或者说太好的缘故,我被大家选中了。全编辑部二十一人,我竟然得了十九票,还差两票就是满票了。如果满票反而显得不真实,可是差了两票,你就不得不说这是多么真实的民意。我多次买过体育彩票,没一次中奖,但是这样的事却让我中了。我不得不准备了一个讲稿,以应付李环绕。当然这只是不得已而为之的事,不能让梁艳知道。我只是应付应付,并不想真参加。但愿比赛那天李环绕出差,或者最好他把这事给忘了。

真让马哈哈不幸而言中。在我们七嘴八舌的议论中,在我们的期待中,三月八号隆重到来。市人民大会堂挂出了一些彩旗,写了几幅标语,摆了几个花篮,气氛被搞热烈了。只可惜李环绕没有眼福。他好像是为了完成马哈哈的那句预言,出差去了。当然他去的地方很令人羡慕,法兰西共和国,说是去搞什么文化交流。我为马哈哈松了一口气,想他终于不用参加比赛了。

我和仇饼、肖丽挺直腰杆站在大会堂的门口,等待比赛开始。这时我们理所当然地放眼会堂前面的草坪。草坪上有人在放气球,有人在弯腰捡矿泉水瓶,有人正坐着轿车朝会堂门口奔来。这么好的日子,天气自然不会差。什么阳光、白云、蓝天我就不想写了,其实那一刻我们也没有心情去注意它们。我们只是感觉很好,也就是心情愉快,胸中有一种这个世界属于我们的感觉,有一种当家做主人的感觉。只是我们的身边少了一位马哈哈,这多少让我们感到有一丝遗憾。

会堂门前聚集了愈来愈多的人,我们想参加比赛的人一定很多。我们要仇饼放下包袱开动思维,不要有任何心理负担。我为仇饼买了一瓶矿泉水,肖丽则忙着为他整理领带。因为我跟肖丽的关系有了突破性进展,所以我们把参加比赛的人选让给了仇饼。于是这个集体的赛事变成了他个人的比赛,我已经向他表白,如果他获胜,我绝对不吻他的新娘。朋友妻不可欺。他立即说闻达你真够朋友。立即,这句话他是立即说出来的,没有半点儿犹豫和含糊。仇饼站在我们中间咳了几声,也许是清理嗓子。我们都为他紧张起来。肖丽忙用手掌轻轻地、轻轻地捶他的背。我则用手抚摸他的胸膛,减轻他的难受。我们像帮助弟弟一样帮助他。而他的年龄实际上比我们大。我们就像是帮助一个不幸的孩子,希望他能得到意中新娘。仇饼挣脱我们的安慰,一趟又一趟地上厕所。我们站在厕所门口等他。他刚出来几分钟,又返身往厕所里走。

他说我一紧张就想上厕所。我说不要紧张,团结紧张,严肃活泼,不要紧张。我愈是这样说他愈是紧张。我看见他的两条腿竟然抖了起来。

比赛就要开始了,人们陆续地进入会堂,街道上的警笛一声高过一声。我们只闻其声,不见其车。会堂前的大道上有那么多奔跑的车子,分不清哪辆是警车,哪辆不是警车,但是其中肯定有一辆是警车。在我们快要走进会堂的瞬间,我们看见马哈哈从一辆的士上钻出来,因为匆忙他的衣服被的士的门钩挂住了。他扯下衣服朝会堂快步跑来,他一边跑一边回头望,好像有谁在身后追他。

我们拦住马哈哈,说你来了。他说我一忍再忍还是忍不住,我要参加比赛。我们说梁艳怎么办?他说我是偷偷跑出来的,梁艳不知道。

比赛马上就要开始,会堂里挤满人头。但是我们意料不到,坐在台上比赛的人只有两个,他们是马哈哈和仇饼。他们像稀有动物被人们看着、议论着。台下的人们张大着嘴,等待他们发言。仇饼用经过肖丽训练过的普通话朗读讲稿,不时获得观众的掌声。读到关键的地方时,也就是我们精心构思的地方,比如仇饼跟野狗抢老鼠、仇饼的母亲被倒塌的墙压断大腿等,一些观众竟然哭了。他们掏出手帕抹眼角,用手帕捂住鼻子,生怕他们制造的声音影响他们的形象。我看见坐在一旁的马哈哈也不失时机地用手抹眼泪。马哈哈抹眼泪的动作比较隐蔽,但是还是让我和肖丽看到了。

我们认为马哈哈比不比赛已经没有任何意义,他的痛苦肯定无法超越仇饼的痛苦。会堂里掌声和哭声混合,许多人为仇饼的痛苦拍红了巴掌。我在这样热烈的环境下,基本没有听清仇饼后半部分的发言。我和肖丽都有一丝陶醉,她的头紧紧地靠住我的肩膀,她的手紧紧地抓住我的手。我们在仇饼的痛苦宣言中几乎合而为一。那是仇饼的痛苦,也是我们的痛苦。我们像看着自己的儿子成长那样兴奋。痛苦并兴奋一直持续到仇饼的讲话完毕。有人对着台上喊阳爽朗,嫁给他吧,嫁给他吧……

一片喧哗声中,主持人开始介绍马哈哈。马哈哈站起来向大家致意。我们突然听到有人叫马哈哈。一听到这个声音,我的心里就凉飕飕的,双腿自然发软。我想马哈哈没戏啦。这时,我们只有一条出路,那就是乖乖地转过身子。我们看见梁艳从会堂的侧门走进来,她不停地向马哈哈招手,说加油,马哈哈。她笑得牙齿全部露了出来,特别是两颗虎牙,我们从来没有看见她的嘴巴开得如此之大。马哈哈好像也看到了梁艳,他的舌头往外伸了一下,立即又缩了回去。梁艳的突然到来,使马哈哈失去了说话的功能。他像一个罪人一样低下头,目光明显发直。人们期待的声音没有响起,会堂里静悄悄的。主持人问马哈哈为什么不说话?马哈哈说我……我本来不想参加比赛,我已经下了好几次决心不参加比赛,因为我已经有了女朋友,我十分爱她,她也十分爱我。但是,我们单位的领导指派我代表全单位参加比赛,所以我不得不来。我来比赛没有其他意思,只是想检验一下我的能力。我并不想跟阳爽朗结婚,只是想检验一下我的能力。我其实没有什么痛苦,一生下来,我就吃得饱穿得暖,就能够进学校读书。我家的经济条件较好,也不缺钱花。父母健在,未患癌症。和刚才那位选手比起来,我的痛苦几乎没有,几乎不能算做痛苦。因此……我决定退出比赛。

马哈哈准备从台上走下来。台下响起一片嘘声。主持人拉住他,要他把讲稿念完再走。马哈哈说我没有讲稿,我只是想即兴发言。主持人问他那么你的即兴发言,想发些什么言?马哈哈说不知道,我也不知道。主持人说那么你的痛苦是什么?马哈哈说我很幸福,没有什么大不了的痛苦。参加比赛不是我的意思,是我们领导的意思。马哈哈像一个逃犯,从台上跑到我们的身边。我们看见他的额头上遍布汗珠。

我和肖丽、仇饼、马哈哈、梁艳坐在一起,等待评委最后宣布结果。我们提前向仇饼祝贺,祝贺他以这样的方式获得爱情。仇饼谦虚地笑着,好像现在已经抱着阳爽朗似的。他说怎么还不宣布,我的心快蹦出来了。仇饼已经没有耐心等待评委,左等右等,终于有一个白头发的评委出现在台中央。白头发说经过评委认真而又负责任地评选,现在痛苦比赛的第一名已经产生。他是……白头发故意卖了一个关子。他是……他是谁呢?你们大家也许已经猜到了,也许没有猜到。他是……他是……2号选手马哈哈。我们的周围一片喊声。马哈哈、仇饼和梁艳都从椅子上站起来瞪大双眼。仇饼说这怎么可能?这一定是搞错了。会堂里有些混乱,我们认为这是评委们开的一个玩笑,是故意逗乐。也许几秒钟后,白头发会突然来一个更正。

　　但是没有更正。仇饼像一滩水软在座位上。马哈哈和梁艳仍然站着,伸长脖子朝前望。观众纷纷退席。我们难过了五分钟,马哈哈被请到后台,梁艳紧紧地跟着他。仇饼想冲上台去,被警察拦住了。仇饼挣扎着说为什么?为什么会是这样?警察说这有什么好委屈的,谁不愿嫁给一个没有痛苦的人?仇饼被警察教导着推下舞台。仇饼的身子往前扑,差不多跌倒了。仇饼瞪了警察一眼,发觉警察长得很像阳爽朗。仇饼骂了一句粗话,说原来你们是一家子。你们在合伙行骗。警察举起电棍从台上跑下来,说你说什么?你说什么?你是不是在骂我?仇饼说没说什么,你是不是想打人?警察收回电棍,摇摆着肥大的臀部走开了。仇饼坐到木地板上,不想走,也好像是没有力气走。我和肖丽扶着他走出会堂。一些观众围住我们。他们握紧拳头。我听到他们的拳头和牙齿发出嘎嘎声。他们说告她,你到法院去告她。

　　我们的身后跟随着七个愤怒的男女青年,他们像一群苍蝇轰轰地叫着。他们强烈要求仇饼告状。仇饼一言不发,只是任凭我们摆布。跟随我们的人愈来愈少,我们每向前迈进一步就减少一个跟随者。我们一共向前迈了七大步。我想那七个跟随者一定被我们甩掉了。我们回过头仍然看见有一个人跟随我们。我们走了几十步,还没有把他甩掉。他说你们难道真的不告她吗?这太便宜她了。我说你是谁?我们并不认识你。他说我是一个同情你们的人,是一个有良知的人,我是律师。他掏出证件让我们看,说如果你们愿意,我可以免费为你们打这个官司。铁树开花,哑巴说

253

话,仇饼像一位诗人突然仰天长叹,说打官司又有什么用?等法院判案的时候,马哈哈和阳爽朗恐怕已经生下小孩来了。我对仇饼的这一声长叹产生无限的敬重,觉得仇饼很有思想。我甚至想他的这一声长叹也许会成为著名的长叹。

打这个官司的意义不在于能不能得到阳爽朗的爱,而在于你能不能出一口恶气。只要这个官司一打,不知道有多少姑娘愿意嫁给你。只要你愿意打,我就免费为你打。在律师罗大超的挑拨下,仇饼向法院起诉阳爽朗。阳爽朗并不把起诉当一回事,她跟马哈哈闪电式地结了婚。梁艳为此又买了一把水果刀。梁艳举刀割手腕子时,马哈哈就坐在旁边看着。马哈哈说割吧割吧,只是你割手腕子太痛苦了,如果我是你会选择安眠药,那样会减少许多痛苦。其实割手腕子不是你的专利,在寻找痛苦的时候我也曾经割过。马哈哈举起他的左手臂让梁艳看。梁艳看见马哈哈的左手腕子有一条若隐若现的刀痕。梁艳突然丢下刀子,说我真傻,我怎么会为一个不值得我爱的人去割手腕子,我真傻。喜欢割手腕子的梁艳从此放下屠刀立地成佛,不再割手腕子了。她仿佛是一丢下水果刀,就跟着另一个男人去了澳大利亚。那个男人很有钱,也很爱她。

新婚不久的马哈哈给我写了一封信,想不到他在新婚的百忙中还记得给我写信。他说我们的关系已经断了,今后别再寄稿件给我。我和仇饼都是你的朋友,谁得到阳爽朗都应该祝贺。而你不但不祝贺我,反而跟着仇饼起哄,真不够朋友。你的文章要想在

《方方面面》杂志上出现,除非我不做编辑。我捏信的手这时像发动机那样抖动着。

我的文章写得并不怎么的,平时主要靠马哈哈帮发表,现在他不发表我的文章,就断了我的生路。我把这封信读给肖丽和仇饼听。我说从此后我就没有稿费啦。仇饼说没有稿费不要紧,只要我仇饼有一口吃的,你闻达就不会挨饿。我说你妹妹都失学了,你母亲还要治腿伤,我怎么好意思用你的钱?仇饼说闻达你是不是疯啦?那是我们的虚构。我的母亲身体健康,我的妹妹也没有失学。我啊了一声,好像从天上跌到人间。

仇饼还在耐心地等待法院开庭。几乎每天他都要上一趟法院,那个负责此案的法官跟他混熟了,他们一星期上一次酒店。每次去酒店仇饼都叫上我和肖丽。但是酒喝了,兄弟也称呼了,肩膀也拍过了,法院还是不开庭。仇饼仍然在酒桌上重复讲他的故事,仿佛这个故事能够助他酒兴。当他讲过之后,他总要问一声我们,难道我的这个痛苦不比马哈哈的痛苦更痛苦吗?真是岂有此理。我们都附和着说真是岂有此理。仇饼还特别问法官,你说我的痛苦是不是比马哈哈的更甚?法官说当然是你的痛苦更痛苦。仇饼一仰脖子,说就是嘛。他已经从这种回答中找到了胜利。久而久之,仇饼把讲这个故事当作乐趣,而打不打官司似乎是不重要了。有一次仇饼喝醉酒,像一袋粮食倒在酒店的地毯上。我们好不容易把他扶起来。他说你们别管我,你们一关心我,我就想哭。你们再扶我,我就哭了。我们看见他的眼睛里真的躲藏着几颗眼泪。那位法官也喝醉了,他拍着仇饼的屁股说,兄弟你不要哭,我来给你擦眼泪。法官的手在仇饼的屁股上擦拭着,他竟然把仇饼的屁股当成了脸蛋。他一边擦一边说,其实,你也没什么好委屈的,我们在办公室里讨论过了……我们认为……没有痛苦才是最大的痛苦。仇饼说是吗?你是我的好兄弟,你终于告诉我什么是痛苦了。我终于明白什么是痛苦了。过去我幻想的痛苦不是这样,现在我才知道什么是幻想。仇饼从地毯上爬起来,在餐桌上又摸索到一杯酒。他把那杯酒灌进嘴里。

好长一段时间,仇饼没请我们喝酒了。我问肖丽仇饼为什么不请我们喝?肖丽说他已经有女朋友了。我说不可能,有女朋友他会告诉我们的。肖丽说骗你干吗?我在花店碰见过他们。他们认识不久,那天去花店买花,还以花店为背景照了几张相,是我为他们按的快门。当时仇饼还说要在城市里找个鲜花为背景的地方照相,只有花店。

在鲜花怒放的背景中,马哈哈和仇饼就要淡出了。他们跟我的接触愈来愈少,我慢慢地不太知道他们的事情。但是我知道仇饼带着他的女朋友回过一次乡下。他带女朋友回去的目的是想让他的父母看看未来的媳妇。于是,仇饼和他的女朋友走在野花开满的路径上,他们的身影在花丛中时隐时现。他们走向野花的深处,到达仇饼的老家。那是个风吹草动的下午,太阳时好时坏,有时出来有时不出来。太阳出来时,光线把仇饼家的房屋切割成无数块,有的明亮,有的幽暗。仇饼和他女朋友的身影也被太阳放大了好几倍。他们走到村头时,看见他的妹妹正背着书包上学堂。

小呀么小儿郎,背着书包上学堂。仇饼说爸爸呢?他妹妹说爸爸在坡上放牛。仇饼说妈妈呢?他妹妹说妈妈在家里剥玉米。仇饼和女朋友加快步伐,朝家中奔去,他们的头发一齐向后飞扬。还没有推开门,仇饼就叫了一声"妈……"屋子里传出一声"哎……"他的妈妈回答得十分清脆。

仇饼在他女朋友身上打量了一下,没有发现什么漏洞。他嘱咐女朋友你一定要叫妈,知道吗?要叫得甜甜的。他的女朋友示范地叫了一声"妈"。仇饼表示满意,还在他女朋友的脸上捏了一把。仇饼推开门,阳光跟随他们闯入。他们看见他妈妈坐在后墙根剥玉米,她的面前堆满了一大堆已经剥好的白色和黄色的玉米棒子。他妈妈就坐在玉米棒子中央。他妈妈揉揉眼睛说,是谁呀?仇饼说是我,妈妈,我是仇饼。他妈妈说原来是仇饼回来了。说完,他妈妈想从玉米棒子中间站起来。突然,后墙轰地一响,倒向他妈妈。他妈妈的一条大腿,具体地说是他妈妈的左腿,被倒塌的墙压在下面。他们同时发出了惊叫。惊叫之余,仇饼听到警笛声从遥远的地方传来,好像是从山谷里传来。他想一定是哪里又发生了什么案件,要不然不会有一辆警车从山里开过。

天上掉下友谊

　　一天下午,毕培打电话给我说蒋苇来了。我问毕培谁是蒋苇?毕培在电话里哈哈大笑,笑一笑来笑一笑,笑得那个我手里的电话像通了电,一阵阵地抖动。我的大腿也像发电机那样不停地抖动起来,跟着抖动的还有我的心脏和裤子以及我的发毛。我想哪里出错了吗?没有,绝对没有出什么差错。毕培在电话里又笑了两声,说你真他妈的忘恩负义,两年前蒋苇还给你写过评论呢。我用手掌一拍脑门,啊了一声,说想起来了想起来了,原来是那个蒋苇,她怎么跑到这里来了,是出差或是旅游?抑或是专程来看我们?毕培说你别管那么多,别管她是来干什么的,反正今晚你得请客。她写过你的评论文章,你不请客说不过去的。我说不就是请吃嘛,又不是要杀我的头,又不是要我卖淫,何足惧哉!

　　毕培和蒋苇都是搞评论的,他们彼此十分熟悉,好像还同时到过某大学进修,可以称为非严格意义上的同学。好像是为了坚定我请客的信念,毕培反复强调蒋苇的美丽。我问毕培在大学进修的时候,你跟蒋苇是不是有过不明不白的交往或者关系?毕培说你这种想法首先就是不健康的,我跟蒋苇有没有不明不白的关系和你今晚请客有什么关系？你是为你的小说评论而请，没有蒋苇这样的评论家，你们写小说的会被读者注意吗？我说没有别的意思，只是好奇，所以问一问。毕培说请放心，我跟蒋苇就像兄妹，没有丝毫感情上的关系，你想干什么就干什么，机会大大地有。我说你把我看成什么人了？

下午六时，我和毕培、蒋苇在金重庆饭店会面。握手之后，彼此表扬了几句，仿佛不彼此表扬几句就吃不下饭似的。蒋苇说她十分喜欢我的小说。蒋苇在说喜欢我小说时，我认真地看了她几眼，发现她脸蛋并不漂亮，但却给人好感。这主要得益于她的才华，也就是所谓的气质。她属于一看上去就是满腹经纶的那类人，肚子里装有不少看法和主意，谁都不敢小瞧。我最怕跟别人谈论我的小说，所以王顾左右而言他。但是蒋苇偏要跟我谈小说。她一边不停地吃菜，一边不停地谈小说，那些声音就从她的牙缝里漏出来，并且越漏越多，仿佛黄河之水天上来，滔滔不绝，一泻千里，几丝青菜跟随她的声音飘飞而出。

但是我是一个唯美主义者，蒋苇一挥手，碰翻了面前的茶杯，茶水洒在桌布上，桌布上洪水滔滔，洇出几团云状的水渍，我不喜欢你小说中的有些描写，它们既肮脏又丑陋，比如《祖先》里的莫太婆，你就把她写得太让人恶心了。你能不能把你的小说写得干净一点，让人舒服一点？至于那些暴力的描写和性描写，我更是不喜欢。我咧嘴一笑，表示赞同。她扶起茶杯，说活着真没意思，我才二十八岁就感到活着没什么意思了，不知道你们有没有同感？活在一个没人读小说的时代真没意思。毕培哈哈大笑，说活着才有意思,读不读小说则无关紧要,蒋苇你怎么被小说迷住了心窍?蒋苇说我们的杂志根本没人看,也卖不动,稿费发不出,印刷费付不起,主编像暴君,根本听不进我们的意见,从来不发年轻人的作品。一个不发年轻人作品的刊物,是绝对没人看的。对我,主编更是近乎苛刻,住房不给我职称不给我,连发表文章他也不高兴。你们说这还有什么意思……也不管我们听不听,蒋苇只管把我的小说当饭把她的苦恼当菜,一并放在她的嘴里嚼着,并且愈嚼愈来劲。

我说你抽烟吗?她说抽。我说喝不喝一点酒?她说喝就喝,东风吹战鼓擂,这个世界谁怕谁。我叫小姐上一包香烟,并问蒋苇喝什么酒?蒋苇说度数越高越好。我说二锅头你也敢喝?她说有什么不敢?只管拿来便是。我叫小姐上了一瓶二锅头,然后分给每人一大杯。我说为我们认识而干杯。蒋苇说为了我们的友谊而干杯!遵照感情深一口吞的原则,我们三人一口气把酒杯里的酒干完。

放下酒杯,我看见一层红晕迅速爬上蒋苇的脸庞,她的身子摇晃了一下。她缓慢地坐下来,用餐巾纸擦了一下嘴角,话头开始多了起来。她说女子无才是不是便是德?毕培问她为什么问这个问题?她摇摇头,说不为什么,只是我想不通为什么有才华的女子爱情都曲折。我们问她你失恋了吗?她说第一个男朋友,喜欢抽烟,第二个男朋友喜欢喝酒,第三个男朋友喜欢赌博,他们的这些习气我一点都不喜欢。我曾经要求他们把这些习气戒掉,但他们没有一个听我的。他们说如果戒掉这些,生活还有什么乐趣?与其让我戒掉不如我们分手。最后他们一个一个地离我而去。现在他们的这些习性我全部学得了,如果你们感兴趣的话,吃完饭后,我们赌一把。我说可以,但是你必须告诉我们你带了多少人民币,赌过之后还有没有路费回家?毕培说我可从来没赌过,我们还是喝酒吧。蒋苇于是又喝了一杯二锅头。蒋苇一边喝一边说话。她说我们编辑部的同事全是他妈的庸才,跟他们没法谈,文学已经发展到后现代了,他们却还在要求小说要有典型人物,要有凤头、猪肚、豹尾,要有高潮。现在连过性生活都没有高潮,你怎么能要求小说有高潮呢?所以我在编辑部基本不说话,不与人交流。今天喝多了,我才说这么多话。蒋苇又喝了一杯,脸色由红变紫,话音越来越高。你知道吗?东西,我可不是一个随便给人写评论的人,我现在只要一出手就是几千元,而给你写评论纯粹是出于友情。我说谢谢,于是又跟蒋苇喝了一杯。

突然,蒋苇沉默了,她的脸色由紫变白,嘴唇乌得像葡萄皮。我问她怎么了?她咬紧牙关,一言不发,右手按在左胸上。毕培开始变得紧张起来。他伸手去推蒋苇,蒋苇像死人一样倒到地毯上。我们知道出事了,便抬着蒋苇往外走。服务员像抓小偷一样追了上来,说你们还没结账。服务员说你们还没结账时,她的手已像钳子一样钳住了我的衣服,生怕我们跑掉,骗了她们的钱。我说我经常到你的饭店来吃,还怕我跑了不成?现在我的朋友都快死了,你还逼着我交钱,哪里还有一点人道主义精神,哪里还像是社会主义国家,请你让我把朋友送进医院了我再来跟你结账。她说不行,我收不到钱,就拿不到工资,就会被老板开除。我说你怎么会收不到钱,你看我像一个骗子吗?她说不像,但也不能排除你不是,现在什么人都有。毕培说你是不是没带钱？蒋芋快不行了，你还有兴趣跟她聊天，快结账吧。

我把蒋芋放在地毯上，返身回到服务台结账。毕培扶着蒋芋的头部，大声叫喊快点快点，蒋芋快不行了。我顾不上要零钱，冲过来和毕培抬着蒋芋往外走。这时我才感到蒋芋有分量。我们不得不把她放到饭店外的地板上歇一会儿。毕培仍然扶着蒋芋的头，我到路边去拦的士。司机看见我的身后横躺着一个人，怕弄脏车子，只朝蒋芋看一眼，便把车开走了。没有一辆的士愿意停下来拉我们。我朝马路的中间走去，一辆的士差一点儿撞到了我。司机从窗口伸出头来骂道，你有病吗，想死呀？我说我没有病，但是我的朋友心脏病发作了，请你拉她到医院去。她没有醉，我敢保证她没喝酒，她是病了，而不是醉了，她不会弄脏你的车子，你一千个放心一万个放心，她绝对不会吐，不会弄脏你的车子。

司机把车子靠到路边。我和毕培抬着蒋芋钻进的士。车子朝医院方向开去。蒋芋好像是有了感觉，她开始闭着眼睛说瞎话。她说毕培我们现在在哪里？要去什么地方？你们不要以为我醉了，我现在十分明白，十分清楚你们的用心。你们以为我醉了吗？如果你们以为我醉了，那就是对我的侮辱。毕培说你没有醉，谁说你醉了我就跟他过不去，你放心地睡吧，我们现在不去别的地方，而是去桑拿。蒋芋又沉默了，但是她能说出话来，这使我们悬着的心终于有了着落。她能说话至少可以说明她没有生命危险，生命诚可贵，友谊价更高，我和毕培都害怕她会有个三长两短，到时无法向她的父母交代。

的士停到医院门口,我们抬着蒋苇朝急诊室奔赴。在马路与急诊室之间有十几级台阶,由于蒋苇太有分量,我们不得不让她从我们的手里滑落,跌到台阶上,如此反复几次,也就是蒋苇的臀部跟台阶撞击了几次,我们歇了几次手之后才到达急诊室。

在我给蒋苇挂号的时候,蒋苇发出了惊天动地的喊声。她喊毕培你在哪里,东西你在哪里,你们在哪里啊?挂号处与急诊室相隔约二十几米,并且隔了好几堵墙。她的喊声像一团炸药,快把医院的大楼炸垮了。我匆忙地回到急诊室,看见蒋苇已吐出一大堆东西。毕培正用卫生纸帮她擦着颈脖,急诊室里飘荡潮湿古怪的味道。我的喉头一阵发紧,刚吃进去的东西都不听使唤,一心想往外跑。蒋苇一边喊我们的名字一边呻吟一边呕吐,喊声呻吟声和呕吐物像麻绳一样缠绕着她的脖子。医生用手电筒看了看她的瞳孔,不说一句话便开处方。蒋苇仍然喊着呻吟着呕吐着。我很想分担一点她的痛苦,但是毫无办法。

我从药房领出药后,蒋苇被推进一间病房。她的手开始舞动起来,不让护士给她打针。我和毕培一个按头一个按脚,强迫她安静。她像一只垂死的鸡,抽搐着抖动着,尽管没挣脱我们的束缚,但我们还是感受到了她的力量。她愈是想挣脱我们,我们愈是抓得有力。我想长这么大我还没对别的女人用过这么大的力,我的手指头快陷进她的肉里了。我的周身一阵愉悦,好像跟女人拥抱似的愉悦。随着针头的推入,蒋苇渐渐变得安静起来,她的呻吟声也走向微弱。这时我和毕培才发觉我们都出了一身汗水。

我们终于松了一口气,开始把目光投向别的地方。我们同时发现蒋苇的床对面,躺着一位秃顶的中年男人。他的左手上扎着针头,右手里捏着大哥大。他正在跟谁通话,他说我都快死了,你还不过来,我操,你过不过来?也不等对方回答,他便强行关了手机。我和毕培轻声地猜跟他通话的人是谁?我说是他老婆。毕培说是他的情妇。我们争执不下,于是打赌,谁输了谁明天请蒋苇吃喝。半个小时以后,一个年轻的女人走进病房,坐到对面的床上。女子只有二十来岁,脸色白嫩,比蒋苇漂亮十倍,看上去很像是他的女儿,但从他们亲昵程度来看又不像是父女关系。毕竟他们的年龄悬殊太大了,那个女子总免不了多看我们几眼,眼睛里一闪闪的,像是在勾引我们。而我们也正愿意承受这样的勾引,免得这个时刻枯燥无味。在这位女子的眼波里,我们把刚才的打赌抛到了九霄云外。

蒋苇翻了一个身,突然放了一个响屁。我和毕培的脸都有些不自然,对面的女子用手掌捂住嘴巴,笑了一下。我想如此有气质的女子怎么也会放屁?简直是不可理解。蒋苇其实已完全失去控制,她不知道她已经放屁,更不知道我们会为她的屁浮想联翩。从她放屁的行为来看,她根本不像是一位才华横溢的人,更不像是一位唯美主义者。我和毕培相视而笑。我们的笑声未落,蒋苇又吐出了一点东西。毕培在她的脖子上又垫了一堆卫生纸。蒋苇挣扎着突然要爬起来,并且想拔掉针头。我们按住她的手,问她想干什么?她说她要上厕所。我们说用便盆行不?她说不行,我要到厕所里去,你们让我拔掉针头,快点让我拔掉针头,我受不了了。

我举着瓶子,毕培扶着她往厕所方向走。刚走几步,我们便发现蒋苇根本不能行走,她已经软得像没有了骨头,两条腿像两根泡软的面条,在地上拖着,鞋子掉到了身后。毕培用他的全身力量把蒋苇提起来,让她的双脚离开地面,几乎是抱着她往厕所走。毕培像是一根木桩,而蒋苇像是稻草人,没有毕培,蒋苇就会散落在地上。

到了厕所门口,我们突然感到为难。我们不知道是进男厕所或是女厕所,按少数服从多数的原则,我们应该进男厕所,但进厕所的主体却是女的。我们站在厕所门口就像迷途的羔羊站在十字路口,就像失意的人站在桥头,徘徊犹豫彷徨。我们问蒋苇到底进男厕所或是女厕所?蒋苇说以主体来选厕所吧。于是我们以蒋苇为挡箭牌冲进女厕所,一位正蹲在厕所里的护士看见我们后,大叫一声从蹲着的地方匆忙地站起来,说,你们,流氓。她在骂我们时,她的脸突然红了。她红着脸从我们的身旁冲出去,我闻到了她身上的一股芳香,一股迷人的护士们特有的味道。

蒋苇的一只手上插着针头,另一只手软弱无力形同虚设,根本无法解开她的皮带,解皮带这一艰巨的任务落到了毕培的身上。毕培用左手抱住蒋苇,他的手像一根绳索从蒋苇左胳肢窝绕到蒋苇的胸前,蒋苇的胸部被他的手紧紧缠绕。毕培就这样用左手支撑蒋苇,用右手来给蒋苇解皮带。在准备解皮带之前,毕培的手谦虚了一下。他说,还是你帮她解吧,我从来没干过这种耍流氓的事,况且我还要用右手来扶住她,她快要滑到地上去了。我说这怎么可能呢,我只不过刚认识她几个小时,我怎么能够去解她的皮带。我们争气执着犹豫着。蒋苇说你们谁解都行,我快不行了,你们快一点吧,快一点解吧,这是友谊不是流氓。在蒋苇的鼓励下,我为她解开了皮带。蒋苇蹲了下去,说你们都给我出去。毕培说你能行吗?蒋苇说能行。我说这输液瓶怎么办?蒋苇说我自己举着。她伸出手想抓瓶子,但她怎么也抓不稳。毕培说这怎么行,等会你把瓶子砸碎了怎么办?况且,我一不扶你你就会倒到地上,不信我们可以试一试。毕培松开手,蒋苇身子一晃,差点儿倒到地上。蒋苇说你们不出去,我拉不出。我说拉吧拉吧,你把我们当朋友得了,如果你把我们当朋友,就不要客气,就不要在乎,就不要拘小节。蒋苇似乎到了忍无可忍的地步,终于拉了出来。一股臭气自下而上,冲进我们的鼻孔,我们也快呕吐了。毕培说快点,把瓶子交给我,你去冲水。我把瓶子递给毕培。毕培用膝盖顶住蒋苇的后背,腾出手来举瓶子。我则用盆不停地往便槽里冲水。蒋苇突然发出了呜呜声,她像是哭了。她哭着说毕培呀东西呀,我真狼狈,斯文扫地斯文扫地也。

大约拉了半个小时,蒋苇舒了一口长气,好像是轻松了许多。我们都为她松了一口气。她试图站起来,但怎么也站不起来。毕培说你还没有擦怎么就想起来了。蒋苇说纸呢?毕培把纸递给她,她的手根本不听她的使唤。毕培只好重新撕纸,为蒋苇擦屁股。他的手在蒋苇的股沟里擦来擦去,擦得蒋苇的身子不停地抖动。

在我和毕培的配合下,蒋苇终于完成了她的排泄工作。一直到凌晨两点,她的酒精中毒才算解除。她从病床上爬起来,什么也不说,只一个劲地对着我们傻笑。我们把她送回宾馆,她说多亏了你们的帮助,如果没有你们,我将像乞丐一样倒卧街头。你们的友谊我终身不忘,友谊万岁!最后她竟然喊了一声"友谊万岁"。喊过之后,她接着说我虽然不是富翁,但如果你们有困难我会设法帮助;我虽不是领导,但你们需要腐败,我会尽量让你们腐败。如果你们到了北方,我会百分之百地满足你们的要求,比如买车票、住宾馆、嫖娼卖淫什么的,我都能帮你们。你们太哥们儿了。你们太让人感动了。除了我的母亲没有谁对我这么好过,我一定要报答你们。苟富贵勿相忘。

第二天早上,我们到宾馆,准备接蒋苇到青山去玩。我们敲打她的房门,房子里没有动静。我们接着敲,发誓要把她敲醒。但是我们敲了十多分钟,仍然没有动静。我们开始紧张起来,生怕她出事。毕培去叫服务员。服务员说她一大早就走了。我们问服务员她去了哪里?服务员说我怎么知道?

蒋苇就这样不辞而别离我们而去。一个星期之后,她从北方打电话给我,说她已平安回到家中。此后,我们每隔两天通一次电话。我每隔两天便问她一次你富贵了没有?她说请你给我一点时间,别那么急猴猴,我一定富贵给你们看。于是我和毕培期待着蒋苇富贵,这个期待成为我们的主要期待,也成为我们一个时期以来的主要谈话内容。

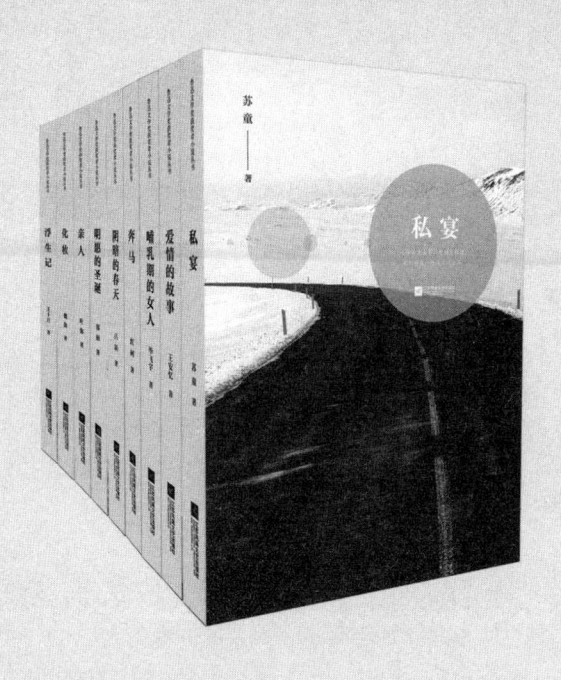

鲁迅文学奖获奖者小说丛书

书名：爱情的故事
作者：王安忆

在我看来，市井人物有个性，他们身上有美学价值……写市井人物，这是我个人的兴趣。这些人生活在社会的边缘，反而回避了主流的塑造，回避了一些集体性的、意识形态化的东西，变得非常有性格，这些性格都是独一无二的。

书名：私宴
作者：苏童

小说是一座巨大的迷宫，我和所有同时代的作家一样小心翼翼地摸索，所有的努力似乎就是在黑暗中寻找一根灯绳，企图有灿烂的光明在刹那间照亮你的小说以及整个生命。

书名：哺乳期的女人
作者：毕飞宇

作为一个写作的人，我一直告诉自己，所谓真话，不说出来等于撒谎；所谓真相，不说出来也等于撒谎。

书名：奔马

作者：红柯

我来到一泻千里的砾石滩，我触摸到大地最坚硬的骨头。我用这些骨头做大梁，给生命构筑大地上最宽敞、最清静的家园。

书名：阴暗的春天

作者：吕新

最好的作品，我想象过，但很难用几句话把它描述出来。这中间，有很多东西是不可缺少的，除了写下自己想写的，世间其余诸事，均可淡然处之。

书名：明惠的圣诞

作者：邵丽

文学的神圣在于，它始终使我们的精神挣脱沉重的肉体，以独立和自由的姿态，存活在另一个可以抵达永恒的世界里。

书名：亲人

作者：叶弥

开始写的那一天，我的心就定了下来。明白活着的理由，懂得感恩的重要，洞察付出的结果……人生的弦外之音，大概如此。

书名：化妆

作者：魏微

当时间的洪流把我们一点点地推向深处、更深处，当世间的万物——生命，情感，事件——一切的一切，都在一点点地堕落、衰竭，走向终处，总还有一些东西，它们留在了时间之外。

书名：浮生记

作者：王十月

文学拯救了我，让我变得像个人样。开始追问生存之外的更多问题，诸如尊严、自由、平等，诸如生活的真相等等。这是我的出身，是我的精神胎记，不容回避，也无须刻意展示。

鲁迅文学奖获奖者小说丛书

他们用温和的叛逆、典雅的想象以及感性的语词之美，为读者建构起丰盈而浩大的文学王国。人物形色不同，故事百态千姿，这些或浓烈或散淡的生命体验，在现实世界之外建构另一度空间：在这个空间里，小说为我们这个日益空洞的时代招魂，为挣扎着升华的人子之灵歌唱。

《碎片》
范小青用日常生活中的人情润滑了大街小巷的滞涩。

《一个人的遭遇》
对抗大陆货，陈应松用与众不同的语言写与众不同的内容。

《私了》
东西的小说，从世道人心中那些微妙的疑难出发，生动地讲述一个时代的欢笑和泪水。

《与陌生人说话》
鲁敏用美丽的方式叙述着美丽的故事，才使故事真正显示出自身的美丽。

《最慢的是活着》
乔叶笔调粗粝而又细腻，行于所当行、止于所当止，随物赋形、收放自如，令人叹为观止。

《被雨淋湿的河》
读鬼子的小说，常常觉得"险"，仿佛千钧一发、命悬一线。

《遭遇爱情》
目前尚且找不到另外一个像徐坤这样"嬉戏诸神"的女作家。

鲁迅文学奖获得者散文丛书

丛书收录了史铁生、乔叶、刘庆邦、李国文、李辉、周涛、斯妤、韩少功、裘山山、潘向黎在内的10位著名作家的散文佳作。它们或裹挟着至纯至善的生活印记，或驰骋在江河峰谷，或写意于饮食男女，斗室天下。这些文字无论点染尘世的落落浮华，还是见证岁月的星辰风沙，不无精致熨帖，无不畅快淋漓，堪称当代中国散文的集大成之作。

史铁生《向死而生》
文坛"精神标杆"史铁生逝世五周年致敬散文集。

乔叶《生活家》
柴米油盐，饮食男女，爱恨情仇，斗室天下。

刘庆邦《月光记》
刘庆邦的散文，像一壶绍兴陈酒，令人回味无穷。

李国文《人生如谷》
将学识、性情和见解融于散文之中，文字自在老辣，气势如虹。

李辉《书生累》
李辉是独一无二的，他的文字见证了一个时代的光芒与沉痛。

周涛《低调》
一个周涛，永远说不完；一卷《低调》，永远读不完。

斯妤《倾听蝉鸣》
她触摸到散文写作的化境：不让自己仅仅是自己。

韩少功《草原长调》
文坛骑士的纵意驰骋，关于人、世界和时间的深度文学之旅。

裘山山《往事细雨中》
一个女人的精神高地，一卷当代女性的心灵治愈书。

潘向黎《茶生涯》
写就浮华落落的另一重境界，写透万籁归寂后的叹息与豁然。